개는 훌륭하다

개는 훌륭하다

하세 세이슈 소설

윤성규 옮김

◇ ◇ ◇

마지, 와르텔, 솔라, 아이톨, 아이세, 마이테,

그리고

나와 함께 살게 될 개들에게

◇ ◇ ◇

언제나 곁에 있을게

이렇게 햇빛이 강한데

그렇게 놀기만 하면 열사병에 걸려.

다른 친구와 뒹굴고 놀다가,

다치기라도 하면 어떡해.

건너편에서 온 멍멍이, 저번에 마주칠 때 으르렁거렸지.

다른 길로 가자.

잔소리 좀 그만해.

그렇게 걱정만 하다 보면

신나는 일 하나도 없잖아.

우리는 말이야, 사람과 달리 지금을 살고 있어.

지금 이 순간, 순간으로

즐겁기도 하고, 기쁘기도 하고, 무섭기도 하고, 슬프기도 하고,

옛날에는 이랬다든지 그때는 이랬다든지

생각 같은 거 하지 않아.

지금이 다야, 소중한 것은 지금뿐이야.

모처럼 우리랑 놀고 있는데

너희도 지금을 즐겨.

일어날지도 모르는 일에 겁먹지 말고.

어떡해, 어떡해

이 아이는 이제 살릴 수 없는 건가.

이 아이가 없어지면 우리는 어떻게 해야 해?

이 아이가 없는 인생은 생각조차 할 수 없어.

왜 그런 생각만 하는 거야.

나 아직 여기 있어.

내 다리로는 설 수 없게 되었지만,

꼬리도 흔들 수 있고, 밥도 맛있어.

그야 물론 언젠가는 사라지겠지.

우리의 일생은 사람보다 훨씬 짧으니까.

하지만 지금은 아직 그때가 아니야.

지금이 다야, 소중한 것은 지금뿐이야.

부탁이니, 우리처럼 지금을 살아가.

언젠가는 죽는다고 생각하는 것보다

오늘은 어제보다 건강하다든가,

어제보다 식욕이 있는 것 같다든가,

좋은 생각만 하자.

왜냐면 난 여기 있으니까.

지금 여기에서 모두를 사랑하고 있으니까.

왜 아직도 우는 거야? 왜 슬퍼하는 거야?

비록 나는 이쪽 세계로 떠나왔지만

너희와 즐거웠던 날들을 기억하고 있어.

나는 행복했단 말이야.

근데 왜 울어?

지금을 살아가자. 이 순간, 매 순간을 소중하게 살아가자.

그렇게 하면 외로울지는 몰라도, 슬프지는 않을 거야.

기억하고 있지?

나랑 같이 지낸 날들. 즐거웠던 순간들.

내가 행복하면 너희도 행복했어.

너희가 행복하면 나도 행복했어.

헤어진 시간보다 즐거운 시간이 훨씬 길었으니까.

나는 계속 너희들 곁에 있어.

우리는 영혼으로 연결되어 있으니까.

영혼의 끈은 영원하다니까.

그러니까 약속해 줘.

새로운 친구를 데려온다고.

그 친구한테 내게 해 준 거랑 똑같이 대해 주고.

사랑해 주고, 행복하게 해 줬으면 해.

그러면 그 친구도 너희를 사랑해 줄 거야.

행복하게 해 줄 거야

그 친구와의 나날들을, 순간순간을 즐기길 바라.

왜냐하면, 너희들이 행복하다면

내 영혼도 행복할 수 있으니까.

너희들의 행복이 곧 나의 행복이니까.

그러니까, 지금을 소중히 살아 줬으면 해.

목차

토이 푸들

1

가을 햇빛이 타마 강의 하천 부지를 풍부한 색채로 물들이고 있었다. 목재 데크에 앉아 볕을 쬐는 중년 남성의 발밑에 갈색 소형견이 엎드려 있었다. 먹을거리를 챙겨 온 여성들은 돗자리를 깔고 앉아 담소를 나누고, 바로 옆으로 쭉 늘어선 켄넬 안에서는 개들이 얌전히 낮잠을 자는 중이었다.

화창한 날의 풍경은 너무나 일상적이어서, 보호견 분양이 이루어지는 줄은 누구도 곧바로 알 수 없었다.

치히로가 모리야마의 손을 꼭 붙잡았다. 모리야마는 그 손을 살포시 잡아 주었다.

"준비되었니?"

모리야마가 묻자 치히로가 쓰고 있던 비니 모자를 신경 쓰면서 고개를 끄덕였다.

"응."

"그래, 가 보자."

모리야마는 치히로의 손을 잡은 채 데크에 앉아 있는 남자를 향해 걸음을 옮겼다.

"진 씨 맞으시죠?"

말을 걸자 중년 남자가 고개를 들었다. 발밑의 소형견도 똑같이 고개를 들어 모리야마와 치히로를 올려다보았다. 소형견의 꼬리가 살랑살랑 좌우로 흔들렸다.

"모리야마 씨?"

"네, 문의에 전화와 메일로 친절히 답변해 주셔서 감사합니다."

"당연한 일이니 신경 쓰지 마세요."

진 아키라가 일어나 오른손을 내밀었다. 모리야마는 마주 악수를 하며 치히로에게 눈을 돌렸다.

"제 딸인 치히로입니다."

"안녕."

진이 미소를 지으며 인사했다. 그는 치히로가 쓰고 있는 비니 모자에는 신경 쓰지 않았다.

"처음 뵙겠습니다."

치히로가 대답하자 진이 손을 내밀며 물었다.

"그럼 아빠랑 얘기했던 강아지를 보러 가 볼까?"

18

"네."

"치히로는 몇 살이지?"

"열세 살이에요."

"그렇구나. 아직 어린 나이에 열심이구나."

치히로의 외모만으로도 진은 대략적인 사실을 알아챈 듯했다. 열심이라는 것도 투병에 대해 건넨 말처럼 들렸다.

"아빠랑 엄마가 같이 응원해 줘서 아무렇지도 않아요."

"이제는 강아지도 너를 응원해 줄 거야."

"진짜?"

치히로의 얼굴이 밝아졌다.

"당연하지."

진에게는 명랑하고 친화력이 좋은 개를 원한다고 미리 말했다. 몇 번의 메일을 주고받은 뒤, 모리야마의 마음에 든 것은 잭이라는 이름의 셔틀랜드 쉽독이었다.

"이 아이가 잭이야."

진이 한 켄넬 앞에서 걸음을 멈췄다. 그러자 켄넬이 심하게 요동치기 시작했는데, 안에 있는 강아지가 격렬하게 꼬리를 흔들고 있었다.

"밖으로 써내 볼까?"

진의 말에 치히로가 고개를 흔들며 물었다.

"다른 강아지들 봐도 돼?"

치히로도 잭을 좋아할 거라고 생각했지만 치히로의 반응은 의외였다.

"잭은 마음에 안 드니?"

진이 온화한 목소리로 물었다.

"그런 건 아닌데, 다른 애들도 보고 싶어. 그래도 돼?"

"당연히 그래도 되지. 아무 문제없어. 맘껏 보렴."

"응."

치히로가 명랑하게 대답했다. 그리고 빠른 걸음으로 가지런히 늘어선 켄넬 속을 하나하나 들여다보았다.

"훌륭한 딸이네요."

진이 모리야마 옆에 선 채 말했다.

"네, 1년 전에 백혈병에 걸려 힘든 치료를 감내하고 있습니다. 다행히 지난달에 병세가 호전됐다는 진단을 받아서……."

"정말 잘됐군요."

모리야마의 말을 진지하게 듣던 진의 표정이 너그러워졌다.

"그래서 이참에 강아지를 키우시려는 거군요?"

"네, 처음엔 애견숍에서 개를 데려올까 했는데, 버려지는 강아지들에 대해 학교에서 화제에 오른 적이 있다고, 아이가 직접 인터넷에서 찾아보고 보호견을 키우고 싶다고 해서요."

"정말 훌륭한 따님이네요."

진의 부드러운 시선이 치히로를 향했다.

"그런데 이럴 수가. 잭을 정말 마음에 들어 할 거라 생각했거든요."

"사람도 개도 에너지를 발하죠." 진이 진지한 어조로 말했다. "에너지의 파장이 맞지 않으면 잘 안 될 수도 있습니다."

"그런 건가요……."

"여기 있는 개들 대부분도 주인과 파장이 맞지 않는데도 단지 귀엽다는 이유만으로 길러지다가 버려진 아이들……."

진이 말을 중간에 잘랐다. 치히로가 맨 끝의 켄넬 앞에 멈춰 서 있었다.

"저 켄넬은……."

치히로가 쪼그리고 앉아 켄넬 안을 들여다보며 미소를 짓고 있었다.

"무슨 문제라도?"

"저 켄넬 안에 있는 강아지는 수줍음이 많고, 겁도 많은 강아지예요. 그런데……."

"그런데요?"

모리야마의 반문에 진이 말했다.

"평소라면 누가 켄넬 앞으로만 지나가도 히스테릭하게 짖을 텐데, 묘하네요."

"아저씨, 이 아이 꺼내 주면 안 돼요?"

치히로가 목소리를 높였다.

"그래, 좋아."

진이 대답했다.

"정말 괜찮나요?"

모리야마의 마음에 불안감이 엄습했다.

"리드줄을 제대로 연결할 겁니다."

진이 청바지 뒷주머니에서 짧은 리드줄을 꺼내며 치히로를 향해 다가갔다.

"그 애가 마음에 들었니?"

"뭔가 신경이 쓰여서요."

두 사람이 말을 주고받는 동안에도 켄넬은 조용했다. 모리야마도 마른침을 삼키며 진의 뒤에 붙어 섰다.

"잠시만 비켜 주겠니?"

진의 말에 치히로가 고개를 끄덕였다. 자리를 바꾸어 진이 켄넬 앞에 서자, 갑자기 안에서 날카롭게 짖는 소리가 들려왔다. 그 히스테릭한 울음소리는 듣는 이를 불안하게 할 만큼 격렬했다. 하지만 진은 동요하지 않았고, 옆의 치히로도 묵묵히 켄넬을 바라볼 뿐이었나.

"헤잇."

진이 짧고 위엄에 찬 목소리를 내자 켄넬이 조용해졌다. 진이 허리를 숙이고 켄넬을 열었다. 그리고 개가 튀어나오기 전에 재빨리 리드줄을 목에 연결했다.

"오케이."

진이 짧게 말한 순간, 개가 밖으로 튀어나왔다. 가장 먼저 눈에 들어온 것은 곱슬곱슬한 짙은 갈색 털이었다. 녀석은 온

몸이 털로 뒤덮인 토이 푸들이었다. 몸무게는 4, 5킬로그램 정도나 될까. 켄넬에서 뛰쳐나왔지만, 토이 푸들은 치히로가 바로 옆에 것을 눈치 채고는 움직임을 멈췄다. 긴장으로 몸이 굳어지는 게 모리야마의 눈에도 선명했다.

"눈을 마주치면 안 돼." 진이 말했다. "내가 괜찮다고 할 때까지 소리도 내면 안 된단다. 일단 앉아 볼까?"

진의 지시에 따라 치히로는 개와 눈을 마주치지 않게 주의하면서 쪼그리고 앉았다. 진이 리드줄을 능숙하게 사용해 유도하자 개가 다가와 치히로의 냄새를 맡기 시작했다. 그 모습을 지켜보면서 진이 몇 번이나 고개를 끄덕였다.

"살며시 손을 내밀어 볼까? 서두르지 말고, 천천히."

치히로가 손을 내밀자 개가 놀란 듯이 뒤로 물러섰다. 하지만 손을 뻗은 채 가만히 있자, 다시 다가와 냄새를 맡았다.

"그대로 가만히 있으렴."

치히로가 가만히 있자 개가 손가락을 핥았다.

"좋아. 턱 밑을 살포시 쓰다듬어 주고."

치히로가 조심조심 손을 움직였다. 진의 말처럼 개와 눈을 마주치지 않은 채 어색하게 턱을 쓰다듬자 개의 짧은 꼬리가 흔들렸다. 아니, 꼬리라기보다는 허리 전체가 좌우로 흔들리는 느낌이었다.

"우리는 초코라고 이름을 지어 주었는데, 한번 불러 볼래?"

진의 온화한 미소처럼 개에게서 더 이상의 위험 징후는 찾아볼 수 없었다.

"초코."

치히로가 부르며 개에게 눈길을 주었다. 그러자 개가 또 허리를 흔들었다.

"안녕, 초코."

치히로가 개에게 얼굴을 가까이 가져갔다. 모리야마는 입 안이 바짝바짝 타들어 가는 기분이었다. 너무 가까운 것 같았기 때문이다. 개가 갑자기 물면 아무도 말릴 수 없었다. 하지만 개는 이빨로 무는 대신 혀로 치히로의 얼굴을 핥았다. 입술, 코, 볼을 할짝할짝 핥기 시작했다.

"초코가 처음 보는 사람을 이렇게 잘 따를 줄이야."

진은 이미 리드줄을 잡고 있지 않았다. 초코는 자유로워졌지만 여전히 치히로 곁을 떠나려고 하지 않았다.

"흔치 않은 일인가요?"

"치히로와 초코는 운명의 만남을 이루었네요."

영문 모를 말에 모리야마가 진을 돌아보았다. 진은 잔잔한 미소를 띤 채 치히로와 초코를 지켜보고 있었다.

2

　보호견을 분양받아도 곧바로 집으로 데려갈 수 있는 것은 아니다. 개를 키우기에 적합한 환경을 갖추었는지 심사를 받고 합격해야만, 비로소 개를 맞이할 수 있었다.

　초코를 만난 날부터 치히로는 무엇을 하든 망연한 표정을 지었다. 그 눈이 빛나는 것은 초코에게 지어 줄 새 이름을 생각하거나, 엄마인 치카코와 개를 맞이하는 데 필요한 물품들을 인터넷으로 검색할 때뿐이었다.

　저게 좋아, 이게 좋아, 이거 귀여워, 이건 별로네, 하는 치카코와 치히로의 웃음소리가 집에 울려 퍼지는 것은 치히로가 병을 얻은 이래 처음이었다.

　분양을 받고 열흘 뒤 저녁, 모리야마의 메일 주소로 진의 연락이 왔다.

모리야마 님에게
초코의 정식 분양이 결정됐습니다. 따라서 다음 주말까지 와
주시기 바랍니다.

메일에는 진이 소속된 구조단체의 소재지 지도가 첨부돼
있었다. 모리야마는 사무실 복도로 나와 휴대폰으로 치히로에
전화를 걸었다. 이미 학교에서 귀가했을 시간이었다.

"여보세요? 아빠, 무슨 일이야?"

"정해졌어, 치히로. 이번 주말에 초코를 데리러 갈 거야."

"초코가 아니야. 단테라는 이름으로 결정했어. 하여튼 진짜
야? 주말이면 토요일인가?"

"맞아."

비명에 가까운 함성에 모리야마는 황급히 휴대폰을 귀에서
뗐다.

"단테가 온다. 단테가 온다!"

치히로가 노래하듯 외치고 있었다. 모리야마는 그 소리에
귀를 기울이며 감회에 잠겼다.

치히로는 기특한 딸이었다. 힘든 치료에도 눈물 한번 보이
지 않고 고통을 견뎌 내는, 괜한 걱정을 끼치지 않으려고 입원
치료 중에도 웃음을 잃지 않는 딸이었다. 부모조차 병명을 들

었을 때는 세상이 망한 것 같은 충격을 받아 슬픔의 구렁텅이에 빠졌었다. 하지만 갓 중학생이 된 치히로는 꿋꿋이 견뎠다. 마음의 상처가 어떨지 감히 어림잡을 수조차 없음에도.

병실의 소등 시간이 되면, 치히로가 이불을 뒤집어쓰고 울고 있다는 이야기를 간호사에게 전해 들은 적이 있다. 그날은 모리야마도 치카코도 치히로에게 어떤 말을 건네야 할지 알 수 없었다. 당연히 힘들 터였다. 고통스러울 게 분명했다. 할 수만 있다면 고통을 대신해 주고 싶었다. 그러나 병마와 싸우는 것은 치히로였다.

다행히 1년에 가까운 투병 끝에 백혈병이 호전되었고, 치히로는 퇴원할 수 있었다. 어두웠던 집안이 단번에 밝아졌다. 그러나 약의 부작용으로 빠진 머리카락은 좀처럼 자라지 않았다. 그래도 치카코가 선물한 가발은 치히로의 옷장을 벗어난 적이 없었다.

복학한 중학교에서 치히로는 나이 어린 학생들과 책상을 나란히 한 채 공부를 해야 했다. 그래선지 동아리 활동에도 참여하지 않았고, 수업이 끝나면 곧장 집으로 돌아왔다. 친구와 놀러 나가지도 않고, 집에 친구를 초대하지도 않았다.

괴롭힘을 당하는 것은 아니겠지만 반에서 고립된 것은 아닌지 걱정했는데, 담임교사는 괴롭힘은 없는 것 같은데 입원 전에 비하면 울적해 보일 때가 많은 것 같다고 말했다.

어떻게 하면 좋을까. 무엇을 해 주면 좋을까. 그렇게 고민하며 안절부절못하고 있을 때, 치히로가 말을 꺼낸 것이다.

"강아지 키우고 싶어."

모리야마는 동물을 기르는 데 익숙하지 않았다. 무서운 것은 아니었다. 애완동물은 언젠가 자기보다 먼저 죽는다는 것, 그게 께름칙했다. 치카코도 마찬가지여서 애완동물을 키우자는 말은 단 한 번도 나온 적이 없었다.

그러나 병세의 호전을 축하하는 의미로 무엇이든 원하는 것을 사 주겠다고 해도, 아무것도 필요 없다고 말하던 치히로가 진지한 표정으로 개를 기르고 싶다고 애원한 것이다. 모리야마와 치카코가 결정하는 데는 5분이 채 걸리지 않았다.

치히로를 위해서 개를 기르자. 치히로의 상처받은 마음을 개가 달래 주기를 빌어 보자.

"그래, 개를 키우자."

모리야마가 고개를 끄덕이자 치히로의 얼굴이 밝아졌다. 얼마나 기쁜지 몸이 한 치수나 커진 듯했다. 그 정도로 치히로의 몸속에서 기쁨이 폭발한 것이다.

그때의 치히로의 모습은 영원히, 잊을 수 없다.

진이 차의 뒷문을 열자 단테가 보였다. 단테는 자동차 뒷좌석 구석에 쭈그리고 앉아 있었다.

"단테."

진이 이름을 불렀다. 초코라는 이름 대신 단테라고 부르기로 했다는 것을 미리 전해 놓았었다.

단테가 어금니를 드러내며 으르렁댔다. 작은 어깨가 떨리고 있었는데 화가 난 것이 아니라, 겁을 먹고 있는 것이라고 했다.

"단테."

이번에는 치히로가 이름을 불렀다. 그러자 단테가 으르렁거림을 멈추고 고개를 갸웃했다. 치히로는 진의 뒤에 서 있어 단테의 눈에 보이지 않았다.

"단테."

치히로가 목소리를 높였다. 그러자 단테가 앞을 바라보았다. 허리를 세차게 움직이고, 얼굴을 좌우로 움직이며 목소리의 주인을 찾았다.

극적인 변화였다. 진은 이미 인식하던 사람이고, 명령하면 그 말을 따라야 했다. 부르는 것만으로도 겁에 질리던 존재였다. 그런데 치히로의 목소리를 듣는 순간, 귀여운 생물로 변한 것이다.

치히로가 진의 등 뒤에서 나와 모습을 보였다.

그 순간 단테가 날았다. 말 그대로 날았다. 뒷좌석 구석에서 달려와 힘껏 치히로를 향해 점프했다. 단테를 껴안으며 얼굴이 망가졌지만, 치히로는 신경 쓰지 않고 단테의 구불구불한 털에 코를 묻고 냄새를 맡았다.

"나는 치히로야. 단테, 너의 새 가족이야."

단테가 치히로의 얼굴을 쉴 새 없이 핥았다.

"아무도 따르지 않던 아이였어요." 진이 모리야마 옆으로 다가오며 말했다. "자기 외에는 다른 모든 게 무서워서 계속 틀어박혀 있었죠."

"그래요?"

"저희도 수수방관하지 않고 여러 가지 시도를 해 보았습니다만…… 치히로가 순식간에 저 아이의 껍질을 깨뜨려 버렸네요."

"죄송합니다."

"모리야마 씨가 사과할 일이 아닙니다." 진이 환히 웃으며 모리야마의 어깨에 손을 얹었다. "조언해 드릴 게 있습니다만……."

"부탁드립니다."

모리야마가 머리를 숙였다.

"차에 태우기 전이나, 집에 들어가기 전에는 산책을 시켜 주세요. 무슨 일이든 겁부터 내는 아이예요. 치히로는 잘 따르고 있지만, 모리야마 씨나 부인에게는 긴장할 겁니다. 하물며 새 차에, 새 집입니다. 모든 게 단테에겐 무서운 일이죠."

"아하……."

"오래 걷게 하고, 놀게 해서 단테를 피곤하게 해야 해요. 피곤하면 졸음이 오죠. 잠을 자면 공포심은 사라집니다. 언젠가는 자신의 새로운 거처에 익숙해질 겁니다."

귀찮다는 생각이 들면서도 모리야마는 고개를 끄덕였다. 진은 프로였다. 그가 그렇게 하라고 한다면 그렇게 해 보는 것이 좋았다.

"아빠, 단테랑 이 근처 산책하고 와도 돼?"

리드줄도 배변 봉투도, 그것들을 담을 파우치도 이미 모두 준비되어 있었다.

"차 조심하고. 그리고 단테에게서 절대 눈을 떼지 말 것."

"말하지 않아도 알지, 그런 건."

치히로는 단테를 땅에 내려놓고 목줄과 리드줄을 달았다. 단테는 얌전했다.

"가자, 단테."

치히로가 리드줄을 왼손에 쥐고 걷기 시작했다. 단테가 폴짝폴짝 뛰듯이 뒤를 따르기 시작했다.

"모리야마 씨, 보세요. 단테가 리드줄을 안 잡아당기죠? 저희 직원이 산책에 데리고 나가려고 하면 언제나 짜증 날 정도로 저항을 했는데 말이죠."

"진 씨도 애먹었나요?"

"저는 아니죠." 진이 웃으며 고개를 저었다. "저는 전 세계의 개들로부터 사랑을 받고 있기 때문이죠."

얼굴은 웃고 있었지만, 진의 말투는 진지했다.

"어쨌든 단테는 이미 치히로를 자신보다 위의 존재로 인정

하고 있어요. 정말 놀랍네요. 지난번에 제가 한 말 기억나시나
요?"

"치히로와 단테는 운명적 만남을 이뤘다는?"

"맞아요. 치히로와 단테를 보면 볼수록 그렇게밖에 생각되
지 않네요."

모리야마는 눈을 가늘게 뜨고 멀어지는 치히로와 단테를
바라보았다. 다정한 모습이 마치 남매 같았다.

3

단테는 치히로에게 놀라울 정도로 고분고분했다. 하지만 치히로가 학교에 가고 나면 주체할 수 없는 문제견으로 돌변했다.

모리야마나 치카코가 옆을 지나가기만 해도 단테는 방구석으로 달려가서는 이를 드러내며 으르렁거리고 짖었다. 치카코가 산책에 데리고 나가려고 해도 리드줄을 목에 거는 것조차 거부했다. 음식 또한 치히로가 주는 것이 아니면 결코 입에 대려고 하지 않았다.

"꼭 집에 다른 사람이 있는 것 같네. 정신이 하나도 없어."

치카코의 탄식에 모리야마도 고개를 끄덕였다. 이렇게까지 철저히 거절당하면 속상할 수밖에 없었다. 치히로를 대하는 태도를 보면 더욱더 그랬다.

"하지만 치히로가 좋아하니 우리가 참아야지."

치카코는 쓸쓸하게 웃으며 욕실로 갔다. 자기 전에 세수를 꼼꼼히 하는 게 그녀의 일과였다. 모리야마는 맥주를 마시며 치카코의 말을 되새겼다. 치카코의 말 그대로였다. 단테가 온 뒤로 치히로는 틀림없이 전과 같은 활기를 되찾고 있었다.

치히로는 매일 아침 6시 전에 일어나 단테와 한 시간 동안 산책을 했다. 등교할 때면 옷장 안에서 가발을 꺼내 썼고, 집에 돌아오면 다시 단테와 산책을 했다.

한번은 치히로와 단테의 산책에 따라간 적이 있었다. 치히로는 도보로 20분 거리에 있는 공원의 도그런에서 단테를 뛰어놀게 했다. 그런데 단테는 다른 개나 사람은 전혀 신경 쓰지 않았다. 단테의 눈에는 치히로밖에 보이지 않는 듯했다. 치히로를 쫓아 달리고, 치히로의 다리에 달라붙어 재롱을 부리고, 달리고, 또 달렸다. 그 생동감은 보고 있으면 홀딱 반할 정도였다.

그렇게 20분 정도 함께 뛰어놀면 치히로는 숨이 차올랐다. 운동신경은 좋은 편이지만, 오랜 투병 탓에 체력이 떨어진 상태였기 때문이다.

"아빠가 대신할까?"

모리야마가 묻자 치히로는 고개를 흔들었다.

"단테는 나 아니면 안 놀아."

"공놀이 같은 것도?"

"그것도 안 돼. 공을 던지는 게 나라면 괜찮지만……."

단테가 행복하다면 그걸로 괜찮을지도 몰랐다. 게다가 단테와 놀면서 치히로의 체력도 회복된다면 일거양득일 테니까. 그러면서도 한편으로는 서로가 너무 의존하고 있는 것은 아닐까, 하는 불안이 가슴을 스쳤다.

여전히 치히로는 학교 친구들과 놀지 않았고, 친구들을 집에 초대하지도 않았다. 수업이 끝나면 곧바로 귀가해 단테를 보살필 뿐이었다. 최근 치히로가 자주 웃게 되었다고 담임교사는 말했다. 니트 모자가 아니라 가발을 쓰고 등교하게 된 뒤로 치히로의 마음에 여유가 생긴 것 같다고.

그는 단테를 몰랐다. 새로운 가족이 생긴 것을. 남동생과 같은 존재의 단테를 치히로가 사랑하고 있다는 것을.

단테가 없어지면 치히로는 어떻게 되는 것일까?

동물은, 애완동물은 어차피 사람보다 먼저 죽는다. 언젠가 단테가 떠난 뒤, 치히로는 상실감을 감당할 수 있을까. 기우일 것이다. 불안감이 스칠 때마다 모리야마는 자신을 타일렀다. 단테가 죽는다고 해도 그것은 몇 년이나 후의 일이었다. 치히로도 충분히 자라고, 피할 수 없는 이별을 받아들일 나이일 거라고.

"치히로, 다음에 엄마랑 셋이서 초밥이나 먹으러 나갈까?"

공원에서 돌아오는 길에 모리야마는 치히로에게 물었다.

초밥은 치히로가 아주 좋아하는 음식이었다. 하지만 모리야마의 예상을 뒤엎고 치히로는 아쉬운 듯 고개를 흔들었다.

"초밥 집에는 단테를 못 데려가잖아, 안 갈래."

모리야마의 가슴에 다시금 말할 수 없는 불안이 스쳤다.

"분양할 적에, 처음 만나 뵈었을 때도 말씀드렸지만……."

진이 특유의 저음으로 말을 꺼냈다. 구조단체 건물에 자리한 응접실이었다. 진이 앉은 의자 밑에는 낯선 개가 웅크리고 있었다.

"초코…… 아니, 단테는 원래 내성적인 성격의 개였어요. 매우 내성적이라고 할 수 있죠. 이전에 기르던 주인은 사정이 있어 이사를 해야 했고, 이사한 곳은 애완동물을 키울 수 없는 아파트였어요."

모리야마는 고개를 끄덕이며 진의 말을 들었다. 단테의 원주인은 결국 단테를 보호소에 떠넘기고 이사를 가 버렸다. 새 주인을 구하지 못하면 살처분이 될 수 있음을 알면서도 말이다.

듣고 보니 단테는 이전 집에서도 귀여움을 받았던 것 같다. 그러나 가족의 일원으로 나름 행복하게 살았는데도, 이사가 결정되자마자 가족들로부터 버림받은 것이다. 이사한 곳이 애완동물 금지 아파트라고? 애초에 애완동물을 키울 수 있는 아파트를 찾으면 되는 것 아닌가. 어찌 그리도 쉽게 목숨을, 가족을 버릴 수 있는 것일까.

"단테에게는 상당히 충격적인 사건이었을 겁니다. 정든 집에서 느닷없이 보호소로, 콘크리트 우리에 갇힌 채 가족과 떨어져야만 했으니까요."

"네, 알 것 같아요."

"단테는 사람을 믿을 수 없게 된 거죠. 원래 수줍음 많은 성격이라 사람이 무섭고 두려워 스스로 껍데기를 만들고 그 안에 숨어 버린 겁니다. 치히로가 그 껍데기를 깼지만, 다른 사람에게는 아직 유효한 거죠. 결국 시간이 걸릴 수밖에 없어요. 단테에겐 치히로가 특별한 겁니다. 둘 모두 깊은 상처가 있어서, 그 에너지가 서로를 끌어당겼을지도 모르죠."

모리야마는 다시 고개를 끄덕였다. 진의 말에는 설득력이 있었다.

"그러니 조급해 하지 마세요. 이런 일에는 시간이 걸립니다. 단테처럼 껍데기에 갇혀 버린 개에게는 보통 새 주인이 나타나지 않습니다. 솔직히 저도 반쯤 체념을 했었죠."

"체념이라뇨?" 모리야마 옆에 앉아 묵묵히 귀를 기울이고 있던 치카코가 입을 열었다. "설마 살처분을 하려고 했다던가……."

"아뇨. 제가 키울 생각이었습니다. 저에겐 마음을 열어 주고 있었으니까요." 진이 발밑의 개에게 시선을 떨어뜨리며 말을 이었다. "이 녀석이랑은 아직 사이가 별로 좋지 않지만, 그건 알파인 제가 정신 차리면 되는 거고요."

"알파요?"

모리야마가 고개를 갸웃했다.

"쉽게 말해 집단의 두목을 말합니다. 개는 보스를 따르기 위해 태어납니다. 따라서 사람이 두목이 된 가정에서야 개는 행복할 수 있어요."

"그럼 우리 집은 괜찮네요. 치히로는 완전히 단테의 보스예요."

모리야마의 말에 진이 고개를 저었다.

"치히로만 그러면 안 됩니다. 아버님도 어머님도 보스가 되어야 합니다. 그럴 수만 있다면 단테는 치히로에게 하는 것처럼 두 분에게도 애정을 표시하게 될 거예요."

"하지만 어떻게 해야 할지……."

말은 쉽지만 행동은 어려운 것이다.

"간단해요." 진이 일어서며 말했다. "위엄 있게 대하면 됩니다. 잠깐 따라와 주시겠어요?"

모리야마와 치카코는 진을 따라 응접실을 나섰다. 복도를 따라 좀 더 안으로 들어가니 넓은 방이 나왔다. 방 모서리마다 여러 개의 켄넬이 쌓여 있었고, 수십 마리의 개가 그 안에 수용돼 있었다. 그리고 여자 직원 두 명이 분주하게 개들을 돌보고 있었다.

"키노시타 씨, 저 아이를 켄넬 밖으로 꺼내고 싶은데 괜찮을까?"

진이 묻자 키노시타라고 불린 중년 여성의 얼굴이 순간 어두워졌다. 그러자 옆에 있던 다른 직원이 말했다.

"진 씨라면 괜찮아."

그 말에 키노시타가 고개를 끄덕이더니 왼편 안쪽에 있는 켄넬로 다가갔다. 순간, 안에 있던 개가 어금니를 드러내고 짖기 시작했다.

"그저께 보호한 파피용입니다." 진이 키노시타 옆으로 다가가며 말했다. "전 주인이 훈련을 전혀 시키지 않아서, 자신이 이 세계의 지배자라고 생각하고 있죠."

"어떻게 여기로 오게 되었나요?"

"결국 전 주인이 감당할 수 없게 된 거죠. 자기 마음에 안 들면 대뜸 물어뜯으니……."

진이 말끝을 흐리며 켄넬 앞에 쭈그리고 앉아 오른쪽 팔꿈치를 쑥 내밀었다. 파피용이 코를 벌렁거리며 냄새를 맡더니 다시 요란하게 짖기 시작했다.

진이 깊이 숨을 들이마시고는 파피용을 지그시 응시했다. 노려보는 것이 아니었다. 그렇다고 부드러운 눈으로 바라보는 것도 아니었다. 단지 차분히 파피용을 바라볼 뿐이었다.

파피용은 이빨을 드러내고 양발로 켄넬을 마구 할퀴며 으르렁댔다. 켄넬 창이 없었다면 틀림없이 진에게 달려들어 물어뜯을 것 같았다. 그 모습을 보던 치카코의 얼굴이 핼쑥해졌다. 파피용은 소형견이지만 박력만큼은 대단했다. 개에게는 송곳니가 있어, 아무리 작아도 무서운 건 마찬가지였다.

그런데 파피용에게 변화가 생겼다. 위압적이었던 모습에 당혹감이 깃들기 시작한 것이다. 진은 여전히 파피용을 바라보고만 있을 뿐이었다. 그런데도 파피용의 울음소리가 점점 작아졌다. 파피용이 뒷걸음질을 쳤다.

"좋아, 굿 보이."

진이 켄넬을 열었다. 그리고 들고 있던 리드줄을 능숙하게 파피용에 장착해 켄넬 밖으로 유도했다.

"갑자기 얌전해졌네요."

"이 세상의 지배자가 자신이 아니라는 걸 깨달은 거죠."

"진 씨의 위엄에 굴복했다는 뜻인가요?"

진이 고개를 끄덕였다.

"원래는 성격 좋은 아이였을 거예요. 단지 전 주인이 오냐오냐하면서 응석을 받아 줬을 겁니다. 이리로 잠깐만 와 보세요."

모리야마가 다가서자 파피용이 다시 사납게 짖기 시작했다. 하지만 진이 재빠르게 리드줄을 당기며 날카롭고 짧은 목소리로 "노"라고 말하는 순간, 파피용이 짖는 것을 멈추고 진을 올려다보았다.

"'시끄러워'라든가 '입 다물어' 같은 말을 따로 할 필요는 없어요." 진이 말했다. "이 아이는 이제 저를 자신의 알파독(Alpha dog)이라고 인정했으니 의사만 전하면 됩니다."

"초능력 같아."

치카코가 중얼거렸다.

"초능력이 아닙니다, 사모님. 저는 개를 잘 이해하고 있는 것뿐입니다. 그리고 그 지식을 얻으면 사모님도 똑같이 할 수 있죠. 단지 그뿐입니다."

진의 말에 치카코는 알쏭달쏭한 표정을 지으며 고개를 갸웃했다.

4

진이 말한 것처럼 일이 간단히 진행되지는 않았다.

위엄 있게 대하고 있다고 생각했지만 스스로만 그렇게 생각할 뿐, 정작 단테는 마치 이쪽의 속내를 간파하고 있는 것만 같았다. 봄날이 빠른 걸음으로 지나가고, 여름이 끝나고 가을이 와도, 단테는 모리야마와 치카코의 말을 잘 듣지 않았다.

집에 처음 왔을 당시와 같은 거부 반응이 많이 사라진 것은 사실이었다. 그러나 치히로에게는 모든 것을 맡기 듯이 대해도, 모리야마와 치카코를 대하는 태도는 크게 달라진 게 없었다. 먼저 다가가려 하면 뒤로 피하고, 무리하게 만지려고 하면 몸을 부르르 떨 뿐이었다.

그래도 치히로가 아니어도 음식 그릇을 내밀면 먹어 줬고,

가끔 이쪽으로 다가오기도 했다. 아주 조금씩이긴 하지만 가족으로서의 유대감이 하루하루 쌓이고 있었던 것이다.

무엇보다 치히로의 밝은 목소리를 듣는 것만으로도, 모리야마와 치카코는 행복한 기분에 젖을 수 있었다.

치히로가 백혈병인 것을 알았을 때의 공포감. 모리야마의 골수도 치카코의 골수도, 그 어느 일가친척의 골수도 치히로와 맞지 않는다는 말을 들었을 때의 설망감. 나는 죽어도 좋으니 치히로를 살려 달라고 의사에게 매달리던 치카코의 절규. 그 모든 것들이 먼 과거의 일처럼 느껴졌다. 이런 시간의 흐름을 빠르게 한 것은 그 누구도 아닌 단테였다.

단테가 오고 난 뒤부터 모리야마는 일찍 귀가하기 시작했다. 이전에는 잔업이나 친구들 모임으로, 일주일의 반은 자정이 가까워서야 귀가하곤 했다. 하지만 이제는 일 이외에 다른 볼일은 모두 거절하고 있었다.

웃고 있는 치히로를 보고 싶었기 때문이다. 칠흑 같은 눈동자로 치히로의 일거수일투족을 좇는 단테를 보고 싶었기 때문이다. 좀처럼 따라 주지 않아도, 산책에 데리고 나갈 수는 없어도, 단테는 분명히 가족의 일원이었다.

그 생각은 치카코도 마찬가지일 게 분명했다. 치히로를 간병하는 동안 수척해지고 늙어 버렸던 치카코도 조금씩 실제 나이에 맞는 표정과 피부의 탄력을 되찾고 있었다. 가족의 조화가 잡힌 것이다. 아내와 딸, 그리고 단테와 함께 시간을 보내는 것이 모리야마에게는 이제 가장 큰 행복이었다.

단테는 지난달 세 번째 생일을 맞았다. 소형견의 수명은 15년 전후라고 진이 가르쳐 주었는데, 그러면 단테가 떠날 무렵에는 치히로도 누군가 좋은 상대를 찾아 이 집을 떠나 있을지도 모른다.

그날이 최대한 늦게 오기를.

고무공처럼 통통 뛰는 단테와 단테를 향해 미소 짓는 치히로를 보며 모리야마는 밤마다 기도했다.

설 연휴가 끝나자, 치히로의 건강이 다시 나빠졌다. 몸이 나른하다고 호소하며 치히로는 앓아누웠다. 체온을 쟀더니 역시나 미열이 있었다. 독감이 유행하고 있었고, 치히로가 다니는 중학교에도 폐쇄된 반이 있었다. 치히로도 감염이 된 듯했다.

모리야마는 평소보다 한 시간 일찍 일어나 치히로의 방문을 두드렸다. 치히로는 깨어 있었지만 안색이 좋지 않았다. 단테는 치히로의 뺨에 등을 바짝 붙인 채 웅크리고 있었다.

"좋은 아침, 상태는 어때?"

"어제보다는 괜찮은 것 같기도? 하지만 아직 나른해."

"오늘 엄마랑 병원에 갔다 오렴."

"응, 그런데 아빠는 왜 일찍 일어났어?"

"치히로 대신 단테랑 산책 가려고."

"단테가 아빠 말 잘 들을까?"

"듣게 해야지."

모리야마는 침대로 다가가 단테에게 손을 뻗었다.

"산책 나가자, 단테."

단테가 슬쩍 몸을 일으키더니 도움을 청하듯 치히로에게 눈을 돌렸다.

"아빠랑 갔다 와, 단테야. 나는 못 가."

단테가 말귀를 못 알아들었다는 듯이 고개를 갸웃했다.

"치히로의 아빠야. 단테가 싫어하는 거 하지 않을 거야. 착하지?"

단테가 치히로에게 정신이 팔린 사이, 모리야마는 가져온 리드줄을 단테의 목줄에 묶었다.

"자, 가자 단테."

리드줄을 당기자 단테의 몸에 바짝 힘이 들어갔다. 그 순간 며칠 전 진과 주고받은 메일이 떠올랐다.

서두르면 안 된다. 단테가 마음먹을 때까지 참을성 있게 기다려야 한다.

모리야마는 리드줄을 당기지 않고 물끄러미 단테를 바라보았다. 역시 곱슬곱슬한 털 너머로 칠흑 같은 눈동자가 당혹감을 호소하고 있었다.

"치히로는 몸이 안 좋아. 네가 버릇없이 굴면 치히로가 곤란해."

모리야마가 부드럽게 말하며 가볍게 리드줄을 당겼다. 그러자 단테가 오른쪽 앞다리를 내디뎠다.

"잘하고 있어."

온화하게 말을 걸었다. 항상 온화하게 대하는 것이 중요하다고 진은 반복해 강조했다. 다시 리드줄을 당기자 단테가 벌벌 떨면서도 앞으로 발을 뻗었다.

"잘하네, 단테."

치히로가 기쁜 듯이 말했다.

"자, 용기를 내 봐."

리드줄을 다시 당기자 단테가 침대에서 훌쩍 뛰어내렸다.

"잘했어, 단테. 자, 가자."

단테가 치히로를 돌아보았다. 치히로가 미소를 지으며 고개를 끄덕이자 단테가 결심했다는 듯이 모리야마를 쳐다보았다.

"얼른 갔다가 얼른 돌아오자. 치히로 옆에 있고 싶은 거지?"

모리야마가 말을 걸며 침실을 나서자 단테가 따라왔다. 리드줄은 느슨한 상태였다.

집 밖으로 나오니 계절치고는 기온이 조금 높았다. 모리야마는 단테가 놀라지 않도록 천천히 걷기 시작했다. 단테는 몇 번이고 뒤를 돌아보면서도 꾸준히 모리야마를 따라왔다.

"뭐야, 치히로랑 같이 있을 때는 펄쩍펄쩍 뛰듯이 걸으면서.”

말은 그렇게 했지만 기분은 좋았다. 처음으로 단테와 산책을 나올 수 있었기 때문이다.

“단테야, 그렇게 치히로가 좋니?”

말을 걸자 단테의 귀가 쫑긋 섰다.

“나도 치히로를 무척 좋아해. 그러니까 우린 동지네.”

집에서 멀어질수록 단테의 발걸음이 가벼워졌다.

“잘하고 있어, 단테. 치히로뿐만이 아니야. 나도 치카코도 너의 가족이야. 너의 무리야.”

단테가 뛰듯이 걷기 시작했다. 모리야마는 웃었다. 실컷 웃었다. 이렇게 기분 좋은 것은 ‘완화되었다’라고 의사가 말했을 때 이후 처음이었다.

“이것 봐, 이게 증거야.”

모리야마는 같은 부서의 나카무라 타에코에게 휴대폰 화면을 보여 주었다. 오늘 아침 산책 도중에 찍은 단테의 사진이었다.

나카무라 타에코는 모리야마보다 열 살 정도 젊은 동료로, 친정에서 단테와 같은 토이 푸들을 기르고 있었다. 단테를 키우기 전까지는 사적으로 말을 나눈 적이 거의 없었지만, 최근에는 단테 때문에 이야기를 하는 일이 잦아지고 있었다.

"1년 만에 첫 산책이라니 들어 본 적이 없어요. 대단하네요."

"나도 시간이 이렇게 오래 걸릴 줄 몰랐어. 설마 개가 이렇게 고집이 셀 줄이야."

"잘 따르는 애는 정말 잘 따르는데. 그래도 단테는 역시 잘생겼네요. 치히로가 첫눈에 반한 이유를 알 것 같아요."

나카무라 타에코는 휴대폰 속 단테를 찬찬히 응시했다.

"그래? 다른 토이 푸들을 본 적 없으니 잘 모르겠네."

"코 부분을 머즐이라 부르는데, 얼굴이랑 머즐의 밸런스가 좋잖아요. 그리고 이 눈. 왠지 사려 깊은 사람의 눈 같지 않아요?"

"글쎄…… 겁이 많아서 항상 안절부절못하는데."

"하지만 이 사진은 제대로 모리야마 씨 쪽을 보고 있잖아요."

"그건 그렇지만……."

나카무라 타에코가 들고 있던 휴대폰에서 착신음이 울려 퍼졌다. 휴대폰을 건네받아 확인하자 치카코에게서 온 전화였다.

"잠깐, 실례할게."

모리야마는 복도로 나오며 계속되는 벨소리에 고개를 갸웃했다. 치카코는 낮에는 일에 방해가 될까 싶어 두세 번 벨소리가 이어지면 전화를 끊는 것이 습관이었다. 그러면 시간이 날

때 모리야마가 다시 전화를 걸곤 했었다. 불길한 예감에 가슴이 울렁거렸다.

"여보세요? 무슨 일 있어?"

"재발이래."

치카코는 울고 있었다. 흐느끼며 내뱉는 말은 잔뜩 흐트러져 있었고, 불분명했다.

"뭐라고?"

"백혈병이 재발했을 가능성이 있다고 의사가……."

말을 다 끝내기도 전에 치카코는 오열했다.

"거짓말이지……."

모리야마는 휴대폰을 귀에 댄 채 얼어붙었다. 치카코의 울음소리밖에 들리지 않았다. 눈은 뜨고 있었지만 아무것도 보이지 않았다.

5

검사 결과, 치히로는 급성 골수성 백혈병 진단을 받았다. 재발이었다.

가혹한 항암 치료가 다시 시작됐다. 그럼에도 치히로는 여전히 모리야마와 치카코에게 결코 힘든 모습을 보이려 하지 않았다. 병실에 가면 치히로는 언제나 미소를 지어 주었다. 그 마음씨가 너무나 안쓰러워 견딜 수가 없었다.

입원한 지 얼마 안 되었을 때, 모리야마는 치히로에게 힘든 것은 없는지 물었다. 그러자 치히로는 단테와 함께 잠들지 못하는 것이 외롭다고 대답했다. 단테도 치히로의 부재를 힘들어했다. 입맛을 잃었고, 산책을 나가도 배설을 마치면 곧장 집으로 돌아가고 싶어 했다.

"단테를 병원에 데려올게."

치카코는 매일매일 단테를 병원에 데리고 갔다. 물론 단테는 병원 안으로 들어갈 수 없었다. 치히로가 병원 밖으로 나와 단테를 보는 것이 전부였다.

처음 단테를 데려간 날, 치히로와 단테의 모습을 휴대폰으로 촬영한 동영상을 메일로 모리야마에게 보내 주었다.

낯선 장소에서 바짝 긴장한 단테의 모습이 먼저 보였다. 단테의 리드줄은 벤치 다리에 묶여 있었다. 단테를 부르는 치히로의 목소리가 들려오자 단테의 안색이 변했다. 단테가 세차게 허리를 흔들며 달려오는 치히로를 향해 펄쩍펄쩍 뛰었다. 환희의 댄스가 시작되었다. 휴대폰 렌즈가 돌아가자, 기쁨에 찬 치히로의 얼굴이 보였다.

"단테! 단테!! 단테!!"

마치 1년에 딱 한 번만 만날 수 있는 연인 같았다. 치히로는 단테의 이름을 외치고, 단테는 찢어질 듯이 꼬리를 흔들었다. 화면이 흔들렸다. 치카코가 벤치에 묶여 있던 리드줄을 푼 것이다. 치히로가 양손을 내밀자 단테가 달려갔다. 날았다. 마치 로켓처럼 단테가 치히로의 가슴에 날아들었다. 치히로가 단테를 끌어안고 볼을 비비고, 단테는 치히로의 얼굴을 마구 핥았다.

"보고 싶었어, 단테."

치히로의 말에 나도야, 라고 대답하듯이 단테는 치히로의 빰을 핥았다. 거기서 모리야마는 동영상을 정지시켰다. 눈물이 시야를 가렸다. 손으로 눈을 가리면서 화장실로 뛰어든 모리야마는 칸막이 안에 틀어박혀 울며 기도했다.

하나님, 제발 치히로를 살려 주세요. 이렇게 서로 사랑하는 치히로와 단테가 함께 살 수 있도록 도와주세요.

"아빠, 요즘 단테 착하지?"

일요일 오후, 모리야마가 병실에 들어서자 치히로가 물었다.

"응, 사람이 변했다고 하잖아. 단테도 착한 애가 됐어."

"내가 잘 타일렀거든. 나 대신 아빠랑 엄마 잘 부탁한다고."

가슴이 아팠다.

"대신?"

"입원해 있는 동안 말이야."

"그래."

모리야마는 웃으려고 했지만, 얼굴이 딱딱하게 굳어 제대로 웃을 수 없었다.

"떼를 쓰거나 말 안 들으면, 엄마랑 아빠가 곤란해지니까. 두 사람이 곤란해지면 나도 슬프다고 몇 번이나 타일렀지."

모리야마는 고개를 끄덕였다. 치히로의 말대로 단테의 변화는 놀라웠다. 지금은 모리야마뿐만 아니라 치카코와도 산책을 나갔다. 둘이 주는 먹이나 간식도 주저 없이 먹었고, 때로는 응석을 부리는 모습까지 보였다.

"그러니까 말이야, 단테가 알았다고 했어."

"정말?"

치히로가 웃으며 고개를 흔들었다.

"그런 생각이 들었을 뿐인데…… 분명히 알아준다고 느꼈어."

"그렇고말고." 모리야마는 침대 옆의 둥근 의자에 앉아 치히로의 손을 꼭 잡았다. "아빠도 그렇게 생각해. 단테는 치히로가 뭘 원하는지 정확히 알고 있어."

"그렇지? 내 말이 맞지?"

치히로가 손을 마주잡았다. 울컥할 만큼 야위고 앙상한 손이었다. 웃고는 있지만 치히로의 안색은 좋지 않았다. 항암제 치료는 착실히 치히로의 체력을 앗아 가고 있었다. 가능하다면 이런 치료 당장이라도 그만두고 싶었다. 하지만 현대의학에서는 이것밖에 치히로를 구할 방법이 없었다. 사랑하는 딸이 괴로워하는 모습을 지켜볼 수밖에 없다는 것은 상상할 수 없는 고통이었다.

"그런데 단테 안 데려왔네?"

"엄마가 오전에 데리고 왔잖아."

"또 보고 싶어."

"퇴원하면 싫어도 맨날 봐야 돼."

"응, 단테를 위해서라도 빨리 나아야겠어."

"이거."

모리야마가 USB 메모리를 치히로에게 건넸다. 휴대폰으로 찍은 단테의 동영상이었다. 평소의 단테를 보고 싶다는 치히로의 소원에 모리야마가 촬영한 것이었다.

"우와, 지금 봐도 돼?"

"물론이지."

치히로가 태블릿 단말기에 USB 메모리를 꽂았다. 동영상 재생 프로그램이 실행되며, 단테의 얼굴이 화면 가득 나타났다.

"단테야, 치히로에게 보여 줄 거니까 얼굴 좀 잘 보여 봐."

모리야마의 목소리가 흘러나오고, 치히로라는 말을 듣는 순간 단테의 귀가 쫑긋 섰다.

"이것 봐. 치히로 네 이름 제대로 알고 있지."

"응."

치히로는 눈을 반짝이며 동영상을 보았다. 밥을 먹는 단테, 산책하는 단테, 잠들어 있는 단테, 병원에서는 볼 수 없는 단테의 모습을 찍은 영상이었다.

"단테가 엄마한테도 꼬리 흔드는 것 좀 봐!"

식탁 풍경을 담은 장면에서 치히로가 소리를 질렀다. 모리야마는 다른 입원 환자들에게 허리를 굽혀 사과했다. 그러나 기분 나빠 하는 사람은 한 명도 없었다. 다들 치히로의 기쁨을 자기 자식처럼 받아 주고 있었다.

같은 방에 머물고 있는 환자는 세 명. 한 명은 치카코와 같은 나이였고, 나머지 두 명은 예순을 넘은 노인들이었다. 그들은 치히로를 딸이나 손자처럼 귀여워했다.

"잠깐만요, 모리야마 씨."

가장 연장자인 고바야시 토쿠가 모리야마에게 손짓했다.

"무슨 일이시죠?"

모리야마는 동영상에 푹 빠진 치히로 곁을 떠나 고바야시 토쿠의 침대로 다가갔다.

"다음에 몰래 강아지 데려와."

"어, 하지만……."

"우린 신경 쓰지 않아도 되니까. 응?"

코바야시 토쿠가 다른 두 사람에게 눈짓하자, 두 사람도 고개를 끄덕였다.

"치히로 있잖아, 매일 분투하고 있어. 그러니 상을 줘야지. 그게 강아지잖아."

"정말 괜찮아요?"

"의사 선생님이나 간호사들 눈에 띄는 건 조심하고."

"그럼 다음에 데려올게요. 감사합니다."

"빨리 좋아졌으면 좋겠다. 치히로."

잔잔히 미소 짓는 고바야시 토쿠에게 고개를 숙이고, 모리야마는 치히로의 침대로 돌아갔다.

"아빠, 단테는 밤에 어디서 자고 있어?"

낮잠 자는 단테의 영상을 보던 치히로가 물었다.

"거실 소파인가?"

모리야마는 거짓말을 했다.

"그래?"

"응. 매일 밤 소파에서 자."

"그렇구나…… 단테, 외롭지 않을까?"

"치히로가 퇴원하면, 매일 밤 함께 잘 수 있다고 얘기해 주고 있어. 외롭지 않아."

모리야마는 치히로의 어깨를 토닥이며 말했다.

단테는 매일 밤 치히로의 침대에서 잔다. 치히로가 돌아올 때까지 자신이 치히로의 방을 지키겠다는 듯이 모리야마나 치카코가 침대에서 내려오려고 하면 이빨을 드러내고 으르렁거리고 짖었다. 마치 옛날의 단테로 돌아간 것처럼.

단테는 매일 밤 네 침대에서 자고 있어. 네가 돌아올 때까지 네 침대를 지키고 있을 거야.

이렇게 이야기했다면, 치히로는 용기를 받을 수 있을까. 아니면 단테와 함께 잠들지 못하는 지금의 처지를 한탄할까.

어느 쪽이라고 단언할 수 없었다.

귀가하면, 단테는 모리야마에게 달라붙는다. 모리야마에게 묻은 치히로의 냄새를 맡기 위해서. 냄새를 맡으면 단테는 어찌할 바를 모르는 얼굴로 모리야마를 올려다본다.

치히로는 언제 돌아와?

모리야마는 이 애틋한 시선을 못 이겨 언제나 눈을 피한다.

면회 시간은 끝났지만, 구면인 간호사가 짧은 시간이라면 괜찮다며 병실에 들어가도록 허락해 주었다.

"갈아입을 옷이 부족해서요."

모리야마는 대충 핑계를 둘러댔다. 오른손에 쥔 스포츠백 안에는 단테가 들어 있었다.

"정말 죄송합니다."

치카코가 깊숙이 머리를 숙였다.

병실에 들어서자 치히로를 제외한 세 사람이 일제히 모리야마를 보았다.

"쉿."

모리야마는 집게손가락을 입술에 갖다 댔다. 간호사의 발소리가 멀어져 갔다.

"단테야, 절대 짖으면 안 돼."

모리야마가 치히로의 침대에 다가가자 가방 안에서 단테가 발버둥을 쳤다. 치히로의 냄새를 알아차린 것이다.

치히로는 잠들어 있었다. 홀쭉해진 뺨이 애처로웠다. 지난 며칠 만에 치히로는 끼니도 제대로 챙기지 못할 정도로 쇠약해졌다. 치카코가 입술을 깨물었다. 눈물이 글썽글썽했다. 모리야마는 왼손으로 치카코의 오른손을 꼭 잡았다. 치카코가 그 손을 꼭 마주 잡았다.

"여러분 정말 감사합니다."

치카코는 같은 방의 세 사람에게 말을 건넸다.

"괜찮아. 사랑하는 멍멍이를 만나면 치히로도 건강해질 거야."

고바야시 토쿠가 말했다. 치히로는 이제 병원 밖은커녕 침대에서조차 나올 수 없을 만큼 쇠약해져 있었다.

"치히로."

모리야마가 치히로의 어깨에 손을 얹었다. 치히로의 눈꺼풀이 경련이 일 듯 떨렸다.

"치히로, 단테 데리고 왔어."

가방을 침대 끝에 내려놓고 안에서 단테를 안아 올렸다. 단테는 모리야마의 손에서 빠져나오려고 안간힘을 썼다.

"단테."

모리야마가 단호하게 말하자 단테가 움직임을 멈추고 꼬리만 쉴 새 없이 흔들었다.

"자, 치히로. 네가 사랑하는 단테야. 단테도 좋아하네."

치히로의 눈빛이 또렷해졌다. 치히로가 몸을 일으키려고 하자 치카코가 거들었다.

"단테."

치히로가 쉰 목소리를 냈다. 단테가 또 날뛰기 시작했다. 모리야마가 단테를 치히로에게 건넸다.

"단테야, 잘 지냈어? 보고 싶었어."

치히로가 단테를 꼭 끌어안고 어루만졌다. 모리야마의 품에 있을 때는 격렬하게 움직이던 단테가 마치 인형처럼 얌전히 있었다.

"착하네. 치히로도 멍멍이도."

코바야시 토쿠의 목소리가 들려왔다. 다른 두 사람은 한마디도 하지 않고 치히로와 단테의 모습을 지켜보고 있었다.

"엄마, 아빠 말 잘 듣고 있지? 외로워도 떼쓰거나 그러지 않지?"

단테는 대답하는 대신 치히로의 손끝을 핥았다.

"간지러워, 단테야."

치히로가 미소를 지었다. 이렇게 웃는 얼굴을 본 것은 오랜만이었다. 단테는 치히로의 손가락을 계속 핥아 댔다. 마치 치히로의 몸속에 있는 독을 빨아내려는 듯이.

"알아, 나도 정말 좋아해. 단테야, 단테를 만나서 정말 행복했어."

모리야마는 치카코와 얼굴을 마주보았다. 치히로가 내뱉은 과거형 문장에 억장이 무너질 듯했다. 아직 열네 살이라는 어린 나이지만 치히로는 자신에게 주어진 운명을 마주하고 있었다. 치카코가 소리 내어 울기 시작했다.

"미안해, 단테야. 쭉 같이 있고 싶었는데, 미안해."

치히로의 눈에도 눈물이 글썽였다. 단테가 볼을 타고 흐르는 눈물을 살포시 핥았다. 치카코가 무너져 내렸다. 바닥에 무릎을 꿇은 채 침대에 얼굴을 묻고 울음을 토했다.

"무슨 소리야, 치히로. 병이 나으면 계속 단테와 함께 있을 수 있잖아."

"아빠, 고마워. 한 가지 부탁 꼭 들어줘."

"하나라고 하지 마. 둘이든 셋이든 치히로가 부탁하면 뭐든지 들어줄 거야."

"단테 부탁할게."

"치히로……."

"내가 없어져도, 단테는 있어. 단테도 가족이야. 그렇지?"

"치히로……."

치카코가 고개를 들었다. 얼굴이 눈물에 젖어 엉망이었다.

"나 대신 단테를 지켜 줘. 단테를 나라고 생각하고."

"괜찮아. 병이 나아서 치히로는 집에 돌아갈 거야."

"꼭 약속해 줘."

치히로의 눈에 강한 빛이 깃들어 있었다.

"알았어. 꼭 약속할게."

모리야마는 고개를 끄덕이며 입술을 깨물었다. 그렇지 않으면 울음이 터질 것 같았다.

"단테도 마찬가지야. 아빠랑 엄마 말 잘 들어야 해. 모두 너무 슬퍼하면 안 되니까."

치히로는 강한 아이였다. 훌륭한 딸이었다. 왜 이런 아이가 무서운 병에 걸려 고통을 당해야 할까. 하필이며 왜 내 딸일까.

단테는 묵묵히 치히로의 말을 듣고 있었다. 비유가 아니었다. 단테는 치히로의 말을 진짜 이해하는 것이다.

"고마워. 나를 선택해 주어서 정말 고마워. 단테랑 지낼 수 있어서, 나 정말 행복했어."

어른들은 흐느끼고 있었지만, 치히로는 단테에게 미소 짓고 있었다. 단테를 배려하고 있었다. 울고 싶을 정도로 괴롭고 힘들 텐데도, 자신을 사랑해 주는 모두에게 불안감을 주지 않으려고 참아내고 있는 것이었다.

모리야마는 치히로가 자랑스러웠다. 그리고 치히로에게 맹목적인 신뢰를 보내는 단테가 사랑스러워 견딜 수가 없었다.

치카코가 목 놓아 울었다. 같은 방의 세 사람도 소리 죽여 울었다. 모리야마도 뺨에 흘러내리는 눈물을 느꼈다. 그러나 치히로는 더 이상 울고 있지 않았다. 단테와 서로 바라보고, 맞닿아, 서로를 강하게 느끼고 있었다.

그 무엇도, 심지어 죽음조차도 치히로와 단테의 유대를 갈라놓지 못했다.

6

단테를 병실로 데려갔던 날로부터 3일 후 치히로는 조용히 숨을 거두었다. 기적과 같은 평온한 마지막이었다. 치카코는 치히로를 부여잡고 통곡했다. 모리야마도 울었다. 아무리 울어도 눈물이 끊이지 않았다.

살 수 없다는 걸 알았다면 가혹한 치료 같은 건 받지 않았을 것이다. 자택 요양을 시키고, 원하는 만큼 단테와 함께 지내게 하는 선택지도 있었다. 하지만 무엇을 어떻게 후회하든 과거는 결코 돌아오지 않는다. 치히로는 떠나 버린 것이다. 부모와 사랑하는 단테를 남기고.

시신이 영안실로 옮겨지자, 모리야마는 억지를 부려 단테를 영안실로 데려왔다. 단테를 안아 올려 치히로의 얼굴을 보여 주었다. 단테는 치히로의 냄새를 맡고, 작은 혀를 내밀고 코를 살포시 핥았다. 그리고 이별 인사를 마쳤다는 듯이 얼굴을 모리야마에게 돌렸다.

"괜찮아?"

단테는 대답하지 않았다. 곱슬곱슬한 털 안쪽의 칠흑 같은 눈동자를 모리야마 쪽으로 향하고 있을 뿐이었다.

모리야마는 단테를 안은 채 영안실을 나왔다. 그것이 치히로와 단테의 이별이었다.

치히로가 없었지만 단테의 일상은 변하지 않았다. 모리야마와 아침 산책을 가고, 아침밥을 먹고, 낮잠을 잤다. 저녁에는 치카코와 산책을 나섰다. 저녁을 먹고, 귀가한 모리야마에게 응석을 부리고, 잠이 들었다. 단테가 밤에 잠이 드는 곳은 치히로의 침대였다. 단테는 그것만은 절대 양보하지 않았다.

'펫로스 증후군'이 있듯이, '주인-로스 증후군'과 같은 상태가 될까 걱정했던 모리야마는 맥이 빠졌다. 그토록 사랑하던 치히로가 죽었는데도, 단테는 평소처럼 나날을 보낼 뿐이었다. 하지만 상관없었다. 단테의 존재는 분명 모리야마와 치카코에게 큰 위로였다.

늦은 밤 모리야마와 치카코는 단테와 놀아 주며 오랜 시간 이야기를 나눴다. 그때 치히로랑 단테는 이랬었지, 저랬었지하면서.

아이를 잃은 부부가 추억을 나누면 집안에는 슬픔과 상실감만 가득할 터였다. 하지만 거기에 단테가 있는 것만으로도, 치히로가 이 세상에서 가장 사랑하고 아낀 존재가 눈앞에 있어 주는 것만으로도, 슬픔도 상실감도 필요 이상으로 어깨를 짓누르지는 않았다.

단테는 구원이었다. 치히로가 그들에게 남겨 준 선물이었다.

단테의 모습이 이상해진 것은 일주일 후면 치히로가 떠난 지 1주년이 될 때였다. 모리야마와 산책을 하던 단테가 갑자기 쓰러졌다. 황급히 24시간 진료를 받을 수 있는 응급동물병원에 데려가 진찰을 받았다. 원인은 알 수 없지만 단테는 빈혈을 일으키고 있었다. 그렇게 진단받았다. 원인은 혈액 검사 결과가 나온 뒤에 알 수 있다고 했다.

일단 수혈을 받고, 약을 처방받았다. 수혈이 효과가 있었는지, 귀가한 단테는 평소처럼 건강을 되찾은 듯 보였다. 그러나 닷새 후에 단테는 또다시 쓰러져 병원을 찾았다. 검사 결과는 아직 나오지 않았지만 재생불량성 빈혈인 것 같다고 수의사가 말했다. 면역질환의 하나로 스스로 자신의 혈액을 파괴하는 병이라고 했다. 개에게는 자주 발생하는 병으로, 치료법은 아직 확립되어 있지 않다고도 했다.

'백혈병이랑 비슷하다'는 말에 모리야마는 생각했다.

치히로와 운명적으로 만난 단테는 치히로와 비슷한 병을 앓게 된 것이라고. 그리고 치히로의 1주기에 단테도 떠났다. 마치 그날을 기다렸다는 듯이.

모리야마와 치카코는 밤새도록 울었고, 다음날 단테를 화장했다. 유골은 치히로의 무덤에 함께 안치했다.

묘석 앞에서 모리야마는 치카코에게 말했다.

"다시 한 번 아이를 낳자."

"응, 나도 그렇게 생각했어."

"그 아이가 자라면, 강아지를 키우자."

"치히로와 단테처럼 운명적인 만남이 있었으면 좋겠어."

"치히로와 단테보다 훨씬 더 긴 시간을 함께할 수 있도록 우리들이 지켜 주는 거야."

모리야마는 말하며 치카코의 어깨를 감싸 안았다.

믹스견

1

밭의 사탕수수가 바람에 흔들리고 있었다. 태양은 이미 소나이 언덕(오키나와 소재-옮긴이) 너머로 자취를 감추고, 엷은 구름이 땅거미 진 하늘 위로 흘러가고 있었다.

도쿠야마 에이쇼는 처마 밑에 서서 밭에서 들려오는 소리에 귀를 기울였다. 바람에 흔들리는 사탕수수 소리는 마치 파도 소리 같았다. 일정한 리듬으로 밀려오고 빠져나가는. 바다와 다른 것은 바람의 흐름에 따라 그 리듬이 토막토막 끊길 때가 있다는 것이었다.

마침 바람이 끊기고 소리가 멎었다. 에이쇼는 혀를 차며 짜증을 냈다.

"흰둥아, 어디 갔냐? 이제 곧 밥 먹을 시간이다."

밭을 향해 외쳤지만 대답은 없었다. 바람이 다시 일고, 사탕수수들이 다시 노래하듯 출렁거렸다.

"이런, 바보 같은 녀석이……."

에이쇼는 투덜대며 집으로 들어와 저녁 준비를 시작했다. 된장국을 끓이고 장아찌를 썰었다. 마지막으로 생선을 구우면 초라한 식사가 완성된다. 하쯔에가 죽고 난 뒤 그럴싸한 요리와는 거리가 멀어졌다. 구운 생선에서 껍질을 벗긴 뒤 잘게 썰어 스테인리스 용기에 집어넣었다. 거기에 개 사료를 넣고 물을 부었다. 꼭 불려서 먹이라고, 하쯔에는 입에 신물이 나도록 말했었다. 이유는 묻지 않았다. 하쯔에가 그렇게 하라니 그러는 것뿐.

흰둥이는 아직 돌아오지 않고 있었다.

에이쇼는 식탁에 앉아 TV 뉴스 프로그램을 보며 식사를 했다. 다 먹고 나면 차를 우리고, 담배를 피울 것이다.

하쯔에의 잔소리 탓에 10년 가까이 금연을 했었다. 하지만 하쯔에가 죽고 나서는 다시 피우게 되었다. 저승에서 하쯔에가 얼굴을 찡그리고 있을 모습이 눈에 선했다. 하쯔에는 결코 언성을 높이거나 하지 않았다. 다만 난감한 표정을 에이쇼에게 보일 뿐이었다. 하지만 그것만으로도 에이쇼는 담배 피울 마음을 접을 수밖에 없었다.

아내에게 길들여졌다고 동네 남정네들이 웃었지만, 에이쇼는 신경 쓰지 않았다. 하쯔에가 기뻐하는 얼굴을 보는 것이 에이쇼는 기뻤다. 하쯔에를 기쁘게 하기 위해서라면 에이쇼는 그 어떤 일도 참을 수 있었다.

작년 겨울 북풍이 매섭게 몰아치던 날, 에이쇼가 밭일을 마치고 돌아오니 하쯔에가 부엌에 쓰러져 있었다. 황급히 구급차를 불렀지만 하쯔에는 집으로 돌아오지 못했다. 심근 경색이라고 의사는 말했다. 뭔가 전조가 있었을 거라는 말도 들었다. 그 말에 에이쇼는 크게 상처받았다. 네가 조심했더라면 죽지 않았을 텐데, 라는 말처럼 들렸기 때문이다.

집으로 돌아온 시신을 앞에 두고 에이쇼는 담배를 피웠다. 미안하다. 몇 번이나 사과하면서 계속 피웠다.

어느새 차가 다 식어 있었다. 뉴스도 끝나고 TV에서는 시시한 예능이 흘러나왔다. 흰둥이는 아직도 돌아오지 않고 있었다. 에이쇼는 혀를 차며 일어나 밖으로 나갔다. 바람이 더욱 거세지며 수수밭이 세차게 흔들리고 있었다.

"흰둥아, 어디 갔냐? 밥시간이 벌써 지났다고!"

바람을 거슬러 외쳤다. 평소 흰둥이를 자유롭게 내버려 뒀지만, 녀석이 집을 떠나는 일은 드물었다. 흰둥이는 에이쇼와 함께 밭에 가서, 에이쇼가 일하는 동안 밭 주변을 뛰어다니고, 에이쇼와 함께 집으로 돌아왔다. 간혹 보이지 않더라도 식사 시간에는 돌아왔다.

"흰둥아!"

다시 한 번 외쳤다. 어둠이 짙어지고 있었다. 다시 담배를 꺼낸 에이쇼는 바람을 등지고 불을 붙였다. 그리고 한 개비를 다 피울 때쯤, 사탕수수가 흔들리는 소리 사이로 흰둥이가 이쪽으로 달려오는 기척이 느껴졌다.

"이런 시간까지 어디를 쏘다닌 거야?"

에이쇼는 꽁초를 손가락으로 튕기며 빠른 발걸음으로 달려오는 흰둥이를 향해 투덜거렸다. 그러고는 집으로 들어가 사료가 담긴 그릇을 들고 나왔다. 그런데 집 마당에 도착한 흰둥이의 입에 뭔가 물려 있었다.

"뭐야?"

에이쇼가 눈에 힘을 주고 바라보자 흰둥이의 입에 물린 털 북숭이가 흐릿하게 보였다.

"쥐냐? 바보야, 그런 건 아무 데나 버리고 와야지."

여느 때 같으면 에이쇼가 손에 든 그릇에 시선을 맞추며 미동도 하지 않을 흰둥이가 에이쇼를 거들떠보지도 않고 마당 한구석에 있는 개집으로 들어갔다.

"이놈아, 밥 안 먹을 거야?"

에이쇼가 당황해 개집으로 다가갈 때였다.

야옹.

개집에서 이상한 소리가 들려왔다. 울음소리 같았는데 흰둥이가 그런 소리를 낼 리 없었다.

"쥐가 아니라, 새끼 고양이냐?"

그릇을 땅에 내려놓고 에이쇼는 개집 안을 들여다보았다.

흰둥이가 털북숭이를 품에 껴안고 웅크리고 있었다. 야옹야옹, 가느다란 울음소리를 내고 있는 것은 영락없는 털북숭이 새끼 고양이였다.

"어디서 데려온 거야?"

흰둥이는 두 달 전에 발정기가 끝난 상태였다. 평소에도 발정기가 끝나면 상상 임신 비슷한 상태에 빠지고, 출산 시기가 되면 나무토막 따위를 물고 와서 제가 낳은 새끼라도 되는 것처럼 애지중지 키우는 시늉을 내던 흰둥이였다. 지금이 바로 그 시기였는데, 이번에는 나무토막이 아니라 새끼 고양이를 발견해 물고 온 것이다.

"흰둥아, 어디 좀 보여 봐."

에이쇼가 개집 안으로 팔을 뻗었다. 흰둥이가 송곳니를 드러냈지만, 이내 어쩔 줄을 모르는 표정으로 에이쇼의 모습을 지켜봤다. 새끼 고양이는 애처로울 정도로 작았고, 에이쇼의 손 위에서 바르르 떨고 있었다. 온몸은 다갈색으로 꼬리가 길었다.

"흰둥아, 애는……."

에이쇼는 새끼 고양이를 살피다가 말을 멈췄다. 흰둥이가 빨리 돌려 달라는 듯 콧소리를 냈다.

"애는 살쾡이잖아!"

손 안의 녀석은 고양이에 비해 귀도 크고, 손발도 짧았다.

"흰둥아, 애 어디서 찾아온 거야?"

에이쇼가 흰둥이를 바라보며 물었다. 그러나 흰둥이는 여전히 어쩔 줄 모르는 표정만 짓고 있을 뿐이었다.

2

에이쇼는 다음날 이리오모테 야생생물보호센터를 찾아 이리오모테 살쾡이를 자세히 조사했다. 맞았다. 흰둥이가 어디선가 물고 온 것은 틀림없이 이리오모테 살쾡이의 새끼였다.

이 섬에서 나고 자란 지 70년 가까이 됐지만, 이리오모테 살쾡이를 눈으로 직접 본 것은 처음이었다. 이 야생동물에 대한 지식은 관광객 못지않게 부족했던 것이다.

에이쇼는 센터 직원들이 근처를 지날 때마다 심장이 뛰었다. 본래라면 이리오모테 살쾡이를 보호하면 곧장 신고해야 했기 때문이다. 하지만 씩씩하게 새끼 살쾡이를 돌보는 흰둥이 때문에 에이쇼는 망설여졌다.

흰둥이의 육아 놀이는 2주에서 3주 정도면 끝날 거였다. 그

때까지는 하고 싶은 대로 하게 내버려 두는 게 어떨까. 새끼 살쾡이를 센터에 신고하는 것은 그때라도 늦지 않을 테니까. 행여나 새끼 살쾡이가 죽지 않도록 잘 챙겨 주면 그만이라고 말이다.

집에 돌아오자마자 에이쇼는 개집 안을 확인했다. 놀랍게도 새끼 살쾡이가 흰둥이의 젖을 빨고 있었다. 어제까지만 해도 평범하던 흰둥이의 젖이 잔뜩 부풀어 있었는데, 새끼 살쾡이에게 젖을 물리며 흰둥이 자신은 졸고 있었다.

에이쇼는 툇마루에 걸터앉아 담배를 물었다. 흰둥이랑 살쾡이는 진짜 부모 자식처럼 보였다. 흰둥이라고 불렀지만, 사실 흰둥이는 하얀 개가 아니었다. 온몸이 갈색과 흰색의 얼룩덜룩한 털로 뒤덮인 믹스견이었다. 할아버지가 기르던 개도, 근처에서 기르던 개도 전부 흰둥이였기에, 별다른 망설임 없이 흰둥이로 부른 것뿐이다.

흰둥이는 하쯔에가 데려온 놈이다. 이시가키 섬에 물건을 사러 나갔다가 아는 집에서 갓 태어난 강아지를 넘겨받은 것이다. 하쯔에는 흰둥이를 품에 안고 돌아오다가 파도에 흔들리는 배에서 흰둥이에게 사로잡혔다. 에이쇼의 반대에도 불구하고 흰둥이를 정성스레 돌봤다. 정신을 차려 보니 에이쇼는 손수 개집을 짓고 있었다.

흰둥이가 집에 온 덕분에 에이쇼는 일이 하나 더 늘었는데, 한 달에 두 번 이시가키 섬까지 가서 흰둥이를 위한 사료를 대량으로 사와야 했다. 이전까지는 한 달에 한 번 갈까 말까였다. 늙은 두 사람에게 필요한 생활용품은 웬만하면 섬에서 구할 수 있었기 때문이다. 이시가키 섬에 가는 것은 대개 기분전환의 일종이었다.

그러나 이리오모테 섬에는 큰 슈퍼가 없었다. 구멍가게에서는 식료품을 취급할 뿐이었다. 인터넷이라는 것을 사용하면 집에서도 웬만한 것들을 주문할 수 있다지만, 에이쇼도 하쯔에도 태어나서 컴퓨터를 만져 본 일이 없었다.

흰둥이가 눈을 떴는지 개집에서 응석 부리는 듯한 콧소리가 들려왔다.

"뭐야? 밥시간이라면 아직 일러."

에이쇼의 말에도 흰둥이가 또 울었다. 하쯔에에게는 비슷한 소리를 내며 어리광을 부렸었지만, 하쯔에가 떠난 뒤에는 들을 수 없던 소리였다.

에이쇼는 담배를 재떨이에 비벼 끄고 개집으로 다가갔다. 안을 들여다보자 흰둥이가 왼쪽 배를 아래로 하고 누워 있었다. 새끼 살쾡이가 젖꼭지에 달라붙어 열심히 젖을 빨고 있었다.

"몸이 안 좋냐, 흰둥아?"

에이쇼가 묻자 흰둥이가 오른쪽 앞다리와 뒷다리를 들어올렸다. 부풀어 오른 젖꼭지들이 드러났는데, 그중 두 개가 피로 얼룩져 있었다.

"뭔 일이야? 다쳤나?"

에이쇼는 시야를 가로막는 새끼 살쾡이를 억지로 젖가슴에서 떼어 냈다. 순간 흰둥이가 가냘픈 목소리로 울었다. 살쾡이가 달라붙어 있던 젖꼭지에 빨갛게 피가 배어 있었다.

"이 녀석 때문인가……."

손에서 버둥대는 새끼 살쾡이의 주둥이를 잡고 벌리자 이빨이 벌써 나 있었다.

"이 녀석 때문이었군. 아프냐, 흰둥아?"

말을 걸자 흰둥이가 또 어리광을 부리듯 울음소리를 냈다.

"냉장고에 우유가 있지 아마…… 이 녀석에겐 우유를 줘야겠네."

흰둥이가 새끼 살쾡이를 마다한다면 역시 보호센터에 신고하는 게 좋을 듯했다. 에이쇼가 살쾡이를 손에 들고 집으로 걸음을 옮겼다. 그때 흰둥이가 새된 소리로 짖으며 개집에서 뛰어나와 에이쇼의 다리에 자신의 앞다리를 올렸다. 그러는 동안에도 울음소리를 그치지 않았다.

"뭐야, 얘를 데려가지 말라고?"

흰둥이가 울음을 그쳤다.

"얘한테 젖 먹이면 아프잖아."

에이쇼는 허리를 굽혀 흰둥이 앞에 손을 내밀었다. 새끼 살쾡이가 손 안에서 몸을 버둥거렸다. 흰둥이가 새끼 살쾡이의 얼굴을 사랑스럽다는 듯이 혀로 핥았다.

"아파도 괜찮은 거야?"

흰둥이가 애처롭게 에이쇼를 올려다보았다. 고개를 끄덕이자 흰둥이가 새끼 살쾡이를 입에 물더니 다시 개집으로 돌아갔다.

"하쯔에, 이게 무슨 일이지 모르겠네."

에이쇼는 하늘을 올려다보았다. 푸른 하늘과 흰 구름이 단지 거기에 있을 뿐이었다.

에이쇼는 사용하지 않는 타월과 손수건을 접어 개집에 깔아 주었다. 이 남쪽 섬에서 추위를 탈 일은 없겠지만, 흰둥이와 새끼 살쾡이에게는 부드러운 잠자리가 필요하다고 생각한 것이다. 배가 부른 듯 새끼 살쾡이는 흰둥이의 앞다리를 베개 삼아 잠들어 있었다. 흰둥이는 새끼 살쾡이의 잠든 얼굴을 물끄러미 바라보고 있었다.

그 모습에 수십 년 동안 잊고 있던 기억이 떠올랐다. 아직 젊었던 하쯔에가 갓 태어난 장남 카즈히사를 안고 잠자리에 든 모습이 떠오른 것이다.

하쯔에는 카즈히사에게 자장가를 들려주었다. 아직 무슨 뜻인지 모를 거라고 에이쇼가 웃으며 말하자, 그래도 좋다며 하쯔에는 뺨을 붉히며 노래를 계속했다. 그 뒤로 준코에게도, 츠구오에게도 하쯔에는 똑같이 자장가를 들려주었다.

세 아이는 이제 곁에 없었다. 카즈히사는 오사카에서, 츠구오는 도쿄에서 취직해 각각 가정을 꾸렸다. 준코는 나하(오키나와) 시로 시집을 갔다. 한때 번잡했던 집도 아이들이 하나둘 떠나면서 휑해졌고, 이윽고 하쯔에도 떠나 버렸다.

에이쇼는 외톨이가 됐다.

폭풍우가 몰아치는 밤, 어디에 나가지도 않고 혼자서 술을 마실 때면, 에이쇼의 머릿속에는 늘 똑같은 생각이 맴돌았다.

인간은 왜 태어나는 것일까. 무엇을 위해 살아가는 것일까. 버림받기 위해 아이들을 만들고 키웠는가. 성실하게 열심히 살아온 보상이 고작 이따위 고독이란 말인가.

음산한 기운이 온몸을 휘저으며 에이쇼는 고주망태가 했다. 몇 번이나 그런 밤을 지냈을까. 아내도 아이들도 사라진 집은 쥐 죽은 듯 고요했고, TV를 켜도 그 정적은 결코 채워지지 않았다.

에이쇼는 눈시울을 붉히면서 몸을 일으켰다. 나이를 먹으면 눈물이 많아진다는 것은 사실이었다. 감정을 억누르고 있던 끈이 느슨해지면서 갑작스레 쏟아져 버리는 것이다. 허리를 펴자 흰둥이가 짧게 울었다. 새끼 살쾡이는 아직 잠에 빠져 있었다.

"배고프냐, 흰둥아?"

흰둥이가 또 울음소리를 냈다.

"그래그래, 준비해서 올 테니 기다려라."

에이쇼는 집으로 들어가 부엌에 섰다. 늘 먹던 그릇에 사료를 넣고, 냉장고에서 삶은 닭고기가 담긴 용기를 꺼냈다. 새끼 살쾡이에게 저렇게 젖을 먹이다가는 체력을 빼앗길 것 같아 며칠 전에 고기를 구해 삶아 놓은 것이다. 에이쇼 자신은 배에 기름칠을 한 지 오래였다. 생선, 채소, 그리고 쌀. 입에 넣는 것은 그뿐이었다.

그릇을 들고 밖으로 나가자 흰둥이가 이미 툇마루 밑에서 에이쇼를 기다리고 있었다. 새끼 살쾡이는 개집 안에서 자고 있었다.

"잘도 그 녀석을 깨우지 않고 나오셨군."

에이쇼는 흰둥이의 머리를 쓰다듬고 그릇을 땅에 내려놓았다. 흰둥이가 밥을 먹기 시작했다. 산책도 안 가고 온종일 새끼 살쾡이를 돌볼 뿐인데도, 흰둥이의 식욕은 왕성했다. 흰둥이가 밥을 먹는 동안 에이쇼는 개집으로 다가가 안을 들여다보았다.

며칠 만에 새끼 살쾡이는 꽤 자랐다. 녀석은 자고 일어나 흰둥이랑 놀고, 젖을 먹고 또 잤다. 질리지 않고 반복하는 동안 몸집이 커지고 움직임도 활발해졌다. 머지않아 흰둥이 젖만으로는 모자랄 테니, 다른 식사를 줘야 할 듯했다.

"살쾡이도 강아지 사료를 먹이면 되나?"

에이쇼는 혼잣말을 하듯 자문했지만 그럴 리가 없었다. 흰둥이 사료를 사러 가는 이시가키 섬의 슈퍼에서도 강아지 사료와 고양이 사료는 따로 판매하고 있었다. 어느새 식사를 마친 흰둥이가 다시 개집으로 돌아왔다.

"이 녀석을 위해서 고양이용 사료를 사러 가야 할 것 같은데, 하루 동안 내가 없어도 괜찮겠냐?"

흰둥이가 몸을 눕히는 순간 새끼 살쾡이가 눈을 떴다. 그러고는 불만을 호소하듯 날카로운 목소리로 울었다.

"허, 그럴싸하게 우네."

에이쇼는 혀를 찼다. 새끼 살쾡이가 벌떡 일어나 에이쇼에게 고개를 돌리더니 도전적인 표정을 지었다. 역시 애완 고양이와는 달랐다. 야생동물인 것이다. 에이쇼가 손을 뻗자 새끼 살쾡이가 조심스럽게 냄새를 맡았다.

"이 녀석도 이름을 지어 줘야겠네."

개가 흰둥이라면, 고양이는 역시 타마였다.

"좋아, 오늘부터 이 녀석 이름은 타마다."

새끼 살쾡이 타마가 털을 고르기 시작했다. 새 이름이 마음에 든 모양이었다.

에이쇼는 자신이 미소 짓고 있는 것을 깨달았다. 웃는 게 얼마 만인지. 아무리 떠올려도 생각이 나지 않았다.

3

페리 선착장에서 출항을 기다리고 있는데, 옆에 사람이 다가와 앉았다. 미에코였다. 미에코는 하쯔에의 여동생이었다.

"형부, 장 보러 온 거야?"

"어, 어."

"또 흰둥이 사료야?"

에이쇼는 여행 가방을 발밑으로 끌어당겼다. 안에는 고양이 사료로 가득 차 있었다.

"그러고 보니 요전에 나하 시에 갔을 때 준코를 만났는데, 형부 걱정하더라."

"준코가?"

"응. 섬에서 나와 나하 시에서 살면 안 되겠냐고."

"바보 같은 말은. 농사만 짓던 사람이 도시에서 무슨 일을 한다고?"

"자기가 돌본다고 하던데."

"사위에 사돈도 있는데 나까지 돌본다고? 큰일 날 소리 하네."

"그렇게 고집부리지만 말고, 준코 말 순순히 들으면 어때서? 밭일도 힘든 데 비해 벌이는 안 되고. 몸이 말을 안 들으면 어쩌려고?"

"그건 그때 가서 생각하지. 하쯔에와 살던 집이야. 떠날 엄두가 안 나."

"언니도 형부가 잘 살길 바라고 있을 거야."

"흰둥이를 부탁해…… 하쯔에가 말한 건 그것뿐이야."

나에게 무슨 일이 있으면 흰둥이를 부탁해. 생전에 하쯔에는 시도 때도 없이 그렇게 말했다. 마치 자신의 운명을 알고 있는 듯이.

"그런 말 하지 말고, 준코뿐만 아니라 카즈히사나 츠구오도……."

에이쇼는 미에코의 말을 끊고 일어섰다.

"미안, 깜빡한 게 있었네. 잠깐 다녀올게."

함께 배를 타면 미에코는 끝없이 계속 이야기할 게 뻔했다. 나쁜 사람은 아니지만, 그 잡담을 들어 줄 여유는 없었다. 배를 한 편 늦추는 게 상책이었다.

"다음에 밥 먹으러 와요. 혼자 먹으면 밥맛 없잖아."

"어어, 다음에 얻어먹으러 갈게."

에이쇼는 그렇게 말해 놓고 스스로도 놀랐다. 미에코는 어부의 집으로 시집을 갔다. 장남이 뒤를 이어 뱃일을 했는데, 그녀는 손자 손녀들에 둘러싸여 행복하게 살고 있었다. 그래서 미에코의 집에 가면 깊은 고독감에 견딜 수가 없었다. 그래서 권유를 받아도 구실을 만들어 거절하기 일쑤였다.

"정말? 형부가 먹으러 온다고 했으니 실력 발휘 좀 해 볼까나."

미에코의 얼굴이 밝게 빛났다. 미에코는 손님 접대하는 것을 좋아했다.

"진심이야. 가끔은 미에코가 만든 요리를 실컷 먹는 것도 나쁘지 않지."

에이쇼는 미소를 지으며 여행 가방을 끌고 걷기 시작했다.

집에 오자마자 마당으로 나갔다. 타마의 울음소리가 들렸기 때문이다. 어딘가 불안해 보이는 소리였는데, 마당에 있는 것은 타마뿐이었다. 흰둥이의 모습은 어디에도 없었다.

"뭐냐, 네 엄마는 화장실 갔냐?"

에이쇼가 타마를 안아 올려 툇마루에 내려놓았다. 흰둥이는 집에서도 마당에서도 결코 배설을 하지 않았다. 멋대로 산으로 들어가 볼일을 보고 돌아왔다.

"이 응석받이가 엄마가 없어서 섭섭한가 보네."

머리를 쓰다듬자 타마가 달라붙었다. 발톱을 세워 에이쇼의 손에 매달린 채 손가락을 물려고 했다. 발톱이 살갗을 파고들어 날카로운 통증이 일었지만, 그것은 기분 좋은 통증이었다.

"놀고 싶나 보네. 잠깐 기다려 봐라."

에이쇼는 마당으로 시선을 돌렸다. 담벼락에 기대 세워 둔 빗자루에 낡은 목장갑이 한 짝 걸쳐져 있었다. 에이쇼는 목장갑을 들어 타마의 눈앞에서 흔들었다. 타마가 목장갑을 향해 덤벼들었다. 목장갑을 높이 치켜들자 타마가 수직으로 점프했다.

"쫌 하네, 쪼끄마한 게."

에이쇼는 놀이에 열중했다. 에이쇼가 열심히 움직일수록 타마의 움직임도 거세졌다. 타마의 민첩한 움직임은 녀석이 야생동물임을 증명했다. 방심하면 바로 목장갑을 물어뜯을 거였다. 툇마루에서 정원으로. 정원에서 화단으로. 화단에서 정원으로. 다시 툇마루로. 에이쇼는 목장갑을 계속 흔들며 움직였고, 타마는 목장갑을 향해 계속 도전했다.

그러던 어느 순간 갑자기 타마가 움직임을 멈췄다. 목장갑에 흥미를 잃었다는 듯 주저앉아 눈을 이리저리 굴렸다.

"왜 그래? 벌써 끝이냐, 타마?"

타마가 울었다. 뭔가 졸라대는 느낌이었다.

"배고프냐? 잠깐 기다려 봐라."

아직 고양이 사료를 주기엔 일러 에이쇼는 집으로 들어가 냉장고에서 우유팩을 꺼내 작은 접시에 부었다. 접시를 들고 돌아와 앞에 놓으니 타마가 할짝할짝 소리를 내며 우유를 먹기 시작했다.

순식간에 우유가 금세 사라졌다. 그때마다 우유를 채워 주었다. 세 번 채우니 타마가 그제야 마시는 것을 그만두었다. 녀석이 크게 기지개를 켜고 털을 고르기 시작했다. 에이쇼는 우유팩과 작은 접시를 툇마루 옆에 놓았다.

"만족했냐?"

툇마루에 걸터앉자 타마가 털 고르는 것을 그만두고는 야옹, 하면서 울더니 에이쇼 곁으로 다가와 넓적다리 위로 올라왔다.

"이번에는 뭘 하려고 그러냐?"

따뜻한 감촉이 넓적다리에 퍼졌다. 간지러움을 느꼈지만 에이쇼는 참았다. 타마가 넓적다리 위에서 엎드려 잠을 자기 시작했기 때문이다.

"이런 데서 졸면 안 돼, 이 녀석아."

말을 했지만 목소리에 아무런 힘이 담겨 있지 않다는 것은 스스로도 잘 알고 있었다. 타마는 벌써 숨소리를 내며 졸고 있었다. 무방비한 채로 완전히 안심한 채. 에이쇼를 신뢰하는 것이다. 그 작고 따뜻한 몸을 만지고 싶었다. 마치 장남 카즈히사를 처음 팔에 안았을 때와 비슷한 감정이 복받쳤다.

사랑스럽다.

에이쇼는 카즈히사가 사랑스러웠다. 준코가 사랑스러웠다. 츠구오가 사랑스러웠다. 그와 마찬가지로 지금, 타마가 사랑스러웠다.

에이쇼는 미동도 하지 않고 타마의 잠든 얼굴을 응시했다. 움직이면 놈이 깨어날 터였다. 실컷 자게 해 주고 싶었다. 실컷 타마의 체온을 느끼고 싶었다.

잠시 뒤 흰둥이가 돌아왔다. 남쪽 담장의 갈라진 틈으로 약삭빠르게 빠져나온 녀석이 에이쇼에게 가볍게 시선을 준 다음 개집으로 들어갔다. 하지만 곧바로 나와서 코를 벌름거리며 좌우를 둘러보았다.

"타마라면 여기 있다."

에이쇼의 말에 흰둥이가 달려왔다. 그리고 툇마루의 앞까지 와서는 호소하는 표정으로 에이쇼를 올려다보았다.

흰둥이는 집에 올라오지 못하도록 키워졌다. 하쯔에는 집 안에서 키우고 싶어 했지만, 그것만은 에이쇼가 허락하지 않았다. 개는 밖에서 먹고 자는 거다. 그게 당연하다. 집 안에서 기른다는 것은 말도 안 된다. 에이쇼가 그 말을 할 때, 하쯔에는 쓸쓸한 표정을 짓고 있었다.

"좋아."

에이쇼가 툇마루를 가볍게 두드리자 흰둥이가 고개를 갸웃
했다.

"올라와도 좋다고. 툇마루까지만."

다시 한 번 툇마루를 두드리자 흰둥이가 위로 뛰어올랐다.
그러고는 에이쇼의 눈치를 보면서 다가와 타마를 입에 물었
다. 에이쇼는 개집으로 돌아가려는 흰둥이를 불러 세웠다.

"여기 있어. 데리고 가면 외롭잖아."

흰둥이가 에이쇼를 돌아보았다. 입에 물린 타마는 여전히
잠들어 있었다.

"다 같이 일광욕이나 하자."

에이쇼의 말을 이해했다는 듯이 흰둥이가 타마를 살며시
툇마루에 내려놓았다. 그러고는 타마 옆에 자신도 엎드렸다.

"그래, 딱 그거야."

에이쇼는 팔을 뻗어 흰둥이의 몸을 쓰다듬었다. 타마를 깨
우지 않도록 신경 쓰며 흰둥이가 기분 좋은 듯 기지개를 켰다.
흡족해 보였다. 이런 표정을 보는 것은 하쯔에가 흰둥이를 부
지런히 돌보고 있을 때 이후로 처음이었다.

4

타마는 무럭무럭 자랐다. 녀석은 흰둥이의 젖을 먹는 대신 에이쇼가 주는 고양이 사료를 먹게 되었다. 몸집도 흰둥이가 물고 왔을 때보다 두 배 정도 커졌고, 자연스레 행동 범위도 넓어졌다.

에이쇼가 밭으로 향하면 흰둥이와 타마도 따라붙었다. 처음에는 이대로 타마가 어디로 가 버릴까 두려웠다. 하지만 괜한 걱정이었다. 타마는 흰둥이를 떠나지 않았다. 두 녀석은 피로 이어진 가족 같았다. 에이쇼가 밭을 갈며 땀을 흘리는 동안, 흰둥이와 타마는 근처에서 장난을 치며 놀았다. 일을 마치고 집으로 돌아갈 때면, 두 녀석은 사이좋게 에이쇼의 뒤를 쫓았다. 그리고 한 사람과 두 짐승이 툇마루에서 볕을 쬐는 것이 일과가 되었다.

특별한 것을 하는 게 아니었다. 에이쇼가 툇마루에 앉으면, 그 옆에서 흰둥이와 타마가 드러누웠다. 두 녀석이 차례차례 잠이 들면, 에이쇼는 그저 잠든 얼굴을 지켜보았다. 마음이 평온해지는 것을 느끼며 햇볕을 쬐었다.

이게 행복이라는 걸까. 에이쇼는 하쯔에를 잃고 나서 마음에 뻥 뚫렸던 구멍이 메워지는 것을 느꼈다. 살쾡이 한 마리가 찾아온 것만으로도 인생이 달라져 버린 것이다.

잠들었던 흰둥이가 눈을 뜨고 에이쇼를 바라보고 있었다.

"너도 그러니, 흰둥아? 타마가 와서 너도 행복하냐?"

고개를 갸웃하는 흰둥이의 살짝 벌어진 주둥이가 미소를 머금은 듯했다. 하쯔에의 앞에서 자주 짓던 표정이었다.

"이 녀석이 온 지 한 달이 다 됐네. 참 빠르기도 하지. 어른이 되면 또 어떻게 되는 걸까."

흰둥이는 고개를 갸웃하며 에이쇼의 말에 귀를 쫑긋 세웠다. 뜻은 이해 못해도, 자기에게 말을 걸어 주는 것만으로 기뻐하는 모습이었다. 타마가 오기 전에는 에이쇼가 흰둥이에게 말을 거는 일은 거의 없었다. 흰둥이를 볼 때마다 하쯔에가 생각났기 때문이다. 에이쇼는 그것이 괴로웠다. 하지만 타마 덕분에 그 괴로움이 완화되고 있었다.

아니, 흰둥이랑 타마 덕분이었다. 이 녀석들은 두 마리가 한 세트였다.

"오늘 밤은 외출하니까 타마를 부탁한다, 흰둥아."

에이쇼은 흰둥이의 머리를 쓰다듬었다.

미에코가 시집간 이시가키의 집은 에이쇼의 집에서 차로 15분 정도 떨어진 후나우라 항구 옆에 있었다. 경트럭을 몰고 도착하니 이시가키의 것이 아닌 차도 몇 대 세워져 있었다. 에이쇼뿐 아니라 다른 사람도 초대한 것 같았다. 미에코다웠다.

집에 들어선 에이쇼는 왔다는 말도 없이 거실로 들어섰다. 아는 얼굴 셋이 아와모리(오키나와 전통주-옮긴이)가 담긴 컵을 기울이고 있었다. 미에코의 남편 이시가키 류지와 타마시로 오사무, 나카마 에이이치였다. 타마시로와 나카마는 에이쇼의 불알친구였다.

"여, 드디어 왔구나, 에이쇼. 자, 마셔라, 마셔."

앉자마자 나카마가 컵에 아와모리를 따랐다. 건배를 외치고 에이쇼는 아와모리를 입에 한 모금 머금었다. 테이블에는 미에코가 직접 만든 요리가 잔뜩 놓여 있었다. 노인네 넷에게는 많은 양이지만, 미에코가 자리에 없는 것을 보니 부엌에서 요리를 더 만들고 있는 듯했다.

"매부 얼굴을 본 게 얼마 만이지?"

류지가 물었다.

"맞네. 근처에 사는데 얼굴 한번 못 본 지 오래네."

타마시로가 거들었다.

"이거 생긴 거 아니냐고 소문이 파다하다고."

나카마가 오른손 새끼손가락을 세우며 말했다.

"말도 안 되는 소리 마라. 뭔데 그런 터무니없는 이야기가 나오는 거야?"

"하쯔에 씨가 떠나고 늘 인상만 쓰던 에이쇼가 요즘 잘 웃는다는 소문이 들리더라."

"내가?"

"그래, 잘 웃고 상냥해졌다고. 요시노 상점 할머니가 그러더군."

요시노 상점은 이 근처에 있는 잡화점이었다. 에이쇼도 일용품과 식량은 그곳에서 사고 있었다.

"흠, 그러네. 얼굴이 부드러워진 것 같네."

류지가 말했다.

"응, 확실히 여자가 생긴 거네."

타마시로가 화제에 뛰어들었다.

"몇 살이라 생각하는 거냐, 대체."

에이쇼는 쓴웃음을 지으며 아와모리를 들이켰다.

"너희 집 대각선에 있는 집, 누구라고 했더라?"

나카마가 에이쇼의 컵에 아와모리를 채우며 물었다.

"소토마 씨 말하는 거냐?"

"그 집 양반이 작년에 돌아가셨다지?"

"거기 할머니가 나보다 나이가 많은 건 알고 말하는 거냐?"

"네 나이가 어때서~ 사랑하기 딱 좋은 나인데~~."

타마시로의 노래에 두 사람이 웃음을 터뜨렸다. 그 웃음소리에 이끌린 듯이 미에코가 요리가 담긴 큰 접시를 가져왔다.

"어머, 재밌게들 노시네."

"매부가 변한 건 여자가 생겨서 그런 게 아닐까, 말하고 있었어."

류지가 지금까지의 경위를 미에코에게 설명하기 시작했다. 에이쇼는 젓가락으로 요리를 집었다. 이대로 아무것도 먹지 않고 계속 마시면 몸이 찌부러지고 만다. 20년 전까지는 아무리 마셔도 상관없었지만 나이는 이길 수 없었다.

"뭐라도 좋아. 형부가 웃는다면, 천국에서 누나도 안심할 거야. 형부, 나랑 남편이랑 자주 얘기했었어. 형부가 혹시 뒤쫓아 자살하지 않을까, 하고 말이야."

"그딴 생각, 해 본 적 없어."

거짓말이었다. 하쯔에가 없으니 살아도 사는 게 아니었다. 몇 번이나 그 생각을 했었다. 간신히 억누를 수 있었던 것은 단 하나, 하쯔에와의 약속 때문이었다.

'나에게 무슨 일이 생기면, 흰둥이를 부탁해.'

흰둥이가 없었다면 이미 죽었을 것이다. 흰둥이가 타마를 데려오지 않았으면 웃을 일도 없었다. 하쯔에는 나를 위해 흰둥이를 두고 간 것이다. 나를 위해 흰둥이에게 타마를 찾게 한 것이다.

"이봐, 이봐, 에이쇼 또 인상 쓴다."

타마시로의 목소리에 정신이 들었다.

"역시 여자 생각하고 있었던 거 아냐?"

나카마의 목소리에 에이쇼는 웃었다.

"나이 처먹은 주제에 질투하는 거냐, 너희들?"

"아, 인정했네. 여자가 생겼다고 인정하는 거지?"

나카마가 소리를 질렀다. 에이쇼는 배를 움켜쥐고 웃었다.

자고 가라는 미에코와 류지의 권유를 거절하고 에이쇼는 귀로에 올랐다. 흰둥이와 타마가 자신을 기다리고 있을 집으로. 택시를 부를 거리도 아니고, 대리 같은 것도 없어, 직접 차를 몰았다. 취했다는 인식은 있었지만, 평소 다니던 익숙한 길이었다. 이 시간이면 오가는 차량도 사람도 거의 없어 괜찮았다.

즐거운 잔치였다. 타마시로도, 나카마도, 류지도, 미에코도 줄곧 자신을 걱정하고 있었을 것이다. 자신이 온다는 소식에 곧바로 달려올 정도로. 추억으로 화제의 꽃을 피우고, 먹고, 마시고, 노래하고, 웃었다. 중간부터는 류지와 미에코의 아들 부부와 손자 손녀들도 가세해 식탁은 더욱 시끌벅적해졌다.

"사양하지 말고 언제든지 와 주세요."

돌아가려던 참에 미에코가 말했다.

"그래."

에이쇼는 고개를 끄덕였다. 진심이었다. 앞으로는 자주 얼굴을 내밀자. 흰둥이를 부탁한 것처럼, 하쯔에는 자신의 친족도 에이쇼에게 부탁하고 싶었을 테니까.

그때 헤드라이트 불빛에 무언가가 비쳤다. 에이쇼는 황급히 브레이크를 밟았다. 경트럭이 앞으로 고꾸라지면서 안전벨트가 몸을 파고들었다. 심장이 요동쳤다. 정신이 번쩍 들었다.

도로 위에 동물이 있었다. 불빛에 비친 눈이 형형히 빛나고 있었다. 다 자란 이리오모테 살쾡이였다. 밤길에 살쾡이를 봤다는 얘기는 종종 들었지만, 직접 보는 것은 처음이었다. 에이쇼는 경적을 울렸다. 하지만 살쾡이는 움직이지 않았다.

"그런 곳에 있으면 치여 죽는다, 너."

다시 한 번 경적을 울렸다. 하지만 살쾡이는 신경도 쓰지 않고 시선을 좌우로 움직였다.

"뭔가 찾고 있는 건가……."

에이쇼는 하는 수 없이 핸들을 꺾고 액셀을 조용히 밟았다. 살쾡이가 비켜 주지 않으면 이쪽이 피해 갈 수밖에 없었다.

냐아앙~.

살쾡이가 울었다. 섬뜩한 울음소리에 에이쇼의 마음이 요동쳤다.

"왜? 누굴 찾는 거냐?"

에이쇼는 차를 세우고 창문 밖으로 얼굴을 내밀었다.

니야아아앙~.

틀림없었다. 살쾡이의 울음에는 애처로움이 담겨 있었다. 순간 타마의 얼굴이 뇌리에 떠올랐다. 혹시…… 그때 갑자기 살쾡이가 도로변 숲속으로 뛰어들었다.

"이봐." 에이쇼가 숲을 향해 외쳤다. "타마가 네 아이냐? 타마를 찾고 있는 거냐?"

바보 같은 짓인 줄 알고 있었지만 묻지 않을 수 없었다. 나랑 흰둥이가 너한테서 타마를 빼앗아 버린 거냐? 아무리 귀를 기울여도 더 이상 살쾡이의 울음소리는 들리지 않았다.

5

흰둥이가 새된 비명을 지르며 으르렁거렸다. 밭일을 멈추고 돌아보니 흰둥이가 엄니를 드러내며 타마를 노려보고 있었다. 같이 놀다가 타마가 흥분해서 발톱을 세운 듯했다.

흰둥이가 입에 물고 왔을 때와 비교하면 타마는 놀라울 정도로 성장해 있었다. 동시에 고양이와는 다른 특징도 뚜렷해졌다. 다리와 꼬리가 굵어지고 귀가 둥그스름해졌다. 귀 뒤로 '호이상반'이라 불리는 큼직한 흰 반점이 윤곽을 드러냈다. 털은 무성해지고 거무스름해졌으며, 발톱을 밖으로 드러낼 수 있게 되었다. 그 발톱이 흰둥이의 몸에 상처를 낸 것이다.

그러나 몸은 나날이 커져도 타마는 아직 어린 새끼였다. 흰둥이에게 위협을 받아도 놈은 흥분을 가라앉히기는커녕 허공을 날아 다시 덤벼들었다. 그러자 흰둥이가 몸을 돌리고는 힘차게 땅을 박차며 숲속으로 뛰어들었다. 타마도 그 뒤를 쫓았다.

에이쇼는 쓴웃음을 지으며 다시 밭일을 시작했다.

"허구한 날 질리지도 않는구나."

놀고, 먹고, 사이좋게 자고, 일어나면 또 놀고, 피곤하면 자는 일. 두 녀석은 매일매일 같은 일을 반복하고 있었다.

지금쯤 숲속을 신나게 뛰어다니고 있겠지. 한 시간 정도 지나면 놀다 지쳐서 돌아오겠지.

밭일을 계속하고 있는데, 손목시계의 알람이 울렸다. 오후 1시 점심시간이었다. 에이쇼는 그늘이 드리운 나무 그루터기에 앉아 보자기로 싼 도시락을 풀었다. 점심은 달걀말이랑 장아찌 주먹밥이 전부였다. 여기에 녀석들을 위한 닭 가슴살을 따로 챙겼다.

"이것들아, 점심시간이다!"

에이쇼는 숲 쪽으로 소리를 지르고 주먹밥을 입에 물었다. 매실장아찌의 산미에 땀을 흘린 몸이 오그라들었다. 페트병에 든 산핀차(오키나와 특산물-옮긴이)를 마시고, 달걀말이를 입으로 가져갔다.

여태까지는 점심때마다 집으로 돌아가 밥을 먹었다. 그러나 두 녀석이 숲에서 뛰어놀게 되면서, 불러도 좀처럼 돌아오지 않는 일이 잦아지자 도시락을 싸 오게 된 것이다. 흰둥이뿐이라면 걱정할 필요 없지만, 타마는 아직 신경이 쓰였다. 그렇게 자신이 먹을 것 외에 닭고기나 돼지고기를 간식 대신 가져가니, 녀석들은 점심시간이 되면 숲에서 밭으로 돌아왔다. 그러나 주먹밥을 하나 다 먹어도 녀석들이 돌아오지 않고 있었다.

"흰둥아, 타마야, 밥시간 끝난다."

에이쇼의 고함 소리가 바다에서 불어오는 바람에 실려 숲을 울렸다. 하지만 역시 녀석들은 모습을 보이지 않았다. 밥맛이 갑자기 떨어진 에이쇼가 도시락 뚜껑을 덮고 일어섰다.

"흰둥아, 타마야."

다시 외치며 숲으로 다가갔다. 그러나 바람에 흔들리는 사탕수수 소리가 에이쇼의 목소리를 지우고 있었다.

"흰둥아, 타마야."

숲속으로 들어가자 갑자기 주위가 어두컴컴해졌다. 사람 손길이 닿지 않은 울창한 나무들이 사방으로 가지를 뻗고 있었다. 태양의 위치를 파악해 두지 않으면 길을 잃고 헤맬 만큼 숲은 깊었다.

"흰둥아, 타마야. 어디 갔냐?"

에이쇼는 다시 소리를 질렀다. 그토록 시끄러웠던 사탕수수의 흔들리는 소리가 숲속에서는 전혀 들리지 않았다.

"흰둥아, 타마야!"

그때 숲속 깊은 곳에서 나뭇가지를 스치는 소리가 났다. 마른 풀을 밟는 소리가 그 뒤를 따랐다.

"흰둥이냐?"

발소리가 이쪽을 향하고 있었다.

"빨리 와, 간식 시간이야."

나무들 사이로 달려오는 흰둥이가 보였다. 그 뒤로 타마가 따라오고 있었다. 에이쇼는 안도의 한숨을 내쉬며 쭈그리고 앉았다.

"빨리 와 봐, 얼른."

속도를 늦춘 흰둥이가 꼬리를 세차게 흔들며 에이쇼의 눈앞에서 멈췄다.

"걱정시키지 좀 마."

흰둥이의 가슴을 쓰다듬어 주었다. 타마도 흰둥이 옆으로 다가왔다.

"너도 마찬가지야, 타마."

에이쇼는 흰둥이를 오른손에, 타마를 왼손에 안았다. 흰둥이는 무겁고, 타마는 아직 가벼웠다. 타마의 발톱이 살갗을 파고들었다. 에이쇼는 얼굴을 찡그릴 뿐 아픔을 참았다. 녀석들이 돌아오지 않았을 때의 불안에 비하면 아무것도 아니었다.

"부르면 바로 돌아와야지, 흰둥아."

흰둥이를 가볍게 책망하며 숲을 나왔다. 눈부신 햇살이 에이쇼와 두 짐승 위로 쏟아지고 있었다.

저녁을 먹은 에이쇼는 팔짱을 낀 채 잠시 생각에 잠겼다가, 허리를 펴고 목공 도구를 집어 들었다. 집 뒤쪽의 창고에서 가져온 나무판자와 플라스틱을 톱으로 자르고 못을 박았다. 한 시간도 안 되어 가로세로 1미터 정도의 상자 같은 것이 만들어졌다. 에이쇼는 상자를 거실 한구석에 설치했다.

"이 정도면 뭐."

땀을 닦으며 툇마루로 나가 흰둥이를 불렀다.

"흰둥아, 타마야."

개집에서 두 녀석이 뛰어나왔다. 흰둥이가 격렬하게 꼬리를 흔들고, 타마의 눈은 빛나고 있었다.

"이리 와 봐."

흰둥이와 타마가 달려와 툇마루 위로 뛰어올랐다.

"호흡이 척척 맞는구먼, 너희는."

에이쇼가 두 녀석을 집 안으로 유인하자 흰둥이가 당황해했다. 당연했다. 지금까지 집 안으로 들여놓은 적이 한 번도 없었다. 하지만 타마는 망설이지 않고 안으로 들어왔다.

"흰둥아, 이리 와. 사양하지 않아도 돼."

흰둥이가 쭈뼛쭈뼛 다리를 움직여 안으로 들어섰다. 타마는 벌써 복도를 제멋대로 뛰어다니고 있었다.

"정말……"

에이쇼는 쓴웃음을 지으며 그 뒤를 따라갔다. 거실에 가자 타마가 어느새 식탁 위에 떡하니 올라가 있었다.

"이놈아, 거긴 안 돼."

타마의 목덜미를 잡아 새로 만든 상자 속에 넣었다.

"흰둥이 너도다, 자."

상자에 부착한 출입구를 열자 흰둥이가 꽁무니를 빼려고 했다. 에이쇼는 녀석을 억지로 안으로 밀어 넣었다.

"이제 너희는 여기서 잘 거야."

마당에서는 마음대로 밖으로 나갈 수 있었다. 흰둥이는 문제없지만 타마는 걱정스러웠다. 밤중에 멋대로 빠져나갔다가 차에 치이기라도 하면 상상도 하기 싫었다. 그렇다고 타마에게 목줄과 끈을 다는 것도 그랬다.

그렇다면 자신의 눈이 닿는 곳에 놓아두면 되잖은가.

상자 안에 들어간 두 녀석은 안절부절못하고 서성거렸다. 에이쇼는 아와모리를 잔에 따랐지만, 두 녀석이 신경 쓰여 제대로 넘어가지 않았다. TV를 켜자 BS방송에서 사극이 방영되고 있었다. 사극을 보는 사이에 내용에 몰두했다. 드라마가 끝나자 상자 쪽으로 눈을 돌렸다. 두 녀석은 어느새 사이좋게 나란히 잠들어 있었다.

에이쇼는 녀석들을 지켜보며 다시 아와모리를 마셨다. TV를 끄자 들리는 것은 두 녀석의 숨소리와 밭의 사탕수수 소리뿐이었다. 온화한 시간이 흘러가고 있었다.

"나쁘지 않구먼."

에이쇼는 혼잣말을 했다.

"이런 것도 나쁘지 않네."

평소와 같은 아와모리였지만 여느 때보다 훨씬 맛있게 느껴졌다.

6

흰둥이가 하늘을 향해 날카롭게 짖었다. 구름이 엄청난 속도로 몰려오고 있었다. 타마도 흰둥이 옆에서 털을 곤두세우고 있었다. 타마에게는 첫 태풍이었다. 기압의 변화를 민감하게 감지하고, 정체 모르는 것의 접근에 촉각을 곤두세우고 있는 것이다.

태풍의 계절이 다가왔다. 신문도 TV도 며칠 전부터 태풍에 관련된 정보로 시끄러웠다. 해가 갈수록 태풍은 격렬해지고 있었다. 섬 하구의 기수(汽水) 지역에서 자라는 어린 맹그로브들은 태풍이 올 때마다 바다로 떠내려갔다. 예전에는 이런 일이 없었다. 지구 온난화 때문이라고 하지만 진실은 아무도 알 수 없었다.

에이쇼는 입에 물고 있던 못을 벽에 박았다. 태풍이 오기 전에 창문과 뒷문을 튼튼히 보강해 놓아야 했다.

"흰둥아, 얼른 볼일 보고 집에 들어가라. 오늘은 밭에 안 갈 테니까."

여전히 엄청난 속도로 흘러가는 구름의 두께가 갈수록 두꺼워지고 있었다. 곧 비가 내리기 시작할 터였다. 그러나 비는 전조에 불과할 뿐, 밤이 되면 꺼림칙할 정도의 폭풍이 몰아칠 게 틀림없었다.

흰둥이가 담장 사이에 난 틈으로 빠져나갔다. 타마는 움직이지 않았는데, 곤두선 털이 야성미를 뿜내고 있었다.

"넌 안 따라가냐?"

마지막 못을 박고 망치를 내려놓자 타마가 에이쇼를 올려다보았다. 인근에서 키우는 애완 고양이와 비슷한 크기로 성장한 타마는 요즘은 거의 울지 않았다. 새끼였을 때는 에이쇼에게도 어리광을 부렸지만, 최근에는 에이쇼가 낯선 행동을 하면 경계하는 기색을 보였다. 고양이 사료도 예전처럼은 잘 먹지 않았다.

한번은 흰둥이와 함께 숲에서 놀다가 돌아온 타마의 주둥이가 거무스름했다. 숲속에서 들쥐 따위를 잡아먹은 것 같았다. 언젠가는 타마가 떠나 버릴 거라는 예감이 에이쇼의 마음에 잔물결을 일으켰다.

"너는 괜찮겠냐? 나중에 오줌 마렵다고 울어도 난 모른다."

타마가 고개를 갸웃했다.

"흰둥아, 빨리 돌아와. 곧 비가 쏟아질 거야."

밭을 향해 외쳤다.

"타마, 나 먼저 들어간다."

에이쇼가 집 안으로 들어가자 타마가 뒤를 쫓아왔다. 그러고는 상자 안으로 들어가 구석에 몸을 웅크렸다. 귀와 털을 곤두세우고, 차분하지 못한 시선을 좌우로 바삐 움직였다.

곧이어 흰둥이가 돌아왔다. 상자 안으로 들어간 녀석은 타마 옆에 앉아 타마의 털을 할짝할짝 핥았다. 마치 경계하는 타마에게 침착하라고 어르는 것 같았다.

평소 같았으면 타마는 곧바로 얌전해지면서 잠이 들 거였다. 하지만 오늘은 송곳니를 드러내며 흰둥이를 위협했다. 펄쩍 뒤로 물러난 흰둥이가 어안이 벙벙한 얼굴로 에이쇼를 바라보았다.

"처음 겪는 태풍 때문에 예민해진 거야. 내버려 둬."

에이쇼는 부쓰단(일본 가정집에 흔한 부처상-옮긴이) 옆의 서랍에서 초가 든 상자를 꺼냈다. 정전에 대비해 손전등 옆에 초와 라이터를 미리 놓아두었다.

유리창이 떨리고 있었다. 바람이 휘몰아치고 있었다. 긴 하루가 될 듯했다.

한밤중이 되자 비바람이 더욱 거세졌다. 바람에 집이 흔들리고, 창틀이 휘었다. 쉴 새 없이 쏟아지는 빗소리가 마치 기관총 소리 같았다. 흰둥이는 자고 있었지만, 타마는 깨어 있었다. 집이 흔들릴 때마다 타마의 등도 따라 출렁거렸다.

에이쇼는 창가에 서서 밖을 내다보았다. 빗줄기가 시야를 가릴 정도로 창문을 때려 밖의 상황이 전혀 짐작이 가지 않았다. 그때 전화벨이 울렸다. 수화기를 귀에 대자 빠른 어조의 목소리가 들려왔다. 미에코였다.

"형부, 그쪽은 괜찮아?"

"어어, 그쪽은?"

"근처에서 나무가 쓰러지고, 집 담이 무너진 곳이 있다네. 형부네 마당에도 나무가 있지? 괜찮을까 해서……."

미에코의 말처럼 집 마당 한가운데에 10미터 정도 높이의 참가시나무가 있었다.

"지금까지는 괜찮아."

"후루미 쪽은 정전된 곳도 있다네."

후루미는 섬의 동쪽에 있는 동네였다.

"이 상태가 계속되면 이쪽도 머지않아 정전이 되겠지. 준비는 해 놨어?"

"응, 남편과 아들이 준비하고 있어."

"그러면 괜찮을 거야."

"우리는 괜찮은데, 형부는 혼자라서 걱정이야."

"흰둥이랑……."

타마라고 말을 꺼내려던 에이쇼는 말끝을 흐트렸다.

"뭐라고?"

"흰둥이랑 있으니까 괜찮다고."

"걔가 뭘 할 수 있다고? 무슨 일 생기면 사양 말고 전화해. 아들을 보낼 테니까."

"몇 십 년을 살았는데 무슨. 태풍 같은 건 익숙해, 이제."

"그래도 이번 건 특별하다고 뉴스에서도 그러니까."

"알았어, 알았어. 무슨 일 생기면 전화……."

그때 갑자기 흰둥이가 사납게 짖기 시작했다. 다음 순간 무시무시한 굉음과 함께 툇마루로 이어진 미닫이 유리창이 산산조각이 났다.

"왜 그래, 형부? 무슨 일이야?"

에이쇼는 수화기를 집어 던졌다. 유리창을 뚫고 날아든 것은 참가시나무의 굵은 가지였다. 흰둥이는 여전히 짖고 있었다.

"조용히 해, 흰둥아!"

에이쇼가 흰둥이에게 얼굴을 돌리던 찰나였다. 타마가 상자 밖으로 뛰쳐나왔다.

"타마!"

잡으려고 내뻗은 손끝을 스치며 타마가 마당으로 뛰어나갔다.

"타마, 어디 가는 거야?"

비가 들이닥쳤다. 세찬 바람에 가구들이 들썩였다. 깨진 창문을 서둘러 막지 않으면 피해는 걷잡을 수 없이 커질 거였다. 흰둥이는 아직도 사납게 짖고 있었다.

"타마는 이따가 다시 불러올게."

흰둥이에게 외치듯 말하고 현관으로 달려갔다. 만일을 대비해 마련해 놓은 합판이 있었다. 에이쇼는 비바람을 맞으며 합판을 미닫이에 덧대기 시작했다. 그럭저럭 비바람을 견디는 정도에 불과했지만, 아무것도 없는 것보다는 훨씬 나을 거였다. 잠깐의 작업에도 온몸은 이미 빗줄기에 흠뻑 젖어들었다. 다다미도 물바다였다.

"흰둥아, 넌 여기서 기다려."

비옷을 입고 마당으로 나갔다. 비바람에 비옷이 찢어질 듯 나부꼈다. 눈을 뜨고 있기도 힘들었다.

"타마!"

에이쇼가 외쳤다.

"어디 간 거야. 타마야, 빨리 돌아와."

참가시나무가 쓰러질 듯 격렬하게 흔들리고 있었다. 꼭 꼭두각시 인형 같았다.

"타마!"

에이쇼는 허리를 굽혔다. 똑바로 서 있으면 바람에 날아가 버릴 것만 같았다.

"타마!"

배에 힘을 주고 외쳤지만, 외침은 바람에 사정없이 휩쓸릴 뿐이었다. 무언가가 무시무시한 기세로 하늘을 날아가는 것이 보였다. 하늘을 가득 메운 시커먼 구름이 꿈틀거리고 있었다. 빗방울이 총알처럼 몸을 때리고, 마당에 구멍을 뚫고 있었다.

"타마!"

에이쇼는 또 한 번 외쳤다. 어떻게든 눈을 뜨고 타마의 모습을 찾았다. 그러나 태풍에 유린당하는 세계만 보일 뿐이었다. 그때 시야 구석에서 무언가가 움직였다. 흰둥이가 마당에 나와 있었다. 녀석이 숲을 향해 짖으며 달려가려 했다.

"안 돼!"

에이쇼는 땅에 쓰러지듯이 흰둥이를 부둥켜안았다.

"안 돼, 흰둥아. 가지 마."

흰둥이가 버둥거리며 타마를 향해 짖었다. 에이쇼는 흰둥이를 안고 일어섰다. 에이쇼도 흰둥이도 온통 흙투성이였다.

"집으로 돌아가자. 조만간 타마도 돌아올 거야."

흰둥이를 타이르면서 집으로 들어갔다. 바닥이 진흙과 물로 얼룩졌지만 알 바 아니었다.

7

태풍은 밤이 물러가며 함께 물러갔다. 흰둥이는 밤새 울었고, 아침밥을 입에 대지 않았다.

"식욕도 사라질 만큼 걱정되는 거냐?"

흰둥이의 모습을 보니 마음이 아팠다.

"알았다. 타마를 찾으러 가자."

에이쇼는 흰둥이를 데리고 밖으로 나왔다. 마당은 형편없었다. 깊은 물웅덩이가 여기저기 생기고, 어디선가 날아온 잡동사니와 쓰레기가 둥둥 떠 있었다. 부러진 나뭇가지들이 어지럽게 나뒹굴어 발 디딜 틈이 없을 정도였다. 뒤처리만도 며칠이나 걸릴 터였다. 하지만 무엇보다 지금은 타마를 찾는 게 우선이었다.

흰둥이가 담장 사이로 빠져나갔다. 에이쇼는 황급히 뒤를 쫓았다. 흰둥이는 사탕수수밭을 가로질러 숲속을 향해 날아갈 듯이 달렸다.

"흰둥아!"

에이쇼가 외쳤다. 타마뿐만 아니라 흰둥이까지 돌아오지 않는 것은 아닐까 가슴이 옥죄는 느낌이었다. 흰둥이를 쫓아 뛰어가던 에이쇼의 얼굴이 일그러졌다. 무릎이 쑤셔 뛰기가 힘들었다. 이미 무리하기에는 힘든 몸이었다.

"흰둥아, 돌아와."

고통을 참으며 에이쇼는 숲으로 향했다. 그러나 흰둥이는 어느새 숲과 동화돼 그 모습을 확인할 수도 없었다.

"흰둥아!"

불안함이 솟구쳤다. 흰둥이가 없어지면 하쯔에한테 어떻게 사죄해야 하나. 아니, 고독을 어떻게 버티라는 것인가. 에이쇼는 덤불을 헤치고 숲으로 들어갔다.

"흰둥아!"

고함을 지르며 어둠 속을 헤맸다.

"흰둥아!"

목청껏 외쳤다. 목이 아파도 계속 소리 질렀다.

"흰둥아! 돌아와!"

간밤의 거친 하늘은 거짓말이었다는 듯이 부드러운 햇살이 쏟아져 내리고 있었다. 나뭇잎 사이로 비쳐든 햇빛이 이곳저

곳에 다양한 무늬를 그리고 있었다. 거칠어진 것은 에이쇼의 마음뿐이었다.

"흰둥아!"

에이쇼는 걸음을 멈춘 채 멍하니 서 있었다. 흰둥이의 모습도 타마의 모습도 보이지 않았다. 막연한 불안감이 엄습했다. 마치 괴멸 당한 세계에 홀로 남겨진 듯 공포에 몸이 떨렸다. 흰둥이가 사라지면 에이쇼는 외톨이였다. 말 그대로 외톨이가 될 거였다.

"흰둥아! 흰둥아!"

에이쇼는 흰둥이의 이름을 부르며 미아처럼 숲속을 헤맸다.

정오가 지나서야 흰둥이가 돌아왔다. 마당 한가운데 선 채 흰둥이는 슬픈 눈으로 타마가 사라진 숲을 바라보았다.

"흰둥아."

에이쇼가 허겁지겁 마당으로 뛰어나왔다. 그제야 가슴을 옥죄던 불안감이 가시고, 뻣뻣이 굳어 있던 팔다리에 피가 도는 느낌이었다. 그전까지는 아무것도 할 엄두가 나지 않아 방석 위에 책상다리를 한 채 멍하니 앉아 있기만 했었다.

하쯔에도, 흰둥이도, 타마도 없는 집은 춥고 공허했다. 자기 자리마저 없어진 것 같았다. 하쯔에를 잃었을 때와 같은 허무감이 마음을 좀먹으려 했다.

그때 흰둥이가 돌아온 것이다.

흰둥이가 짖었다. 지금까지 들어 본 적 없는 길디긴 울음소리였다. 애타게 타마를 부르고 있는 것이었다. 돌아오라고 호소하고 있는 것이었다. 하쯔에의 시신을 앞에 두었을 때의 에이쇼와 똑같았다. 무리한 부탁인 줄 알면서도 에이쇼도 하쯔에에게 돌아와 달라고 울면서 빌고 또 빌었다.

그때 흰둥이는 어디서 무엇을 하고 있었을까. 마당에 있었을 것이다. 분명, 지금과 같이, 하쯔에를 찾으며 울부짖고 있었을 것이다.

눈치채지 못했다. 에이쇼는 흰둥이를 돌보지 못했다. 자신의 슬픔에 사로잡혀 흰둥이가 눈에 들어오지 않았다.

약속했는데, 흰둥이를 돌보겠다고 하쯔에에게 약속했는데, 지키지 못했다. 매일 아침, 매일 밤, 먹이를 주고 밭일도 함께 나갔지만, 그뿐이었다. 안아 주지 않았고, 쓰다듬어 주지도 않았다. 슬픔을 나누려고 하지도 않았다.

"너도 외로웠겠구나. 하쯔에가 없어져서 어쩔 줄을 몰랐던 거지?"

에이쇼는 흰둥이에게 다가가 등을 어루만졌다. 하쯔에는 흰둥이를 자주 씻겨 주었다. 그러나 에이쇼는 지금까지 단 한 번도 씻겨 주지 않았다. 흰둥이의 털은 얼룩지고 잔뜩 뭉쳐 있었다. 이제야 흰둥이의 모습이 똑똑히 보였다.

어느 날 타마가 찾아와 에이쇼와 흰둥이의 고독을 치유했다. 그러나 타마가 오지 않았어도 고독을 치유할 방법은 이미 있었다. 흰둥이는 에이쇼의 가족이었다. 에이쇼 역시 흰둥이의 가족이었다.

"내가 잘못했다. 하쯔에에게 약속했는데, 내가 너무 무심했구나."

웅크려 앉아 흰둥이를 끌어안았다. 흰둥이의 딜이 볼에 와 닿았다. 더러움 따위는 상관없었다. 흰둥이는 따뜻했다. 심장 고동이 또렷했다. 흰둥이의 생명력이 느껴졌다.

"타마는 돌아오지 않아. 걔는 야생동물이야." 에이쇼는 흰둥이에게 부드럽게 말했다. "그렇지만 괜찮아. 너에겐 내가 있어. 나에겐 네가 있어."

흰둥이가 꼬리를 흔들었다. 에이쇼는 고개를 들었다. 숲으로 향하고 있던 흰둥이 눈이 에이쇼를 지긋이 바라보고 있었다.

"타마가 없어도 괜찮아. 그렇지, 흰둥아?"

흰둥이의 꼬리가 세차게 흔들렸다.

"오늘부터 나는 너의 진짜 주인이 될 거야. 하쯔에와의 약속을 지킬 거다."

흰둥이가 에이쇼의 뺨을 핥았다. 흰둥이의 뒤에서 하쯔에가 미소 짓고 있는 것만 같았다.

"이리 와, 흰둥아. 씻겨 줄게."

에이쇼는 일어섰다. 흰둥이는 숲을 한 번 돌아보더니 꼬리

를 흔들며 에이쇼를 올려다보았다. 흰둥이의 표정은 태풍이
물러난 하늘처럼 밝았다.

   그날 밤 에이쇼는 자신의 이불 속으로 흰둥이를 불러들였
다. 흰둥이를 안고 잠을 잤다. 흰둥이는 따뜻했다. 흡족한 마
음으로 에이쇼는 깊은 잠에 빠져들었다.

래브라도 리트리버

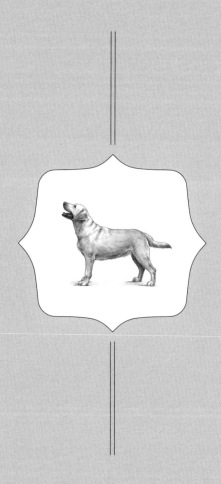

1

사토나카 타모츠는 고집이 센 사내다. 게다가 시력을 잃고
난 뒤에는 고집이 더욱 세졌다.

다른 사람의 말을 듣는 것을 싫어하고, 다른 사람의 존재를
불편해 해서, 그는 결국 모든 것을 외면한 채 도시를 떠났다.
외딴 별장에 틀어박혀, 일상을 돌봐 줄 사람을 한 명만 고용한
채, 속세를 떠난 사람처럼 지내고 있었다.

사토나카는 소설가였다. 인터넷 환경만 마련돼 있으면 어
디서든 일할 수 있는. 눈이 보이지 않았지만 컴퓨터 음성 입력
소프트웨어를 이용하면 충분히 글을 쓸 수 있었다.

사토나카의 담당 편집자들은 기뻐했다. 사토나카를 만날
때마다 싫은 소리를 계속 들어왔기 때문이다. 그러나 이제는

교통이 불편하다는 이유로 메일로만 원고를 주고받고, 인쇄물은 사토나카를 돌보기 위해 고용된 중년 여성과 주고받기만 하면 됐다.

사토나카가 주로 쓰는 것은 미스터리풍의 연애소설로, 출판하면 그럭저럭 팔려 나갔다. 따라서 1년에 장편 두세 권만 써도 먹고사는 데 지장이 없었다. 사토나카는 마음이 내킬 때만 글을 썼고, 그 외의 나머지 시간은 마음에 드는 클래식 음악을 들으며 술을 마셨다.

"선생님, 오늘 날씨가 너무 좋아요. 정원에 나가 보시는 게 어때요?"

가끔 고용한 여자가 말을 걸어왔지만, 사토나카는 당연하다는 듯이 무시했다. 그래도 여자는 기죽는 기색이 없었다. 콧노래를 부르며 청소하고, 빨래하고, 사토나카의 식사를 준비했다.

"선생님, 정원에 산벚꽃이 만발했어요. 정원에 나가 보시지 않겠어요?"

사토나카가 항상 여자의 말을 무시하는 것은 아니었다. 흥미 있는 일에는 그도 대답을 했다.

"눈이 안 보이는데 어쩌라는 거야."

"어머, 벚꽃은 좋아하시는군요. 잠깐만요."

여자의 발소리가 멀어졌다. 사토나카는 콧방귀를 뀌고는 술을 마셨다. 사토나카는 낮부터 술을 마시고 취하면 잤다. 어차피 온종일 어둠 속에 있으니 아침이고 저녁이고 상관없었다.

가벼운 발소리가 다가왔다. 여자는 이제 마흔을 넘겼을 터인데 발걸음도 목소리도 소녀 같았다.

"선생님, 여기요. 들어 보세요."

여자가 사토나카의 손에 차가운 잔을 쥐여 주었다. 구이노미(사케용 술잔-옮긴이)였다.

"위스키만 마시지 말고, 가끔은 사케도 좋지 않아요? 정원의 산벚꽃 잎을 띄워 놓았어요."

사토나카는 구이노미에 코를 대고 향을 맡았다. 희미하게 벚꽃 향기가 났다. 술을 들이켜자 입안에 봄기운이 가득하더니 코로 빠져나갔다.

"어머, 선생님, 웃으니까 귀여우시네요."

여자의 말에 사토나카는 그제야 자신이 미소 짓고 있다는 것을 깨달았다. 곧바로 시무룩한 얼굴로 돌아온 사토나카는 술잔을 마저 비우고 퉁명스럽게 말했다.

"사케는 질려. 위스키가 좋다고."

"네네. 혹시 또 꽃잎이 들어간 술을 드시고 싶으시면 사양하지 마시고 말해 주세요. 아직 당분간은 즐길 수 있으니까요."

여자는 사토나카에게서 구이노미를 돌려받아 다시 가벼운 발걸음으로 멀어졌다.

사토나카의 별장은 마을 변두리에 있었다. 야마나시 현의 경계에 맞닿은 작은 마을이었다. 과거 사토나카의 친가가 이 마을에 살았었다. 사토나카가 마을에서 살았던 건 어릴 때의 극히 짧은 기간에 불과했지만, 가나가와 현으로 이사한 후에도 부모님과 누나는 마을 사람과 줄곧 연락을 취하고 있었다. 사토나카가 이곳에 별장을 짓게 된 것도 누나가 귀찮게 졸랐기 때문이다.

"적어도 여름만이라도 고향에서 지내고 싶어. 부탁할게, 너돈 있잖아."

누나는 사토나카와는 달리 솔직하고 명랑한 성격이었다. 사토나카는 누나가 어려웠다. 어쨌든 누나 덕분에 이 마을에서 산다고 결정했을 때도, 의외로 간단하게 신변을 돌봐 줄 사람을 바로 찾을 수 있었다.

누나는 볼일이 없어도 일주일에 한 번씩 꼭 전화를 걸었다. 사토나카에게는 그 시간이 고통스러웠다. 차라리 휴대폰으로 인터넷을 쓰고 전화선은 뽑아 버릴까 고민했는데, 실제로 실행에 옮겼더니 누나는 이런저런 방법을 동원해 사토나카의 휴대폰 번호를 알아내고서는 전화를 걸어왔다.

사토나카가 다시 위스키를 마시며 쓰린 기억을 달래고 있을 때, 전화가 울렸다. 누나의 전화가 틀림없었다. 술로 달랬던 한숨이 다시 새어 나왔다.

"선생님, 타카코 씨의 전화입니다."

호출음이 끊기고, 여자의 목소리가 들려왔다. 사토나카는 자는 척을 했다.

"선생님, 누님께서 전화하셨어요. 조금 전까지 깨어 있었던 거 다 압니다."

여자가 노골적으로 사토나카의 어깨를 흔들었다. 이미 몇 번이나 야단을 쳤지만, 여자는 이 부분에 관해서는 듣는 척도 하지 않았다. 전화가 오면 받을 뿐이었다. 여자에게 있어 그것은 굽혀서는 안 되는 신념에 가까운 원칙 같았다.

"신청했다, 타모츠."

수화기를 귀에 대자마자 누나의 새된 목소리가 들려왔다. 사토나카는 얼굴을 찌푸렸다.

"신청했다니, 뭘?"

"뭐긴. 안내견이지."

아닌 밤중의 홍두깨였다. 사토나카는 허리를 폈다.

"안내견? 뭔 소리야? 처음 듣는데."

"말했습니다요." 누나의 목소리가 변했다. "또 내 말을 제대로 안 듣고 있었구나."

누나의 말을 흘려들을 때가 많았다. 하지만 안내견 얘기는 들은 적 없다. 절대 없었다.

"안내견이라니 금시초문이야. 만약에 전에 얘기가 나왔었다면 거절했을 거야. 나는 지금 이대로 충분하다고."

"충분하다고? 충분해? 너는 내가 매일 얼마나 네 걱정을 하는지 아직도 모르는 거니? 아케미 씨가 너 때문에 얼마나 고

생하는지도 당연히 모르겠네."

사토나카는 수화기를 귀에서 멀리 뗐다. 아케미는 그를 보살펴 주는 여자의 이름이었다.

"너는 좋겠지. 마치 임금님처럼 으스대면서 배가 고프다, 술 마시고 싶다, 목욕하고 싶다고 말만 하면 되니. 그래도 다른 사람의 입장도 좀 생각해 봐. 대체로 너는 예전부터 제멋대로였고……."

사토나카는 수화기를 내리고 술을 마셨다. 이럴 때의 누나는 아무도 말릴 수 없었다. 하고 싶은 말을 모두 마칠 때까지 절대 끝나는 법이 없었다.

사토나카는 늘 탄식과 함께 누나의 말소리에 짓눌려, 결국 누나의 말대로 따른다. 옛날부터 그랬다. 지금도 그렇고, 미래도 다르지 않을 것이다. 이 세상에서 단 한 사람, 사토나카가 꼼짝할 수 없는 사람이 누나였다.

5분 이상 말을 쏟아내고 나니, 누나의 기세가 수그러들었다. 사토나카는 다시 수화기를 귀에 댔다.

"알았어?"

"응."

누나가 무슨 말을 했는지는 몰랐다. 다만 이렇게 대답하면 누나의 기분이 나아진다는 것을 알 뿐이었다.

"잘됐네. 그럼 다음 주에 데리러 갈게."

"뭘?"

"안내견이랑 살려면 나름대로 절차가 필요해. 지금 막 얘기했잖아."

"누나, 잠깐만……."

"이미 절차는 끝내 놓았으니까 너는 따라오기만 하면 돼. 이번 주 일요일이야. 데리러 갈 테니까 준비 잘해 둬."

하고 싶은 말을 끝내자 누나는 일방적으로 전화를 끊었다.

"잘됐네요."

아케미가 수화기를 가지러 왔다.

"안내견, 아무리 필요해도 바로 데려올 수는 없다고 하더라고요. 기다리는 사람이 너무 많아서 훈련이 제때 안 끝난다고. 무엇보다 안내견 수가 너무 적대요. 하지만 선생님은 운이 좋아서 그렇게 기다리지 않아도 될 거라고 누님이 그러셨어요."

아케미의 말에 사토나카는 그제야 납득이 갔다. 누나는 아케미와 안내견 이야기를 했던 것이다. 그때 사토나카는 목욕이라도 하고 있었을 테고. 아케미와 이야기한 것을, 사토나카와 이야기한 것으로 믿고 있겠지. 누나는 덜렁대는 성격이기도 했다.

"그 안내견이 선생님의 눈을 대신해 준다면, 선생님도 여러 가지 일을 스스로 할 수 있을 거예요."

아케미는 노래하듯 말하고 사토나카에게서 멀어졌다.

운이 좋으면 시력을 잃지도 않았을 것이다.

사토나카는 한숨을 내쉬고 위스키를 들이켰다.

2

사토나카는 안내견 협회의 훈련센터로 끌려가 안내견과의
체험 보행 외에도 여러 가지 일들을 해야 했다. 불평해도 의미
없었다. 누나는 자신이 하고 싶은 일은 끝까지 하는 사람이었
다. 불만을 토로하면 그 백배의 말로 상대를 차례차례 쓰러뜨
릴 뿐이었다.

열흘 후에는 안내견 협회 직원이 직접 사토나카의 집까지
찾아와 그의 생활을 꼬치꼬치 캐물었다. 아케미의 말에 따르
면 안내견이 자는 장소나 배설할 장소까지 일일이 확인한 것
같았다. 일을 마치고 직원이 말했다.

"사토나카 씨랑 맞을 개를 찾는 데 반년 정도는 걸릴 것 같
습니다."

어깨를 으쓱인 사토나카는 아케미의 도움을 받아 서재로 가서 위스키를 마시며 소설 작업을 이어갔다. 밤이 되자 누나에게서 전화가 왔다.

"정말 까다로워 보이는 분이라고 안내견 협회 사람들이 그러던데, 타모츠 너 무슨 말을 한 거야?"

"아무것도. 묻는 말에 대답했을 뿐이야."

"거참, 너란 사람은 말투가 퉁명스러워서 자주 사람들에게 오해받는 거야."

오해가 아니다. 사토나카가 아는 대부분의 사람은 사토나카를 비호감으로 생각한다. 모르는 것은 누나뿐이다.

"평소 산책 코스를 가르쳐 달라고 그쪽에서 물었더니, 산책 같은 건 안 한다고 했다면서?"

사토나카는 입술을 깨물었다. 밀고자는 아케미가 분명했다. 윽박지르고 싶었지만 아케미는 벌써 귀가한 뒤였다.

"사실대로 말한 것뿐이야."

사토나카는 술잔에 손을 뻗었다. 가구의 배치는 머릿속에 그려져 있고, 무엇을 어디에 두었는지도 모두 기억하고 있다. 빨래, 청소, 쇼핑, 요리는 아케미가 전부 해 준다. 외출할 필요가 없고, 따라서 불편함을 느끼는 것도 없다. 그러니 안내견 같은 건 번거로울 뿐이다.

누나는 여전히 수다를 떨고 있었다. 사토나카는 쓸데없는 이야기들을 흘려들으며 계속 술을 마셨다. 원래도 좋아했지만, 시력을 잃은 뒤로 주량이 더 늘었다. 처음에는 집필하는 동안 만이라도 안 마시려 했지만 지금은 상관없이 마신다. 일어나서 마시고, 취하면 자고, 또 일어나 마신다.

언젠가 알코올 중독에 빠지겠지. 아니, 이미 중독일지도 모른다. 상관없다. 비호감 소설가가 과음해서 죽는다 한들, 누가 신경이나 쓸까. 그래서 사토나카는 마신다. 취해서 졸리면 자고, 일어나면 또 마신다.

"참, 안내견이 오면 꼭 만나러 가야겠다고 아마네가 그러는데……."

사토나카는 입에 갖다 대던 술잔을 멈췄다. 아마네는 조카딸이었다. 벌써 못 본 지 몇 년이나 되었지만, 중학생이 되었을 터였다.

"오고 싶으면 오면 돼."

"또 그렇게 말한다. 그 아이도 타모츠 너 이상으로 상처를 받았어."

"왜 아마네가 상처받지? 내 멋대로 그 아이를 구하려고 대신 차에 치여 시력을 잃었다. 그뿐이잖아."

"그래서 자기 탓이라고 지금도 힘들어하는 거잖아."

"아마네 때문이 아니야."

"타모츠 네가 직접 그렇게 말해 줘."

"아마네가 이리로 오면 그럴게. 누나, 미안하지만 이제 졸려. 끊는다."

전화를 끊고 다시 술을 마신다. 스스로의 어리석음을 저주했을망정 아마네를 원망한 적은 없다. 그렇지만 그토록 아끼던 조카와의 거리는 계속 벌어졌다.

잔이 비었다. 손을 더듬어 술병을 잡고 잔에 따른다. 이제 흘리거나 하는 일은 없다. 어둠은 사토나카의 일부가 되어 버렸다. 앞이 보이던 시절의 기억은 나날이 희미해지고 있었다.

재작년에 유언장을 작성했다. 자신이 죽으면 돈과 저작권은 아마네의 것이 된다. 아마네는 아무것도 모른다. 알릴 필요도 없다고 생각한다.

사토나카의 소설은 수다적인 문체가 특징이지만, 사토나카 자신은 말수가 적은 남자였다.

3

협회 직원은 반년이라고 했지만, 한 달 만에 전화가 왔다. 다른 곳으로 갈 예정이던 안내견이 있었는데, 그쪽 사정으로 취소가 되었다고. 직원은 그 개가 아마도 사토나카 씨와 만나게 될 것 같다고 했다.

"반년 후라고 했으면 반년 후면 되는데……."

사토나카는 그렇게 말하고 전화를 끊었다. 그리고 옆에서 귀를 곤두세우고 있던 아케미가 누나에게 고자질을 했다. 화가 머리끝까지 난 누나가 전화하는 바람에 결국 사토나카는 안내견 훈련센터에 가서 4주간 공동훈련을 받기로 동의할 수밖에 없었다.

다음 주말에 누나가 차를 몰고 왔다. 사토나카는 대형 여행 가방에 갈아입을 옷과 세면도구 외에 태블릿 PC와 위스키를 넣었다.

센터에 도착해서는 공동훈련에 관해 대략적인 안내를 받고 서류에 날인했다. 이제는 서명도 날인도 익숙해졌다. 장소만 표시해 주면 눈이 보이는 사람과 다를 게 없었다. 그리고 4주 동안 지내게 될 방으로 안내되어 누나가 짐을 푸는 동안 위스키를 마셨다.

"잠깐, 뭐 하는 거야?"

"목이 말라서."

"곧바로 강아지와 첫 대면이 있는데?"

"언제나 술 냄새를 풍기니까, 처음부터 익숙해지는 게 좋지."

사토나카는 누나의 노여움을 무시하고 술을 계속 마셨다. 목이 마르다는 건 거짓말이 아니었다. 긴장하고 있었으니까.

개를 키워 본 적이 없었다. 흥미조차 없었다. 그런데 갑자기 처음 와 보는 곳에서 생면부지의 개와 4주 동안 함께 지내라는 통보를 받은 것이다. 뭘 어떻게 해야 할지 모르는 판국에 도망조차 못 가고 있다니.

누나가 원망스러웠다. 하지만 그 마음을 누나에게 털어놓지는 못했다. 누나가 상처받을 것을 알기 때문이다. 사토나카는 온갖 일에, 심지어 자기 자신에게조차 냉담하지만, 누나에게만은 표현할 수가 없었다. 철이 들기 전부터 주도권을 잡혀,

무조건 누나를 따르는 관계성이 형성된 탓이다. 몇 번이나 그
것을 때려 부수려고 몸부림쳐 보았지만, 제대로 성공한 적이
없다.

누나가 옆으로 다가와 코를 킁킁거렸다.

"야, 술 냄새 난다. 껌 같은 거 뭐 없니?"

"박하사탕이라면 있지."

"먹어. 조금이라도 냄새 없애게. 자, 가자."

사토나카는 윗도리 주머니에서 사탕 케이스를 꺼내 뚜껑을
열고, 사탕 몇 알을 집어 입에 넣었다. 사탕 케이스를 다시 주
머니에 넣기 전에 누나에게 왼팔을 빼앗겼다. 황급히 오른손
으로 지팡이를 잡다가 사탕 케이스를 바닥에 떨어뜨렸지만,
누나는 눈치채지 못한 듯했다.

"복도야. 네 방에서 엘리베이터까지는 5미터 정도. 왼쪽으
로 가면 돼."

방을 나서자 누나가 주변 상황을 설명해 주었다. 빛을 잃고
난 뒤, 처음 가는 장소에서 누나는 언제나 이렇게 했다. 설명
을 시작하는 타이밍도 적절하고, 말투도 부드러워, 마치 오랫
동안 시각장애인을 돌본 사람 같았다.

누나가 원망스럽다. 하지만 누나를 원망할 수 없었다. 엘리
베이터에서 내리자, 개 냄새가 코를 찔렀다.

"사토나카 씨, 존느입니다."

직원의 목소리가 울렸다.

"아이고, 귀여워. 타모츠, 존느래. 아주 똑똑해 보이는데."

"어째서 존느라는 이름으로?"

사토나카가 물었다. 지팡이를 쥔 손에 땀이 뱄다.

"래브라도 리트리버는 옐로우, 블랙, 초코 세 가지의 색이 있는데요, 이 아이는 옐로우여서⋯⋯."

"아, 그래서 프랑스어로 존느구나."

사토나카가 직원의 말을 끊었다. 노란색을 뜻하는 프랑스어가 '존느'였다.

"그밖에도 독일어, 이탈리아어, 스페인어, 여러 나라말로 노란색이라는 이름을 가진 아이들이 있어요. 혹시 사토나카 씨가 부르고 싶은 다른 이름이 있으면, 그 이름으로 불러도 돼요."

"아니, 존느도 괜찮아요."

사토나카는 지팡이를 바꿔 들고, 오른손에 손수건을 쥐었다. 땀이 조금씩 확실히 손바닥을 적시고 있었다.

존느의 숨소리가 들렸다. 침착한 느낌이었다. 존느의 시선이 느껴졌다. 존느는 사토나카를 스캔하고 있었다.

"사토나카 씨, 이쪽으로 오세요."

직원의 안내를 받아 사토나카는 발을 앞으로 내밀었다.

"체험 보행 기억나세요?"

"네."

기억이 흐릿했지만 사토나카는 그렇게 대답했다.

"자, 그러면 여기 하네스를 들어 주세요."

직원이 유도하는 대로 하네스의 손잡이를 잡았다. 갑자기 존느의 달라진 기색이 느껴졌다. 하네스로부터 그것이 전해졌다. 적당한 긴장과 뭔가에 대한 의욕이 녀석을 사로잡고 있었다. 늠름한 모습이 쉽게 짐작될 만큼의 느낌이었다.

"힐(heel)."

어렴풋이 기억하던 지시를 떠올려 말하자 존느가 사토나카에게 맞춰 걷기 시작했다. 하지만 하네스를 쥔 왼팔이 당겨지는 일은 없었다.

"존느는 성실한 성격이에요. 그래서 사토나카 씨랑은 잘 맞을 것 같기는 한데……."

뒤에서 누나와 대화하는 직원의 목소리가 울렸다. 사토나카는 한순간 그쪽으로 정신이 갔지만 존느는 동요하지 않았다. 자신만만한 발걸음으로 사토나카를 이끌 뿐이었다.

"동생은 고집이 세서, 너그러운 애가 더 잘 맞지 않을까요?"

"일단은 앞으로 4주 동안 서로의 합을 보고……."

존느의 움직임이 멈췄다.

"왜 그래?"

당황한 사토나카도 걸음을 멈췄다.

"사토나카 씨, 존느가 멈출 때는 꼭 이유가 있어요."

등 뒤에서 목소리가 들렸다. 혀를 차려던 사토나카는 지팡이로 앞을 더듬어 보았다. 높낮이 차이가 있었다. 안내견과의 보행 훈련을 위해 일부러 설치한 턱이었다.

"굿 걸."

존느에게 칭찬을 건네며 턱을 넘었다. 그리고 바람을 느꼈다.

"어머, 저 아이 칭찬받으니까 꼬리를 흔드네."

누나의 어린애 같은 목소리가 들려왔다.

그렇구나. 칭찬받으면 좋아하는구나. 하지만 나는 칭찬은 자주 하지 않는단다.

존느의 걸음걸이가 느려지자 사토나카도 초조해졌다. 그때 갑자기 방금 전보다 더 강한 바람이 불어왔다. 바람은 나무들의 냄새를 머금고 있었다. 자동문이 열린 것이다. 사토나카가 부딪치지 않도록 존느가 걷는 속도를 조절한 것이다.

"굿 걸."

무심코 입 밖으로 칭찬이 나와, 사토나카는 얼굴을 찌푸렸다. 격렬하게 좌우로 움직이는 존느의 꼬리가 뇌리에 떠올랐다.

4

본인도 놀라울 정도로 사토나카는 존느가 마음에 들었다. 칭찬받으면 과장되게 꼬리를 흔드는 버릇이 있지만, 존느는 대체로 조심스러웠다. 그리고 무엇보다 일을 열심히 했다.

사토나카도 일하는 것을 좋아했다. 일에 성실하게 임하는 사람하고만 만나고 싶어 했다. 빛을 잃어도 여전히 살아갈 기력을 어떻게든 유지할 수 있었던 것은, (술에 의지하고 있었다고는 하나) 일을 할 수 있었기 때문이다. 음성 입력 소프트웨어가 있었기 때문이다.

일하지 않을 때, 존느는 조용했다. 사토나카의 발밑에 엎드려 가만히 있었다. 자는 게 아니라는 것은 기색으로 알 수 있었다. 일을 시작할 때가 오기를 물끄러미 기다리고 있는 것이다.

그 증거로 사토나카가 의자에서 일어나면 존느는 기다렸다는 듯이 몸을 사토나카의 다리에 살며시 붙였다. 그렇게 자신이 곁에 있다는 것과 하네스의 위치를 알려 주는 것이다.

센터에서 온 지 이틀이 채 안 됐지만, 존느는 집 구조를 거의 다 외웠다. 주방부터 거실, 서재, 욕실, 화장실, 그리고 사토나카의 침실까지. 이동하는 장소의 특징을 익힌 존느는 당황하지 않고 능숙하게 사토나카를 유도했다.

체험 보행 때 함께했던 다른 안내견은 줄곧 당황했었다. 그것은 개 탓이 아니라, 사토나카가 미숙한 탓이었을 것이다. 여전히 사토나카는 미숙했다. 그러나 존느는 사토나카의 미숙함을 커버하고도 남을 지혜를 갖고 있었다.

"선생님, 산책할 시간이에요."

부엌 쪽에서 아케미의 목소리가 울렸다.

안내견이 왔으니 하루 한 번씩 바깥 공기를 쐬러 나가야 한다고 누나가 강조했다. 사토나카는 항의했지만, 물론 들어줄 리는 없었다. 그 밖의 시간에 일하든 술을 마시든 마음대로 해도 되지만, 반드시 존느와 함께 산책하러 나갈 것. 무시하면 아케미의 입을 통해 누나에게 전해지고, 당장이라도 달려와 종일 감시당하는 수모를 겪을 것이다.

사토나카는 누나의 억지를 받아들일 수밖에 없었다.

아케미의 목소리가 들리는 것과 거의 동시에, 존느의 분위기가 변했다. 릴랙스 모드에서 비즈니스 모드로. 존느의 부드러운 몸이 일에 대한 의욕으로 가득 차는 것이 생생히 느껴졌다.

사토나카가 일어서면, 존느는 사토나카의 왼쪽으로 붙는다. 사람은 오른쪽, 개는 왼쪽. 그것이 안내견과 함께 걸을 때의 철칙이다. 하네스를 손에 쥐자 존느가 천천히 앞서 걷기 시작한다. 앞에 문이 있다는 것, 턱이 있다는 것을 사토나카에게 정확하게 전하면서 현관으로 향한다. 사토나카가 구두를 신는 동안 가만히 기다렸다가, 현관문이 열리면 다시 걷기 시작한다. 집을 나오면 왼쪽 길로 꺾고, 포장은 되어 있지만 좁은 비탈길을 내려와 다다른 밭에서 오른쪽으로 돈다. 밭을 옆에 끼고 걸음을 옮기니 귀에 익은 목소리가 들려왔다.

"어이구, 선생님. 산책이여? 희한하네."

아마 아케미의 아버지일 것이다. 그는 이 부근에 밭과 논을 가지고, 50년 이상 농사를 짓고 있었다.

"게다가 개를 데리고 있네."

"안내견입니다."

사토나카가 멈춰 설 것을 예측했다는 듯 존느도 걸음을 멈춘다.

"아, 아케미가 말하던 개구나. 확실히 똑똑한 것 같네."

존느가 처음 집에 온 날, 아케미는 존느 곁에서 떠나려 하지 않았다. 귀엽다거나 똑똑하다는 말을 연발하며 존느가 하는 일에 눈을 반짝였다고 누나가 이야기해 줬다.

그러나 개를 필요 이상으로 귀여워하는 것은 안내견으로서의 능력을 현저히 방해하는 행동이었다. 협회 직원이 그렇게 타이른 뒤에야, 아케미는 마지못해 존느에게서 떨어졌다고 했다. 그래도 존느를 부를 때는 여전히 간살스러운 목소리를 내어 사토나카에게서 씁쓸한 웃음을 짓게 했다.

"어때, 선생님. 이곳에서 지내는 것은? 아케미 말로는 일이 바빠 외출도 잘 안 한다던데."

"조금씩 익숙해진 참입니다."

사토나카는 인사를 하고 다시 걸음을 뗐다. 하네스에 힘을 주자 존느가 다시 걷기 시작한다. 아케미의 아버지는 더 이상 말을 걸어오지 않았다. 아마 사토나카를 능숙하게 리드하며 걷는 존느의 모습에 집중하고 있을 거였다.

존느와 함께 있으면, 사람들은 사토나카가 아니라 존느를 본다. 그것은 사토나카에게 좋은 일이었다.

농가를 한 바퀴 빙 돌아 귀로에 올랐다. 존느는 이제 길을 완전히 터득한 듯했다. 30분이 채 안 걸린 산책이었지만, 사토나카는 피곤에 녹초가 됐다. 과도한 음주와 운동 부족이 원인이었다.

"존느 양, 일하느라 고생했어."

귀가한 낌새를 알아차린 아케미가 간살스러운 목소리로 반겼지만, 존느는 아케미에 애교를 부리지 않았다. 존느의 일은 아직 끝나지 않았기 때문이다. 녀석은 신발을 벗는 사토나카를 기다리고, 거실에서 서재까지 이끈다. 잠시 휴식을 취한 사토나카를 욕실로 데려가고, 샤워를 마친 사토나카를 다시 거실이나 서재까지 데려간다. 그제야 비로소 존느의 업무 사이클이 일단락되는 것이다.

샤워로 땀을 씻은 사토나카는 거실 한쪽에 놓인 갑판에 걸터앉았다. 모든 것을 꿰뚫고 있는 아케미가 차가운 맥주가 담긴 잔을 손에 쥐여 줬다. 맥주로 목을 축이고 나서 존느에게 말을 걸었다.

"굿 걸."

공기가 흔들렸다. 존느가 꼬리를 흔들고 있는 것이다.

"자, 자, 존느 양. 이제 일은 끝났지? 물 마실래? 아니면 간식 먹을래?"

"아케미 씨." 사토나카가 언성을 높였다. "간식 같은 건 웬만하면 주지 말라잖아요."

"예예, 알고는 있는데 이렇게 열심히 일하고 밝은걸요……. 존느 양, 간식은 안 된다니까 대신 마사지해 드리죠."

여태까지 아케미의 신경은 거의 백 퍼센트 사토나카에게 집중되어 있었다. 사토나카는 그것이 귀찮아 견딜 수 없었다. 그러나 아케미가 없으면 생활에 지장을 초래할 게 분명했기에, 참는 것 외에 달리 선택지가 없었다.

하지만 지금 아케미는 존느에게 홀딱 반해 있었다. 집 안에서의 이동은 존느에게 맡겨 두면 되니, 사토나카에게 신경을 쓰지 않아도 되는 만큼 가사에 여유가 생긴 것이다.

사토나카는 4주간의 공동훈련을 마치고도 존느를 맞이하는 것을 주저했었다. 그동안의 생활 리듬이 깨지는 게 싫었다. 외출 따위는 하지 않아도 상관없기에 불편한 것도 없었다. 누나가 아니었으면 애당초 안내견을 맞아들일 생각조차 안 했을 것이다.

하지만 존느는 지금 여기에 있고, 조금씩 사토나카의 생활을 바꾸고 있었다.

"위스키."

사토나카가 텅 빈 잔을 허공에 내밀었다.

"어머, 벌써 다 마셔 버렸어요?"

불만을 나타내면서 아케미가 잔을 돌려받았다. 좀 더 존느랑 놀고 싶은 것이다.

"빨리 줘."

사토나카의 볼멘소리에 아케미의 발소리가 멀어졌다.

"존느."

말을 걸자 바로 종아리에 존느가 체중을 실었다.

"네가 있으면 도움이 되는 건 사실이야. 하지만 그만큼 귀찮은 일도 비슷하게 있다. 그걸 잊지 마라."

아케미에게 늘어놓던 것과 같은 언짢은 목소리로 말하자 공기가 흔들렸다. 존느가 꼬리를 흔들고 있는 것이다.

"뭐가 똑똑하다는 거야. 개는 결국 개네."

사토나카는 얼굴을 찌푸렸다.

143

5

장마가 끝나고 여름이 왔다. 존느와 함께한 생활도 한 달이 넘었다. 일어날 때나 잠을 잘 때나 언제나 존느의 기척이 가까이에서 느껴졌다. 그것이 일상화되었다. 장마 내내 밀렸던 한낮의 산책도 장마가 막바지에 접어들자 다시 시작했다.

산책하면 컨디션이 좋아진다는 사실을, 사토나카는 마지못해 인정했다.

"어머, 선생님, 벌써 산책할 시간이에요?"

존느와 나갈 준비를 하고 있는데 아케미의 목소리가 들려왔다. 이쪽을 향해 다가오는 경쾌한 발소리에 사토나카는 얼굴을 찌푸렸다.

"더워서 그러시는 거죠, 선생님? 존느 양을 위해 산책 시간도 바꾸고, 착한 면도 있네요."

"존느를 위해서가 아니야. 해가 높아지면 더워지는 것은 나야."

사토나카는 얼굴을 찌푸린 채 구두에 손을 뻗었다. 예전에는 스틱으로 신발의 위치를 확인했지만 지금은 그럴 필요가 없었다. 존느가 알려 주기 때문이다.

"정말 착실하네요. 가끔은 솔직해지면 좋을 텐데."

"다녀올게." 아케미의 목소리를 자르듯이 사토나카가 말했다. "돌아오면 맥주다."

"네네, 냉장고 안에 아주 차갑게 대기시켜 놓을게요."

집을 나서면 여느 때와 같은 코스를 걷는다. 사토나카는 밤이슬에 젖은 화초 냄새를 맡았다. 계절의 변화를 냄새로 감지할 수 있음에 그는 기쁨을 느꼈다.

밭에 뿌린 거름 냄새, 바람에 술렁이는 신록의 냄새, 축축한 흙냄새.

존느와 밖을 거닐게 되면서 다양한 냄새를 알게 됐다. 여름에는 여름의, 가을에는 가을의, 겨울에는 겨울의 냄새가 있었다. 그걸 맡는 게 마냥 즐거웠다.

"어라, 존느? 이 시간에 산책이냐?"

귀에 익은 목소리가 들려왔다. 근처에 사는 타카하타라는 중년 남자였다. 이웃 사람들은 모두 사토나카가 아니라 존느에게 말을 걸었다. 처음에는 사토나카에게 말을 걸어왔지만,

사토나카가 까다롭고 말솜씨가 서투른 남자라는 것을 알게 되자, 누구나 존느에게만 말을 걸게 된 것이다. 누군가 말을 걸면 존느는 꼬리를 세차게 흔들었다. 사토나카는 공기의 진동으로 그것을 감지했다.

존느는 사람을 좋아한다.

하지만 그렇다고 해서 존느가 일을 대충하는 경우는 없었다. 기쁨에 격렬하게 꼬리를 흔들면서도, 존느는 착실하고 힘차게 사토나카를 유도하며 계속 걷는다. 항상 귀를 기울이고, 눈을 움직여 주변 상황을 살피고(아케미가 산책할 때의 존느의 모습을 가르쳐 주었다), 턱이나 신호등이 있으면 사토나카를 조심스레 당긴다.

이제 사토나카는 불안감 없이 산책을 나설 수 있다. 집 안에서 이동할 때도 스틱은 필요 없다. 존느의 하네스를 잡으면 그걸로 충분하니까.

여느 때처럼 사토나카는 산책 코스를 순탄히 돈 뒤 귀로에 올랐다. 처음 존느와 산책을 나섰을 때에 비해 두 배는 걷고 있었다. 해는 높고 공기는 축축했다. 존느의 숨은 거칠었고, 사토나카의 온몸은 땀으로 범벅이 돼 있었다.

집에 돌아오자마자 존느는 물을 마시고, 사토나카는 샤워를 했다. 욕실에서 나오자 아케미가 준비한 맥주를 들이켰다. 존느가 다가와 발밑에 엎드리는 것을 느꼈다.

"굿 걸."

사토나카가 팔을 뻗었다. 존느의 체온을 느끼며 위치를 파악하고, 머리를 쓰다듬었다. 존느의 꼬리가 세차게 흔들렸다.

"선생님."

발소리와 함께 아케미의 목소리가 들려왔다. 사토나카는 황급히 손을 뗐다.

"말하는 걸 깜빡했는데, 아까 누님이 전화하셨어요."

사토나카는 얼굴을 찌푸리며 맥주를 홀짝였다.

"다음 주에 따님을 데리고 올 테니, 잘 부탁한다고 전해 달라고 하시던데요."

"다음 주? 처음 듣는데."

"따님이 방학하면 데려온다고, 제가 누님한테 듣고 선생님께 몇 번이나 말씀 드렸잖아요."

사토나카는 아케미의 말은 한 귀로 듣고 한 귀로 흘린다. 주의 깊게 듣는 것은 일에 관한 연락 사항뿐이었다.

"몇 번이나?"

"여러 번이었어요. 그때마다 선생님께서는 알았다고 하셨고요."

"그런가……. 그래서 얼마나 머문다고?"

"일주일이래요."

사토나카는 한숨을 쉬었다. 일주일 동안이라니. 존느와 함께라면 눈 깜짝할 사이에 지나가 버릴 테지만, 누나와 함께, 아니 조카딸까지 함께라면 그것은 영원과도 같은 시간일 거였다. 슬리퍼를 신은 맨발에 따뜻하고 부드러운 것이 닿았다.
존느가 몸을 기댄 것이다.

"그럼, 전해 드렸어요."

아케미가 멀어졌다. 사토나카는 다시 손을 뻗어 존느를 어루만졌다.

"내 마음을 알고 위로해 준 거야?"

존느는 사토나카의 다리에 몸을 붙인 채 꼼짝도 하지 않았다.

6

누나와 아마네는 토요일 오후 늦게 도착했다. 마중 나간 아케미의 목소리로 누나가 이사나 다름없는 짐을 차에 왕창 신고 왔음을 알 수 있었다. 사토나카는 휴대폰에 연결한 헤드폰을 머리에 썼다. 마음에 드는 클래식을 선곡해 볼륨을 높이자 누나와 아케미의 빤한 대화가 차단됐다. 사토나카의 세계는 귀에서 흘러나오는 선율과 발밑에 누워 있는 존느의 기척으로 가득했다. 때때로 위스키를 마시면서, 사토나카는 작은 세계를 만끽했다.

그 기분 좋은 세계의 균형을 깨뜨린 것은 존느였다. 부드러운 털이 사토나카의 다리에 닿았다. 무슨 낌새를 알아차리고 일어선 듯했다.

사토나카는 한숨을 꾹 참았다. 누나가 다가왔을 것이다. 노크해도 반응하지 않는 사토나카에게 화를 내며 제멋대로 문을 연 것이 틀림없었다.

음악을 끄고 헤드폰을 벗었다. 그러나 야단치는 소리를 기다려도 아무 소리도 들리지 않았다. 화장품 냄새도 나지 않았다. 그렇다면 찾아온 것은 누나가 아니었다.

아마네였다.

"타모츠 삼촌, 미안해. 노크해도 대답이 없어서……."

"괜찮아." 아마네에게 향하는 목소리는 항상 스스로도 놀랄 만큼 상냥하다. "들어와."

"하지만……."

"존느는 아무 짓도 안 해. 괜찮아."

"엄마가 삼촌한테 인사하고 오래."

존느의 기척이 없었다. 사토나카가 허리를 구부리고 팔을 뻗었다. 존느는 바로 옆에 있었다.

"존느, 왜 그래?"

말을 걸자 꼬리를 천천히 흔드는 게 느껴졌다. 어쩌면 초면인 사람을 눈앞에 두고 당황하고 있는지도 몰랐다.

"만져도 돼?"

아마네가 물었다.

"갑자기 만지면 놀라니까, 쪼그리고 앉아서 눈높이를 존느에게 맞춰. 그리고 천천히 손을 뻗어 만져 보렴."

"응."

아마네의 목소리에 들뜬 기색이 역력했다. 아마네가 쪼그리고 앉는 소리와 아마네의 긴장과 흥분이 오롯이 전해져 온다. 하지만 존느의 기색에는 변화가 없었다.

"만지고 있어?"

"응, 지금도 만지고 있어."

"존느의 상태는?"

"삼촌 신경 쓰나 봐."

"꼬리도 안 흔들고?"

"응, 그래도 내가 만져서 싫은 건 아닌 것 같아."

"그래……."

사토나카는 고개를 갸웃했다. 존느는 주위 사람의 말을 듣는 것만으로도 과장되게 꼬리를 흔드는 녀석이었다. 그래서 아마네가 쓰다듬어 주면 기쁨을 나타내리라 생각했다.

"부드럽고 따뜻하다."

존느의 반응은 의외였지만, 아마네는 어깨를 들썩였다.

"내일 아침에 산책하러 같이 갈래?"

"그래도 돼?"

"단, 산책은 존느에게는 일이니까 일하는 중에 만지거나 말을 걸면 안 돼. 지킬 수 있어?"

"응."

"그럼 아침 일곱 시에 현관에서 집합이다."

"일곱 시?"

"개는 더위에 약해. 그래서 여름 동안은 아침 일찍 산책하지 않으면 녹초가 돼 버려. 무리하지 않아도 돼. 나랑 존느만 갔다 올게."

"갈게, 잘 일어날게."

"늦잠 자도 기다리지 않을 거야."

"괜찮아. 잘 일어날 테니까."

공기가 움직였다. 아마네가 일어난 것이다. 여전히 존느에게 변화는 없었다.

"참, 엄마가 삼촌 뭐 하냐고 화내던데. 데리고 오라고 했어."

"타모츠 삼촌은 자고 있다고 말해 줄래?"

"응, 그럼 이따 봐. 저녁밥은 엄마가 열심히 준비할 것 같아. 어마어마한 스테이크 고기 사 왔어."

"그건 기대가 되네."

사토나카는 팔을 뻗어 존느의 등을 어루만졌다.

"존느야, 너한테 나눠 줄 게 있단다. 스테이크 같은 건 안 먹어 봤지?"

존느의 꼬리가 흔들렸다. 아마네가 이미 방을 나간 것이다.

"아마네가 마음에 안 드니?"

사토나카가 물었지만 존느는 꼬리를 계속 흔들 뿐이었다.

7

"작작 좀 해라, 타모츠."

산책하러 나갈 준비를 하고 있는데 누나의 졸린 목소리가 들렸다.

"아마네가 말이야, 늦잠 자면 두고 간다고 해서 다섯 시 전부터 깨어나 나한테 묻더라. 덕분에 잠이 부족하다고. 피부에 안 좋단 말이야."

"자명종 사 줘, 그럼."

사토나카가 웃으며 대답했다.

"휴대폰 있잖아. 자명종이든 뭐든 여러 가지 기능이 있으니까."

"그럼 나 말고 아마네한테 직접 말해. 알아서 일어나라고."

"네가 말해. 내 말은 안 듣는다니까."

계단을 뛰어 내려오는 소리가 들렸다.

"아직 여섯 시 오십오 분이야. 나 늦잠 안 잤어."

"알아. 자, 가자."

"잠깐만, 얼른 신발 신을게."

하네스를 잡자 존느가 움직이기 시작했다. 현관을 나가 길을 재촉하는 존느를 멈춰 세웠다. 뒤에서 바쁜 발소리가 들려왔다. 누나와 똑 닮은 소리였다.

"기다리라고 했잖아."

"그러니까 이렇게 기다리잖아. 가자, 존느."

하네스를 쥔 손에 살짝 힘을 준다. 이제는 이 정도만으로도 존느에게 의사를 전달할 수 있었다.

처음에 아마네는 사토나카를 배려하고 존느에게 신경을 쓰듯이 뒤쪽에서 걸었다. 하지만 십여 분이 지나자 사토나카를 제치고 앞으로 나서더니, 평소 못 보던 풍경에 감탄하기 시작했다.

"삼촌, 저 밭에서 뭘 기르고 있는 거야?"

"이 근처라면 아마 양배추 아니면 양상추일 텐데."

"아, 틀림없이 상추다. 흐음, 상추는 저렇게 자라는구나."

아마네는 도쿄에서 태어나고 자라서 눈에 비치는 모든 것이 신선할 터였다. 천진난만한 목소리가 시골 하늘을 울리고, 바람에 흔들리는 농작물 소리가 이에 답했다.

"사토나카 선생님, 따님이야?"

밭에서 목소리가 울렸다.

"조카딸입니다. 시끄럽게 해서 죄송합니다."

"조카딸이라. 씩씩해서 좋네. 아가씨, 옥수수 먹을래? 방금 따서 달고 맛있단다."

"옥수수를 생으로도 먹을 수 있어?"

"갓 딴 것이라면 괜찮아. 저 사람 말대로 달고 맛있어. 받아 와도 돼."

"응."

아마네의 발소리가 사뿐사뿐 멀어져 간다. 사토나카가 걸음을 멈추자 존느도 걸음을 멈추었다.

"덥지 않아?"

말을 걸자 존느의 꼬리가 흔들린다. 아직은 괜찮다고 말하는 것이다.

"감사합니다."

아마네의 목소리가 들려온다. 옥수수를 준 농부의 목소리는 들리지 않지만, 웃고 있는 것은 알 수 있었다. 사토나카는 존느와 산책을 하게 되면서 감각이 예민해졌다. 예전에는 들리지 않던 것이 들리고, 느끼지 못했던 것을 느낄 수 있었다.

"옥수수, 껍질도 깎아 주고, 수염도 뽑아 주셨어."

돌아온 아마네의 숨이 가빴다.

"먹어 보렴."

155

"정말 안 익혀도 괜찮아?"

"괜찮고말고."

잠시 후 아마네가 옥수수를 씹는 소리가 똑똑히 들려왔다.

"달다."

다음 순간 아마네의 목소리가 요란하게 터져 나왔다.

"맛있어! 이렇게 맛있는 옥수수 먹은 적 처음이야."

"옥수수뿐만이 아니야. 양상추, 양배추, 오이도 갓 딴 것은 달고 믿을 수 없을 정도로 맛있단다."

"진짜?"

"틀림없이 오늘 아침은 이 근처에서 딴 채소로 만든 샐러드가 나올 거야."

사토나카는 채소를 나르고 있을 아케미의 모습을 떠올렸다. 지금쯤 누나와 주방에서 분투하고 있을 것이다.

"타모츠 삼촌도 먹을래?"

아마네의 물음에 사토나카는 고개를 저었다.

"이제 그만 가자. 누나는 식사 시간에 늦으면 기분이 나빠져."

"맞아. 엄마, 배고플 땐 늘 언짢아."

다시 걸음을 떼던 존느가 잠시 뒤 사토나카에게 주의를 준다. 조금 앞에서 좌회전을 해야 했기 때문이다.

"존스는 정말 똑똑하다. 열심히 일하고 있다는 느낌이야. 내가 옥수수를 먹어도 탐내지 않고."

"그런 식으로 훈련된 거야."

"놀고 싶다는 생각은 안 하나? 도그런 같은 데를 가거나……."

"글쎄, 생각 안 하는 거 아닐까. 일하는 게 존느의 기쁨이야."

"정말 장하다, 존느."

발밑에서 공기가 흔들렸다. 존느의 꼬리가 흔들리고 있었다.

아마네는 더 이상 입을 열지 않았다. 사람 둘과 개 한 마리가 묵묵히 걸음을 옮겼다. 집에 거의 다 도착할 무렵, 아마네가 다시 입을 열었다.

"타모츠 삼촌, 미안해."

"미안하다니, 뭐가?"

"삼촌 눈 말이야."

"네 탓 아니야. 신경 쓰지 마."

눈앞에서 아마네가 차에 치일 뻔했다. 생각하기도 전에 몸을 내던졌다. 정신을 차려 보니 병원 침대 위에 있었고, 사토나카는 빛을 잃었다.

"하지만……."

"네가 건강하면 그걸로 됐어."

사토나카가 강한 어조로 말했다. 아마네는 다시 입을 다물었다.

8

누나와 아마네의 체류가 예정된 일주일을 넘어서고 있었
다. 사토나카는 날마다 더해 가는 짜증을 어떻게든 억제하는
중이었다. 하지만 한계는 다가오기 마련. 제 식구여도 함께 산
다는 건 견디기 힘든 일이었다.

사토나카의 짜증을 헤아리는 듯 존느도 기운이 없어 보였
다.

"조금만 더 참으면 돼."

존느의 등을 어루만지며 사토나카가 중얼거렸다. 마치 자
신을 타이르듯이.

"이제 곧 평소와 같은 생활로 돌아갈 거야."

존느가 꼬리를 흔들었다. 산책하러 나갈 채비를 마치고 현

관으로 향하니 아마네가 기다리고 있었다. 비가 오는 날을 제외하고, 아마네는 단 한 번도 늦잠 자는 일 없이 사토나카와 산책을 하고 있었다.

여느 때처럼 산책 코스를 돌고 집에 돌아오면, 아마네와 존느는 아침 식사를 한다. 사토나카는 샤워를 한 뒤 서재에 틀어박힌다. 아침 식사는 사과 주스 한 잔. 사실은 맥주를 마시고 싶지만 누나가 시끄러워서 참고 있었다.

점심시간까지 일하고, 점심으로 아케미가 만든 샌드위치를 먹으며 맥주를 마신다. 맥주를 마시고 나면 위스키를 마시며 클래식 음악에 몰입하고, 취하면 낮잠을 잔다. 얼마 뒤 일어나 다시 샤워를 하면 저녁 먹을 시간이 다 되는데, 뭔가를 먹으면서 와인을 마시고, 식후에는 또 위스키를 홀짝인다.

"저기, 술 좀 그만 마실래? 식사 후에 좀 상의할 게 있는데."

저녁 식사 중에 누나가 말했다.

"상의? 내일 돌아갈 거야?"

"돌아가는 건 내일모레야."

사토나카는 고개를 끄덕이며 와인을 입에 머금었다. 오늘 저녁은 접시에 수북이 담아 낸 샐러드와 양고기 스테이크, 바질과 토마토를 듬뿍 넣은 파스타였다. 적어도 누나가 있는 동안은 메뉴가 다양했다. 아케미가 만드는 것은 80퍼센트가 일식이었다.

존느는 사토나카의 발밑에 엎드려 있었다. 먹음직한 냄새가 진동할 텐데도 녀석은 음식에 관심을 보이지 않는다. 철저히 훈련을 받은 것이다.

식사가 끝나고, 잠시 뒤 사토나카의 어깨에 누나가 손을 올렸다.

"네 서재면 돼."

"여기서는 안 돼?"

"안 돼."

"존느야, 이제 서재로 가자."

하네스를 잡고 존느에게 말을 걸었다. 존느가 이끄는 대로 사토나카는 걸었다. 그 뒤를 누나가 따라왔다.

"뭐야, 상의라니."

서재에 들어와 의자에 앉으며 사토나카가 물었다. 다른 의자는 없으니까 누나는 서 있을 것이다.

"나 아마 이혼할 거야."

누나가 입을 열었다. 사토나카는 고개를 끄덕였다. 누나와 매형 사이에 문제가 있은 지도 꽤 오래됐다. 단지 둘 다 아마네에게 상처 주지 않기 위해 참고 있을 뿐이었다. 그러나 아마네도 이제 중학생이었다. 이해할 때가 되었을 것이다.

"그래서 부탁인데…… 정식으로 이혼하면 아마네와 함께 이쪽으로 이사 올까 해서."

"자, 잠깐만. 그게 무슨 소리야?"

"아마네도 이곳 생활 마음에 드는 것 같고……."

"잠깐만이라 했잖아."

"어머, 화났어?"

"당연하지. 여긴 내 집이야. 함부로 넘어가지 마."

"어머나, 확실히 건물은 네 돈으로 지었어도 땅은 내 몫도 반이잖아."

"그건 그렇지만……."

아버지가 사토나카 남매에게 남겨 준 것은 가나가와 현의 아파트와 이곳 토지였다. 아파트는 처분하고 반반씩 나눴지만, 이곳은 아버지가 좋아하던 곳이라는 이유로 공동명의로 바꼈다.

"혼자 있는 걸 좋아하는 건 알지만, 우리 모녀를 위해, 누나와 조카를 위한 거라고 생각해 주면 안 돼?"

"남이 있으면 일을 못 해."

"우리는 남이 아니고, 익숙해지면 할 수 있을 거야."

누나는 이미 그럴 작정이었다. 사토나카가 아무리 저항해도 전차처럼 모든 것을 깔아뭉개며 이쪽을 향해 올 터였다.

"아케미 씨에게 언제까지나 신세를 질 수도 없잖아. 매번 친절히 해 주시지만, 그 사람에게도 그 사람의 사정이 있어. 넌 모르겠지만."

"사정이라니?"

"우리가 오면 대신 잘할 수 있어. 눈이 안 보이게 되고 나서 여러 번 말했잖아. 같이 살자고. 아무 거리낄 것 없다고. 그런데도 너는 마냥 고집불통이고. 정말로 누구를 닮았는지…….”

“무리야. 나에겐 무리야. 용서해 줘, 누나.”

사토나카의 말에 누나의 분위기가 변했다.

“남편 회사, 계속 실적이 떨어지고 있어. 아마네 양육비는 준다고 하는데, 위자료는 기대할 수 없어. 그렇게 되면 임대아파트 구해야 하고, 보증금도 내고, 사례금도 내야 하는데, 형편이 안 돼.”

악몽이 현실이 되려 하고 있었다. 사토나카는 헐떡이면서 팔을 뻗었다. 손끝이 존느의 몸에 닿았다. 녀석의 체온이 악몽에서 벗어나는 데 도움이 됐다.

“우리를 도와준다고 생각하면 안 될까. 타모츠, 제발.”

누나가 간청하면 거절할 수 없었다. 결국에는 받아들이고 앞으로 평생 짜증을 억누르며 살 수밖에 없을 것이다.

“타모츠, 듣고 있니?”

사토나카는 대답하는 대신 손바닥을 존느의 등에 대고 부드러운 털과 체온에 의식을 집중했다.

“타모츠.”

“내일모레까지 대답할 테니 오늘 밤은 혼자 있게 해 줄래?”

사토나카는 스스로도 놀랄 만큼 강한 어조로 말했다.

“그래? 그럼 잘 생각해 줘.”

“아케미 씨에게 술 좀 준비해 달라고 전해 줘. 위스키가 마시고 싶다.”

"위스키. 응, 알았어."

누나가 나갔다. 사토나카는 계속 존느를 쓰다듬었다. 존느의 꼬리가 흔들렸다. 존느의 숨소리가 들렸다. 존느는 사토나카를 올려다보고 있었다. 아케미가 찾아와 위스키와 얼음을 트레이 위에 두고 나갔다.

사토나카는 위스키를 마셨다. 마시고는 존느를 쓰다듬고, 존느를 쓰다듬고 또 마셨다. 존느는 꼬리를 흔들며 사토나카에게 계속 등을 맡겼다.

"말 좀 해 봐. 멍이든 냥이든 좋으니까, 존느."

존느는 짖지 않았다. 단지, 꼬리를 계속 흔들 뿐이었다.

자명종이 울렸다. 사토나카는 자명종을 끄고, 신음하며 또 잠을 잤다. 얼마 뒤 아마네가 깨우러 찾아왔다.

"타모츠 삼촌, 산책할 시간이야."

머리가 아팠다. 지난밤 존느를 만지고, 존느에게 말을 걸며, 끝없이 술을 마셨다. 언제 잠자리에 들었는지도 기억에 없었다.

"미안, 오늘은 산책 안 할 거야."

아마네가 무언가 말했지만, 사토나카는 이불 속으로 얼굴을 파묻었다. 그리도 다시 잠들었다.

"선생님, 밥을 줘야 하니까 존느 데려갈게요."

아케미의 목소리가 들린 듯했지만 비몽사몽간이었다.

웃음소리가 들렸다. 개 짖는 소리가 요란했다. 사토나카는 관자놀이를 누르면서 몸을 일으켰다. 웃음소리는 익숙한 여자들의 것이었다. 그런데 개 짖는 소리는 처음 듣는 것이었다. 둘 다 마당에서 들려오고 있었다. 존느의 기척이 느껴지지 않았다. 그렇다면 저 목소리, 꿈이 아니라 실제로 들려오는 것일지도 몰랐다.

사토나카는 일어나 지팡이를 쥐었다. 존느가 오기 전에는 지팡이만 있어도 충분했는데 이젠 불안했다. 기억 속 가구들의 위치를 더듬으며 침실을 나와 아래층으로 내려갔다. 계단을 다 내려왔을 때는 완전히 지쳐 버렸다. 평소 존느에게 얼마나 의존하는지 실감할 수 있었다. 아픈 머리를 부여잡으며 거실을 가로질러 발코니의 창문을 열었다. 미지근한 바람과 함께 아마네의 웃음소리가 폭죽 소리처럼 덮쳐왔다. 누나의 웃음소리가 그 뒤를 이었다.

"이쪽이야, 존느."

아마네가 고함을 질렀다. 그에 응하듯 개가 짖었다. 굵고 기쁜 목소리였다.

"존느?"

사토나카는 귀를 의심했다. 어김없이 개가 짖고 있었다. 마당을 뛰어다니며 짖고 있었다.

"어머, 선생님 깨셨어요?" 뒤에서 아케미의 목소리가 들렸

164

다. "물이나 차를 가져올까요?"

"짖고 있는 게 존느야?"

사토나카의 목소리가 잠겨 들었다.

"네, 존느가 심심해 보인다고 아마네 양이 나서서. 어쩌다가 정원에서 좀 놀게 해 주면 어떨까 이야기가 나와서……."

아케미의 말이 변명처럼 들렸다.

"그래서?"

"하네스를 빼 주고 마당에 데려가니까 존느 양, 사람이 바뀐 것처럼…… 아, 사람이 변했다는 표현은 좀 이상하죠?"

몸이 떨리고 가슴이 조였다. 존느가 짖는 소리를 처음 들었다. 존느가 역동적으로 움직이는 소리를 처음 들었다.

존느는 울지 않는다, 짖지 않는다, 라고 단정 짓고 있었다. 노는 것보다 일하는 것에 기쁨을 느낀다고 단정 지었다.

그렇지 않았다.

사람에게 도움이 되도록, 안내견으로 대성하도록, 철저하게 훈련 받으며, 자아를 죽이도록 주입된 것일 뿐이었다.

사토나카가 곁에 있을 때는 일할 시간이었다. 하네스가 장착돼 있을 때도 일할 시간이었다. 집에 있을 때는 하네스를 벗기기도 하지만, 존느는 끊임없이 사토나카 곁에 머물렀다. 하루 24시간 존느는 항상 스위치를 켜고 생활하고 있었다.

그런데 사토나카도 없고, 하네스도 벗겨졌다. 그 순간 존느는 안내견에서 평범한 개로 돌아간 것이다. 아마네와 놀고, 짖

고, 뛰어다녔다. 온전히 한 마리 개로서 기쁨을 만끽하고 있었
다.

"어머, 타모츠 일어났니?"

누나의 목소리가 들려왔다. 순간 존느의 소리도 멎었다. 경
쾌한 발소리가 다가오더니 그의 앞에서 멈췄다. 가쁜 숨소리
가 들렸다.

"존느, 더 놀아도 돼. 오늘은 산책 없으니까."

누나가 말했지만 존느는 움직이지 않았다. 사토나카가 왔
기 때문에 노는 시간이 끝난 것이다. 일로 돌아가야만 하는 시
간이었다.

"존느……."

사토나카는 발을 내디뎠다. 슬리퍼 밑창이 목재 데크에 닿
았다.

"존느……."

자신의 목소리가 떨리고 있는 것이 느껴졌다.

"존느……."

누군가가 사토나카의 왼팔을 잡았다. 냄새 때문에 아마네
라는 걸 알았다.

"존느는 이쪽이야, 타모츠 삼촌."

아마네의 숨소리도 거칠었다. 아마네의 팔에 이끌려 데크
끝까지 갔다.

"존느, 타모츠 삼촌이야."

존느가 뛰어올랐다. 확연히 느껴졌다. 마당에서 데크 위로 점프한 것이다.

"존느⋯⋯."

사토나카는 허리를 굽혀 왼팔을 뻗었다. 손끝이 닿았다. 존느의 얼굴이었다. 입 주위가 침으로 젖어 있었다. 뛰어다니는 바람에. 개로 돌아간 바람에.

"더 놀다 와도 돼, 존느."

사토나카가 존느를 정원 쪽으로 밀었다. 하지만 존느는 움직이지 않았다. 거친 숨소리를 내뱉으면서도, 사토나카의 곁을 떠나려 하지 않았다.

"존느, 괜찮아. 오늘은 산책하러 안 나갈 거야. 쉬는 날이야. 쉴 때는 마음대로 해도 돼."

사토나카는 쪼그리고 앉아 존느를 껴안았다. 존느의 꼬리가 흔들리는 것을 느꼈다.

"미안해, 존느. 날 위해서⋯⋯."

존느의 침에 잠옷이 젖었다. 얼마든지 더러워져도 됐다.

"개는 노는 것도 좋아하지만, 일하는 것도 무척 좋아한대. 훈련센터 직원이 그러더라. 그러니까 개의 본능을 억압하고 있다고 생각할 필요 없다는 거야."

누나의 말에 사토나카가 물었다.

"그런 얘긴 언제 들었어?"

"제일 처음에. 내가 무턱대고 이래라저래라 하는 것 같아?

잘 알아보고, 네 성격도 보고, 신청한 거야."

사토나카는 계속 존느를 쓰다듬었다. 그 씩씩함이 사랑스러워 견딜 수가 없었다.

"내 성격도……?"

"당연하지. 난 네 누나야. 가족이란 게 다 그런 거지."

가족 따위는 필요 없다. 번거로울 뿐이다. 사토나카는 줄곧 그렇게 생각했다. 친구도 필요 없다, 아는 사람도 필요 없다, 혼자서 좋을 대로 살아야지, 하고.

하지만 존느는 이미 없어서는 안 될 존재였다. 그런 존느를 소개해 준 것은 누나였다.

"나 혼자서는 너랑 놀아 줄 수 없겠네." 사토나카가 존느에게 말했다. "아마네가 있어 주면 놀아 줄 수 있겠네."

존느는 사토나카에게 안겨서도 꼬리를 흔들고 있었다. 일만 하는 게 아니라 존느에게 개다운 기쁨도 안겨 주고 싶었다.

"누나, 어제 한 얘기 콜이야."

사토나카는 누나에게 얼굴을 돌렸다. 환히 웃는 누나의 얼굴이 머릿속에 선명히 떠올랐다.

"가족이 늘어날 거야, 존느."

양손으로 존느의 얼굴을 감싸며 자신의 얼굴을 가까이 가져갔다. 부드럽고 촉촉한 것이 코에 닿았다. 존느가 혀로 핥고 있다는 걸 깨닫는 데는 시간이 좀 걸렸다.

바셋 하운드

1

어머니가 앙주를 데리고 온 것은 루카의 네 번째 기일이었
다.

대학교 수업을 듣고 집으로 돌아오니 본 적 없는 바셋 하운
드가 거실에 있었다. 똑같은 바셋 하운드였지만 루카와는 배
색이 다른 녀석이었다. 루카는 흰색과 갈색이었는데, 눈앞의
녀석은 흰색과 갈색에 검은색이 뒤섞여 있었다. 긴 귀와 몸
통, 짧은 팔다리의 체형은 같았지만, 루카보다 몸집이 훨씬
작았다.

무엇보다 얼굴이 이상했다. 정수리가 움푹 패어 있고, 주둥
이도 휘어 있었다. 솔직히 진짜 못생긴 녀석이었다.

"어머, 왔니?"

화장실에서 어머니가 나왔다. 그러자 바셋이 코를 킁킁거리며 어머니를 향해 발을 내디뎠는데, 걸음걸이가 이상했다. 왼쪽 뒷다리가 안 좋은지 몸을 비틀듯이 걸었다.

"뭐야, 얘는?"

"앙주야. 프랑스어로 천사라는 뜻이래."

어머니는 마루에 쪼그리고 앉아 다가온 바셋을 끌어안고는 사랑스러운 듯이 쓰다듬었다.

"이름을 묻는 게 아닌데."

아키는 양손을 허리에 짚고 어머니와 바셋을 내려다보았다.

"우리 새 식구야."

어머니가 말했다.

"나 아무 말도 못 들었어. 루카를 떠나보낸 지 4개월밖에 안 됐는데……."

"진 씨라는 분한테서 데려온 아이야."

진 씨는 개를 구조하는 단체를 이끌고 있는 남자였다. 루카도 전 주인에게서 제멋대로 버려진 뒤, 진 씨의 단체에 구조된 아이였다.

"잠깐 둘러보기만 할 생각이었는데, 이 아이와 놀다 보니 꼭 데려오고 싶어지잖아."

"나는 싫어."

아키는 입술을 깨물었다. 이렇게 못생긴 아이, 루카랑은 너무 달라. 목구멍까지 나오던 말을 억지로 삼켰다.

"어미 개한테 물렸대."

어머니가 불쑥 말했다. 바셋은 어머니의 무릎 위에서 멍하니 앉아 있었다.

"태어나자마자 어미에게 물려서 오래 못 살 거라고 수의사한테서도 버림받았는데도 살려고 애쓰는 아이야. 뇌에 손상이 있는 것 같고, 몸집도 작고, 다른 애들과는 좀 다르지만 웃는 모습이 정말 멋져."

그렇구나. 그래서 저 얼굴, 저 걸음걸이인 것이다. 그래서 진의 단체에 보호된 것이다. 보통 사람이라면 이런 녀석을 키울 생각은 안 할 거였다.

"하여튼 나는 모르는 일이야." 아키가 말했다. "내 개는 루카뿐이니까. 개는 엄마가 돌보든지."

아키는 씩씩대며 오른쪽 복도를 돌아 자기 방으로 향했다. 그리고 거칠게 문을 열고, 거칠게 문을 닫았다.

마음이 진정되지 않았다. 아직 루카를 잃은 슬픔에서 헤어나지 못한 탓이었다. 밤마다 루카를 생각하면 상실감에 가슴이 찢어질 것만 같았다.

"그런데도……."

아키는 중얼거리며 침대에 몸을 던졌다. 눈을 감자마자 루카의 얼굴이 아른거렸다.

루카는 세 살 때 아키의 집에 왔다. 이사 간 곳이 애완동물 금지가 되어 버렸다며, 전 주인이 진 씨의 구조 단체를 통해 입양할 가족을 찾고 있었다.

정확히 1년 전에 아키의 친권에 대한 재판을 간신히 끝내고, 부모님이 이혼한 때였다. 어머니는 어깨의 무거운 짐을 내려놓은 기분이었는지, 어디선가 입양이란 말을 듣고 나서는 느닷없이 개를 기르고 싶다고 달려들었다.

루카는 새로운 환경에 좀처럼 적응하지 못했다. 언제나 방 구석에 웅크리고 있었고, 어머니나 아키의 일거수일투족을 의심스러운 눈으로 바라보았다. 그럼에도 바셋 하운드 특유의 용모와 어우러져 동화 속에 나오는 생물 같았다.

새 가족의 합류에 어머니는 물론 아직 중학생이던 아키도 애정이 들끓어 여러 가지로 뒷바라지를 했다. 그래선지 루카도 점점 마음을 열었고, 어느새 이른 아침과 저녁 산책을 위해 아키가 리드줄을 잡기만 해도, 긴 귀를 흔들고 짧은 다리를 버둥대며 아키를 향해 달려왔다. 필사적으로 달려오는 그 모습이 너무나 사랑스러워, 아키는 루카를 끌어안고 부드럽고 따뜻한 몸에 볼을 비비곤 했다.

루카는 잘생긴 녀석이었다. 바셋 하운드를 키우는 사람들이면 누구나 루카가 잘생겼다고 입을 모았다. 흰색과 갈색 무늬의 균형이 잘 잡혀 있고, 무엇보다 눈이 아름다웠다. 둥글며 깊은 눈동자였다.

루카는 아키에게 자랑스러운 개였다. 루카 또한 아키에게 사랑받고 있음을 자각하고 있었다. 아키와 루카는 잘 어울리는 커플이었다.

고등학교에 진학해서도, 수험 공부에 쫓기는 와중에도, 대학에 들어가서도, 이른 아침 루카의 산책은 아키의 담당이었다. 감기라도 걸리지 않는 한, 아키는 그 역할을 반드시 완수했다.

꽃미남 루카가 짧은 다리로 종종걸음을 칠 때마다 출렁출렁 흔들리는 뱃살. 그 사랑스러운 모습을 아키는 매일 볼 수 있었다. 그러니 힘들지 않았다.

그러나 여덟 번째 생일을 앞둔 어느 날, 루카는 갑자기 걷지 못하게 됐다. 헤르니아라고 진단받았다. 바셋이나 닥스훈트처럼 몸통이 긴 개들에겐 흔한 병이었다.

필사적인 치료에도 불구하고 헤르니아는 완치되지 않았고, 루카는 누워만 있는 일이 잦아졌다. 사용하지 못하는 근육은 급속히 줄어들었다. 근육이 빠지면 빠질수록 루카는 쇠약해져만 갔다.

그리고 4개월 전 어느 날 아침, 루카가 부르는 것 같아 아키는 잠에서 깼다. 거실에 나가 루카에게 다가가니 잠을 자던 루카가 기다렸다는 듯이 눈을 떴다. 아키를 바라보는 깊은 눈동자가 무언가를 말하는 듯했다.

왜, 루카? 말을 걸려는 순간, 루카의 눈이 감겼다. 그리고 크게 숨을 들이마시고 내쉬더니 더 이상 움직이지 않았다.

아키는 울부짖으며 루카의 몸을 흔들고 심장 마사지를 했다. 어머니가 달려와서 아키를 말릴 때까지.

루카는 가 버렸다. 아키를 부르고, 이별을 고하고, 떠나 버린 것이다.

아키는 울었다. 어머니도 울었다. 모자는 하염없이 울기만 했다.

아키는 지금도 운다. 아침에 눈을 뜨면 무의식중에 루카의 모습을 찾는다. 루카는 이제 없다고 생각할 때마다, 가슴이 찢어지는 슬픔에 휩싸여 눈물을 흘린다.

그런데 새로운 개? 게다가 루카와는 전혀 닮지 않은 못생긴 애를 키우겠다고? 그 아픈 성장 과정에 동정은 하지만, 루카만큼 사랑할 수 있을 거라고는 도저히 생각되지 않았다.

"루카, 외로워. 보고 싶어."

아키는 베개에 얼굴을 묻고, 또 한바탕 울었다.

2

루카와 달리, 앙주는 새로운 환경에 금세 적응했다.

집안일을 하느라 분주한 어머니 뒤를 뒤뚱뒤뚱 따라다니고, 어머니가 쓰다듬어 주면 세차게 꼬리를 흔든다. 어미 개에게 물려 일그러진 얼굴에는 늘 웃음이 가득하다.

어머니를 따라 처음 집에 왔을 때는 녀석도 긴장을 했었다. 그러잖아도 못생긴 얼굴이 잔뜩 굳어 있었으니까. 그러나 앙주의 해맑은 미소는 어느새 그 추함을 말끔히 없애 버렸다.

"얘는 이름 그대로네."

어리광 부리는 앙주를 쓰다듬으며 어머니가 말했다.

"이름 그대로?"

"응, 앙주. 천사잖아. 루카는 조금 악마 같은 면도 있었지만,

이 아이는 정말 천사 같아."

아키는 쓴웃음을 지었다. 아키에게는 루카야말로 천사였다. 어떤 때라도 아키 곁에 있었고, 아키를 지켜 주며, 무상의 사랑을 주었다. 루카 이외의 천사는 생각할 수 없었다.

"카가와 씨, 알지?"

어머니의 물음에 아키는 고개를 끄덕였다. 어머니는 1급 건축사무소에서 사무 일을 하고 있었다. 사무실은 개방적이고 가정집 같은 분위기여서, 어머니가 앙주를 동반해 출근해도 나무라는 사람이 없었다. 카가와 씨는 사무실에서 영업직에 종사하고 있는 50대의 남성이었다.

"지난번 건강 검진에서 폐에 그림자가 발견됐다네. 그래서 정밀검사를 받기로 했는데, 매일매일 한숨만 내쉬고, 옆에만 있어도 같이 어두워지는 거야."

"허어."

"근데 앙주를 사무실로 데려가잖아? 카가와 씨가 영업하다가 사무실에 돌아오면, 앙주가 꼭 카가와 씨에게 가서 발밑에서 싱글벙글 꼬리를 흔드는 거야. 괜찮을 거야, 걱정하지 말라고 격려하는 것처럼."

"그래?"

아키는 앙주에게 눈을 돌렸다. 앙주는 어머니 무릎 위에서 자고 있었다. 미소가 사라진 얼굴은 역시 못생겼다.

"카가와 씨도 어느새 앙주가 다가오면 웃지 뭐야. 사무실

분위기가 많이 좋아졌어."

"잘됐네."

아키는 일부러 마음에 없는 대답을 했다. 하지만 어머니는
개의치 않았다.

"앙주는 사람 마음을 알아. 착해, 정말 착한 아이야."

앙주의 자는 얼굴은 그 어떤 예쁘다는 말도 연상되지 않는
모습이었다. 비틀린 주둥이는 항상 반쯤 벌어져 있었다. 송곳
니가 들여다보이고, 혀는 내밀어져 있고, 침이 저절로 흘러내
렸다. 왼쪽 눈은 반만 감겨 안쪽에서 안구가 격렬하게 움직이
는 것이 훤히 보였는데, 천사는커녕 악마나 요괴를 연상시킬
정도였다.

루카가 빼어나게 잘생긴 외모였기에, 앙주의 얼굴은 더 처
량해 보였다.

"루카도 내 기분 바로 알아줬어."

"어머, 아키만이 아니야. 루카는 내 마음도 알아줬어."

어머니는 아키를 바라보던 시선을 앙주에게 돌렸다. 비틀
린 주둥이를 살짝 쓰다듬자 앙주가 눈을 떴다. 꼬리를 격하게
흔드는 얼굴에 미소가 번진다.

"루카는 나와 아키밖에 안중에도 없었지만, 앙주는 달라.
주위에 있는 모든 사람을 행복하게 해 주고 싶어 해."

"엄마 마음대로 생각해."

아키는 일어나 자기 방으로 향했다. 어머니가 루카를 부정

한 기분이었다. 짜증 나. 속상해. 아직 4개월밖에 안 됐는데도, 어머니의 마음은 루카에서 앙주로 완전히 옮겨져 있었다.

"배신자."

내뱉듯이 말하고 아키는 방문을 닫았다.

또 꿈을 꾸었다.

꿈인 줄 알면서도 마음이 아팠다. 슬픔에 짓눌릴 것만 같았다.

꿈속에서 재현되는 것은 언제나 그날 아침이다. 루카가 부르는 소리에 잠이 깬 아키는 거실로 간다. "아직 안 돼." 루카에게 말을 건넨다. "아직 가지 마, 부탁이야. 나를 두고 가지 마."

루카가 죽을 거라는 사실을 알고 있었다. 그래도 루카를 떠나지 못하게 하려고 필사적으로 말을 걸었다. 그런데도 루카는 떠나 버린다. 아키의 간청을 뿌리치고 떠나 버린다.

이런 꿈, 꾸고 싶지 않아. 이제 그만.

꿈속에서 그렇게 외치며 하느님께 기도했다. 그러나 밤마다 똑같은 꿈을 꾼다. 매일 아침 절망적인 슬픔 속에서 잠이 깬다.

머리맡에 둔 휴대폰을 집어 들었다. 아직 7시 전이었다. 평소에는 이렇게 일찍 일어나지 않는데. 눈이 땡땡 부었고, 얼굴이 젖어 있었다.

아키는 몸을 일으키며 한숨을 쉬었다. 이 꿈은 언제까지 계속될까.

문밖에서 기척이 났다. 아키는 황급히 눈물 자국을 닦았다. 침대에서 내려와 문으로 다가가 귀를 댔다. 무언가가 흔들리는 소리가 났다. 앙주의 꼬리가 내는 소리였다. 그거 말고는 생각할 수가 없었다.

"앙주?"

문을 열자 앙주가 바로 앞에 앉아 있었다. 웃는 얼굴로 아키를 올려다보며 꼬리를 흔들고 있었다.

"왜 그래?"

앙주가 방 안으로 들어오더니 아키의 다리에 자기 몸을 붙였다.

"뭐야, 진짜."

앙주는 사람 마음을 알아. 어머니의 말이 떠올랐다. 루카와 이별하는 꿈을 꿔서 슬퍼하는 마음을 감지한 것일까? 위로하러 온 것일까?

"그럴 리가 없어." 아키는 스스로를 타이르듯이 말했다. "왜냐하면 난 매일 거의 똑같은 꿈을 꾸는데, 앙주가 나한테 온 건 오늘이 처음이잖아."

말을 하던 아키가 놀란 듯이 자신의 입을 손으로 막았다. 아키는 보통 9시가 넘어서 일어났다. 어머니와 앙주가 함께 출근한 뒤에.

"설마 진짜인가?"

아키는 허리를 숙여 앙주를 안아 올렸다. 루카에 비하면 앙주는 가벼웠다. 어미 개에 물린 후유증으로 몸이 충분히 발달하지 못한 탓이다.

"정말 나를 위로하러 온 거야?"

앙주의 얼굴을 들여다보았다. 앙주는 웃고 있었다. 앙주는 늘 웃고 있었다. 깨어 있는 동안은 항상 웃고 있었다.

"뭐야, 웃는 것처럼 보이는 것뿐이야."

일부러 차갑게 말을 걸어도 앙주는 웃었다. 계속 웃고 있었다.

"앙주, 밥 먹자."

부엌에서 어머니의 목소리가 들려왔다. 아키는 앙주를 살포시 마루에 내려놓았다. 앙주가 뛰기 시작한다. 짧은 다리를 버둥대며, 뱃살을 출렁거리며, 긴 귀를 나비처럼 팔랑대면서. 뒷다리가 잘 움직이지 않아, 달리는 모습이 장어와 미꾸라지를 연상시켰다. 앙주가 갑자기 멈춰 서더니 뒤를 돌아본다. 변함없이 앙주는 웃고 있었다.

"앙주야, 뭐 해? 밥이야."

또 앙주가 뛰기 시작했다. 이번에는 멈추지 않았다.

3

그날 밤 아키는 휴대폰 알람을 오전 6시로 설정하고 잤는데, 오랜만에 루카 꿈을 꾸지 않았다. 앙주도 방 앞에 있지 않았다. 그러나 다음날 아침은 다시 꿈을 꾸는 바람에 울면서 눈을 떴다. 그리고 앙주가 방 앞에 있었다.

"정말 아는 거야, 앙주?"

말을 걸어도 앙주는 마냥 웃기만 했다. 아키는 방을 나와 앙주와 함께 거실로 갔다. 어머니가 자신과 아키의 도시락, 거기에 앙주의 식사를 만들고 있었다. 루카 때도 그랬다. 어머니는 매번 사료를 사는 대신 직접 음식을 만들었다.

"강아지 사료는 라면하고 똑같잖아. 가끔이면 괜찮지만, 아키도 매일 라면이라면 싫지 않겠어?"

그러면서 싫은 표정 하나 짓지 않고, 루카의 식사를 만들었다.

"어머, 무슨 바람이 분 거야? 이 시간에 일어나다니."

"출근하기까지 아직 시간 많지? 앙주랑 산책 갔다 올게."

"진짜 무슨 바람이 분 거니?"

"가끔은 괜찮잖아."

"8시 전에 나가야 하니까, 그리고 그전에 앙주 밥 줘야 하니까, 되도록 일찍 들어와."

"네~."

아키는 욕실에서 얼굴을 씻고 선크림을 발랐다. 현관으로 가서 리드줄을 집어 들었다.

"앙주야, 산책하러 가자."

아키의 말이 끝나자마자 쿵쾅쿵쾅 시끄러운 소리가 나더니, 곧 앙주가 복도로 뛰어나왔다. 역시나 웃고 있었다. 정말 행복하게 웃고 있었다.

앙주의 목에 리드줄을 하고 밖으로 나갔다. 아파트 단지를 걷는 동안 앙주는 절대 볼일을 보지 않는다. 집 안에서 모든 배설을 마치도록 구조시설에 있을 때 훈련이 된 덕이다.

아키는 앙주와 함께 엘리베이터 올라탔다. 잠시 뒤 3층에서 엘리베이터가 멈추더니 나카니시 씨가 탔다. 까다롭기로 소문난 중년 남자였다. 예전에도 엘리베이터에서 루카를 보면 반드시 얼굴을 찡그리고, 일부러 헛기침을 하기 일쑤였다. 아키는 운이 없는 것을 저주하며 억지로 미소를 지었다.

"안녕하세요."

"안녕, 앙주야. 오늘도 싱글벙글이네."

나카니시 씨가 아키가 아니라 앙주에게 미소를 보냈다. 놀란 아키가 저도 모르게 손으로 입을 막았다.

"가끔 이렇게 마주치네. 그치, 앙주?"

나카니시 씨의 얼굴에는 여태껏 본 적 없는 미소가 떠올라 있었다.

"처음 앙주 얼굴을 봤을 땐 놀라서 까무러쳤는데, 지금은 우리 친구지. 그렇지, 앙주?"

앙주는 나카니시 씨를 올려다보며 웃고 있었다. 그리고 세차게 꼬리를 흔들었다.

"넌 늘 행복해 보이는구나."

엘리베이터가 1층에 도착해 문이 열리자 나카니시 씨가 아쉬운 듯 앙주를 향해 인사를 건넸다.

"앙주야, 또 보자."

나카니시 씨가 엘리베이터에서 내려 빠른 걸음으로 아파트 건물을 빠져나갔다.

"무슨 마법을 쓴 거야, 앙주?"

아키의 물음에 앙주는 웃으며 꼬리를 흔들 뿐이었다.

아파트에서 나와 인근 공원으로 향했다. 이 근방에서는 비교적 큰 공원으로, 조그마한 도그런이 함께 설치된 곳이었다.

공원으로 향하는 동안 마주친 사람들이 앙주에게 말을 걸며 미소를 지었다. 아키는 모르는 사람들이었는데, 어머니와 함께 통근하는 앙주와 자주 마주친 듯했다.

앙주는 비틀비틀 걸으면서도 사람들에게 미소를 건넸다. 앙주의 얼굴에는 웃음이 떠나지 않았다. 흉측한 얼굴로, 불편해 보이는 몸으로 뒤뚱뒤뚱 걸으며, 미소를 지었다. 그 미소가 녀석의 불편함을 잊게 하는 듯했다. 행복한 미소밖에 눈에 들어오지 않게 되는 것 같았다. 공원에 도착할 때까지의, 불과 10분 정도의 산책만으로도 아키는 그 사실을 알 수 있었다.

앙주는 온몸으로 외치고 있었다. 나는 행복해. 가족들과 산책하러 갈 수 있어서 행복해. 밥 먹는 것도 행복하고. 사람들이 어루만져 주는 것도 행복이야. 착하다고 칭찬받는 것도 행복이야. 몸이 생각처럼 움직이지 않아도 아무렇지 않아. 왜냐하면 살아 있다는 것은 어쨌든 행복이니까.

앙주는 긍정적인 에너지 덩어리였다.

"그래, 너는 그런 아이지."

공원에 도착하자 아키는 앙주를 안아 올렸다.

"그러니까 나카니시 씨 같은 사람도 네가 옆에 있으면 싱글벙글이구나."

개를 산책시키고 있는 사람들이 여기저기에 있었다. 눈으로 다른 개들을 좇는 앙주의 숨이 거칠어졌다. 흥분했다기보다는 기뻐하는 것 같았다.

"다른 애들이랑 놀고 싶어?"

앙주가 아키를 올려다보았다. 웃고 있었다. 물어볼 필요도 없었다.

"그럼 도그런에 들어가 볼까?"

안고 있던 앙주를 땅에 내려놓고 도그런 쪽으로 걸어갔다. 루카가 어렸을 때는 자주 다니던 도그런이었다. 그러나 루카가 나이가 들고 힘겨워 하면서 발길이 뜸해졌고, 헤르니아를 앓은 뒤로는 한 번도 오지 않았다. 그때 도그런에서 마주쳤던 얼굴들도 많이 달라졌을 것이다.

도그런에는 여덟 쌍의 사람들과 개들이 있었다. 대부분 소형견이었고, 중형견인 믹스견이 두 마리 있었다. 소형견은 토이 푸들이 세 마리, 미니어처 닥스훈트가 두 마리, 치와와가 한 마리였다. 역시 아는 얼굴은 하나도 없었다.

"안녕하세요."

인사를 건네며 안으로 들어갔다. 견주들이 일제히 웃으며 인사를 받았다. 하지만 눈길이 아키에서 앙주로 이동한 순간, 모두가 표정을 굳혔다. 앙주의 모습에 본능적으로 혐오감을 느낀 것이다. 자신도 그랬기 때문에, 아키는 주인들의 반응을 이해할 수 있었다.

하지만 개들은 달랐다. 그들은 겉모습에 속지 않으니까. 반갑게 짖으며 달려오는 개, 말없이 달려오는 개, 너나 할 것 없이 다가와서는 앙주를 에워싸고 냄새를 맡았다. 앙주는 웃으며 가만히 있었다.

다행히 공격적인 개는 없는 것 같았다. 앙주의 냄새를 맡는 개들을 지켜보면서, 아키는 안도의 한숨을 내쉬었다. 만약 문제가 생기면 사람이 끼어들어야 했다. 루카가 이 도그런에서 다른 개와 싸울 때는, 상대방 개의 송곳니가 아키의 팔뚝을 물은 적도 있었다. 그게 도그런에 발길이 뜸해진 직접적인 계기였다.

개들은 대충 앙주 냄새를 맡고 나서 이번에는 자신들의 냄새를 앙주에게 맡게 했다. 앙주는 한 마리 한 마리 정성껏 냄새를 맡았다. 서로의 냄새를 확인한 개들이 제각기 흩어졌다. 앙주의 곁에서 떠나지 않은 것은 한 마리 믹스견과 초콜릿색의 토이 푸들이었다.

'놀자고, 신참.' 앙주에게 권유하듯 토이 푸들이 도그런 안쪽을 향해 달렸다. 믹스견이 따라 뛰며 몇 번이나 뒤를 돌아보았다.

앙주도 유혹에 넘어갔다. 짧은 다리를 버둥거리며, 마음대로 움직여지지 않는 뒷다리를 힘껏 놀리며, 토이 푸들과 믹스견의 뒤를 쫓았다. 믹스견은 금세 앙주의 발이 느리다는 것을 알아차린 듯 속도를 늦추고 앙주를 기다려 주었다. 앙주가 따라붙으면 다시 속도를 내고, 거리가 벌어지면 속도를 줄였다.

토이 푸들이 짖었다. '너네 느려' 하고 조급한 듯이 짖었다. 토이 푸들이 이내 짜증이 난 듯 믹스견과 앙주를 향해 달려왔다. 믹스견은 거들떠보지도 않고 앙주를 향해 돌진하다가 부 딪치기 직전 휙 하고 물러났다. 이에 앙주가 몸을 뒤틀며 반응 했다. 토이 푸들의 도약에 비해 볼품없었지만 앙주는 웃고 있 었다. 온몸으로 기쁨을 표현하고 있었다.

토이 푸들이 다시 몸을 날리며 뛰었다. 쫓아오라고 앙주를 유혹했다. 앙주는 짧고 불편한 다리를 버둥거리며 뒤를 쫓았 다. 두 마리 사이에 믹스견이 끼어들었다.

'이쪽이야, 이쪽.'

믹스견도 웃고 있었다. 토이 푸들이 방해하지 말라는 듯 믹 스견에게 달려들었다. 믹스견이 부드러운 동작으로 토이 푸들 을 피했다. 목표를 잃고 갈팡질팡하는 토이 푸들을 향해 앙주 가 신나게 달려들자, 토이 푸들이 잔디밭을 차고 높이 뛰어올 랐다.

세 마리는 조화를 이루고 있었다. 앙주가 아무리 볼품없이 뛰어도 조화가 흐트러지지 않았다. 개들은 놀이에 집중하고 열중하고 있었다. 그뿐이었지만 그 이상 아름다운 게 없었다.

"무크, 갈 거야."

그러나 느닷없는 목소리가 조화와 아름다움을 깨뜨렸다. 리드줄을 손에 쥔 중년 여성이 다가가자 믹스견이 멈춰 섰다. 아쉬운 눈길이 토이 푸들과 앙주, 그리고 주인에게로 향했다.

"루니, 우리도 돌아갈 거야."

토이 푸들의 주인도 목소리를 냈다.

"먼저 갈게요."

토이 푸들과 믹스견의 주인이 도망치듯 도그런을 빠져나갔다. 잠시 뒤에는 다른 주인과 개들도 하나둘 사라졌다.

"같이 놀게 해 주셔서 감사합니다."

아키는 괴로운 마음을 애써 참으며 인사를 했다. 그렇게 떠들썩하던 도그런이 단 몇 분 만에 조용해졌다. 앙주의 얼굴과 행동에 본능적인 기피감이 들어 자기 개와 앙주가 노는 게 싫은 것이다.

"앙주야, 이리 와."

혼자 남겨진 채 도그런 중앙에 우두커니 있는 앙주에게 말을 걸었다. 다음 순간 앙주가 함박웃음을 지으며 달려왔다. 아키는 앙주를 안았다. 까칠했던 기분이 싹 가셨다.

그렇다. 인간의 생각 따위는 아무래도 좋았다. 적어도 개들은 그런 것에 현혹되지 않으니까.

"나랑 놀까, 앙주?"

물론 앙주는 웃고 있었다. 앙주를 땅에 내려놓고 아키는 달리기 시작했다.

"앙주야, 이리 와."

앙주가 쫓아온다. 상대가 개건 사람이건 노는 것은 즐겁다. 정말 즐겁다. 날뛰는 몸이 그렇게 말하고 있었다. 갑자기 눈물이 북받쳐 올랐다. 도그런에 데려갈 수 없었던 루카와 공원 구석에서 이러고 놀던 일이 생각난 탓이다.

아키가 달리고, 쫓아오는 루카는 정말로 즐거워 보였었다.

멈춰 서자 앙주가 발밑으로 다가와 아키를 올려다보았다. 녀석의 얼굴에 떠올라 있는 것은 조금 전까지와는 다른 부드러운 미소였다.

루카는 행복했었어. 그러니까, 아키 너도 슬퍼하지 않아도 돼.

그렇게 말하는 것만 같았다.

"아키 아니야?"

도그런 밖에서 누군가 말을 걸어왔다.

"루카의 누나, 아키 맞지?"

바셋 하운드인 노바의 주인 사사키 씨였다. 하지만 그가 쥔 리드줄에는 노바가 아니라, 갈색 미니어처 닥스훈트가 매여 있었다. 노바는 루카보다 두 살 위의 개였다.

"안녕하세요. 오랜만입니다."

아키는 도그런 울타리로 다가갔다.

"노바는?"

"루카는?"

거의 동시에 목소리를 내며 얼굴을 마주 보았다. 서로에게 슬픈 보고가 될 것 같아, 둘은 무심코 웃고 말았다.

"그렇구나. 루카는 나이도 어렸는데 아쉽네. 노바는 열 살이 넘었으니 어쩔 수 없었지만……."

노바와 루카의 마지막 모습을 이야기한 후에, 사사키 씨가 불쑥 말했다.

"노바가 없어 외롭고 외로워서. 하지만 바셋은 더는 못 키울 것 같아서. 그런데도 노바가 생각나니까. 그래서 애를 맞이했어. 안나라고 해. 닥스훈트치고는 살이 좀 쪄서 약간 바셋인 것 같지? 너네는 또 바셋을 키우는구나."

"어머니가 마음대로 데려왔어요. 구조단체에 보호를 받던 아이인데, 앙주라고 해요."

"얼굴이 왜 그래?"

"어렸을 때, 어미에게 물렸다는데……."

"불쌍하다고 사람들은 생각하겠지만, 본인은 엄청 행복해 보이네. 하지만 싫어하는 사람도 많을 것 같아."

사사키 씨가 아무도 없는 도그런을 바라봤다.

"조금 전까지만 해도 사람들이 많았는데, 저희가 들어가니까 다들 허둥지둥 가 버려서……."

"억울하지?"

사사키 씨의 말에 아키는 쓴웃음을 지었다.

"네, 하지만 앙주는 전혀 신경 쓰지 않는 것 같으니, 저도 신경 쓰지 않기로 했습니다."

"아, 맞다. 안도 씨나 무라코시 씨, 기억나니?"

아키가 고개를 끄덕였다. 모두 바셋 하운드의 주인으로, 루카가 아직 젊었을 때 자주 함께 놀던 이들이었다.

"그 두 사람 지금 여러 마리 키운대. 이전의 바셋은 다 떠나

보냈지만, 그 뒤로도 둘 다 바셋을 두 마리씩 키우고 있다네?
그래서 한 달에 한 번 정도 이 근방의 바셋 주인들과 모임을
열고 있대. 이번에 참가해 볼래?"

"여기 도그런에서요?"

"응. 평일 낮 동안 열 마리 정도 모이는 것 같더라. 바셋 주
인이라면 앙주에게도 상냥하지 않을까? 바셋은 원래 못생긴
게 매력인 견종이기도 하고."

안도 씨도 무라코시 씨도 좋은 사람들이었다. 사사키 씨의
말대로 그들이 주최하는 모임이라면, 불쾌한 일도 없을 것 같
았다. 가능하면 앙주가 다른 개들과 노는 기쁨을 더 맛보길 원
했다.

"어머니가 안도 씨의 연락처를 알고 있을 겁니다. 나중에
물어볼게요."

"앙주의 웃는 얼굴, 정말 보기 좋다."

사사키 씨가 감탄한 얼굴로 앙주를 바라보고 있었다.

4

"맙소사."

공원을 나와서야 어머니의 출근 시간을 넘겨 버렸다는 걸 알아차렸다. 사사키 씨와 너무 오래 얘기를 나눴던 것이다. 황급히 귀가했지만, 어머니의 모습은 보이지 않았고, 식탁 위에 휘갈겨 쓴 메모만 남아 있었다.

시간이 없어서 먼저 나갑니다. 양주를 잘 부탁합니다. 돌보지 않는다고 해 놓고선.

"네네, 제가 잘못했습니다. 됐어, 오늘은 학교 땡땡이치자."

현관에서 얌전히 기다리고 있던 양주의 발을 닦고 함께 거

194

실로 갔다. 앙주는 물을 마시고 카펫 위에 누웠다. 짧은 시간이었다고 해도 처음으로 다른 개들과 뛰어논 탓에 피곤한 게 분명했다. 아키도 하품을 억지로 참았다. 평소보다 일찍 일어난 탓인지 배고픔보다 졸음이 쏟아졌다.

"앙주야, 같이 잘까?"

앙주는 졸린 듯했지만, 아키의 목소리에 웃는 얼굴로 꼬리를 흔들었다.

"이리 와."

앙주가 몸을 일으키고 달려왔다. 그리고 아키가 자기 방에 들어가 침대에 눕자 마루 위에 걸터앉아 아키를 올려다보았다.

"이리 와."

아키가 이불을 톡톡 쳤다. 하지만 앙주는 움직이지 않았다.

"그렇구나. 여기에 뛰어오르는 건 무리인가?"

루카라면 가볍게 침대 위에 올랐을 테지만, 앙주는 앙주였다. 루카와 같은 걸 바랄 순 없었다. 앙주를 안아 침대에 올려놓았다. 평소에도 어머니 침대에서 잠든 탓인지 앙주는 당연하다는 듯 아키의 베개에 머리를 대고 엎드렸다.

"베개를 좋아하는구나. 루카도 좋아했거든."

아키도 베개에 머리를 댔다. 앙주의 몸에 손을 얹었다. 앙주는 금방이라도 잠들 것처럼 보였다.

"잘 자, 앙주야. 좋은 꿈 꿔."

아키도 눈을 감았다. 잠은 금방 왔다.

얼마나 잤을까. 심한 진동에 눈을 떴다. 앙주의 모습이 이상했다. 마치 굵은 철사라도 박힌 듯 등줄기가 곧게 뻗어 있고, 다리를 떨고 있었다. 입에서는 침이 쉴 새 없이 흘러내렸고, 실금했는지 이불 한쪽이 흠뻑 젖어 있었다.

"앙주야, 왜 그래? 앙주야!"

늘 웃는 앙주의 얼굴이 일그러져 있었다.

"경련? 간질?"

아키는 휴대폰을 들고 어머니에게 전화를 걸었다.

"왜 그래?"

전화는 바로 연결되었다.

"앙주가 이상해. 경련하고 있어. 간질? 발작인가? 병원에 가야 해?"

"좀 있으면 괜찮아질 거야."

어머니의 목소리는 차분했다.

"자주 발작을 일으켜?"

"입양하기로 마음먹었을 때 설명 들었어. 뇌에 장애가 있어서, 아마 그게 원인인 간질성 발작이래."

"나는 처음 들었어."

"왜냐하면, 너 앙주한테 관심 없었잖아."

아키는 말문이 막혔다.

"집에 와서는 아직 한 번밖에 발작하지 않았는데……."

"약은?"

"빈도가 낮으니까 약은 필요 없을 거라고 진 씨가 그랬어. 간질약은 발작을 억제하는 것뿐이고, 근본적인 치료도 안 되고 부작용도 있다고."

어머니와 이야기하는 사이 앙주의 발작이 가라앉았다.

"침을 흘리고 실금했어? 메모에 적어 두는 걸 깜빡했네. 만약 침대에서 함께 잘 거면 기저귀를 차고 자야 해."

"항상 기저귀 차고 자?"

"응, 화장실 선반에 넣어 놨어."

아무것도 몰랐다. 어머니 말대로 앙주를 거부했었기 때문이다.

"발작이 진정되면 이제 안심해도 돼. 진정될 때까지 다정하게 말 걸어 줘. 만약 계속 발작 일으키면 그때는 병원 데려갈 수 있겠니?"

가장 가까운 동물병원까지는 걸어서 10분 거리였다. 루카라면 힘들겠지만 앙주라면 어떻게든 안고 데려갈 수 있었다.

"응, 괜찮아."

"그럼 잘 부탁해."

아키는 휴대폰을 내려놓고 앙주의 등을 어루만졌다.

"괜찮아, 앙주야. 내가 옆에 있으니까. 계속 같이 있을 거야."

꼬리가 살짝 흔들렸다. 앙주의 표정이 조금씩 변하고 있었다. 웃으려는 듯했다. 그렇게 생각한 순간, 사랑스러움에 가슴이 뻐근해졌다.

흉측하게 변형된 얼굴도, 작은 몸도, 마음대로 움직이지 않는 다리도, 심지어 경련 발작조차도 앙주에게는 아무 상관없었다. 불쌍하다느니 측은하다느니, 그렇게 생각하는 것은 사람뿐이다.

앙주는 열심히 살려고 노력할 뿐이다. 살아 있는 것, 사랑하는 가족에 둘러싸여 있는 것, 그것만으로도 웃을 수 있는 존재다. 앙주의 순수함에 비하면 인간은 얼마나 더럽고 작은 존재인가. 그렇게 생각하지 않을 수 없었다.

아직 움직이지 못하는 앙주의 몸에 볼을 댔다. 소변 냄새가 코를 찔렀지만, 개의치 않았다.

"앙주야, 괜찮지? 엄마랑 내가 있으니까, 앙주는 신경 쓸 필요 없어. 언제나 싱글벙글 웃으면 돼."

앙주가 웃었다. 아키는 앙주의 머리를 부드럽게 어루만졌다.

5

매일 아침, 매일 저녁, 앙주와 산책을 했다.

아침에 산책하고 돌아오면 어머니랑 교대를 했다. 어머니가 앙주를 데리고 출근하면, 아키도 서둘러 나갈 준비를 하고 학교에 갔다. 강의가 끝나면 다른 곳에 들르지 않고, 바로 어머니 직장에 들러 앙주를 데리고 집으로 돌아왔다.

대학 친구들이 점점 사이가 멀어지는 것 같다고 타박했지만, 그들과의 교우관계보다 앙주와 함께 있는 것이 훨씬 중요했다.

앙주는 장애가 있다. 그것도 뇌에. 앙주가 얼마나 살 수 있을지는 아무도 몰랐다. 그렇기에 앙주와의 매순간을 소중히 간직하고 싶었다.

산책 코스는 그때그때 기분에 따라 바꿨다. 새로운 길을 걸을 때마다 앙주의 팬이 점점 더 늘어났다. 상가 정육점 아저씨는 돼지고기나 쇠고기 자투리를 앙주를 위해 준비해 놓고 기다린다. 꽃집 점원은 앙주를 보면 반드시 일손을 멈추고 안아준다. 애견용 간식을 항상 주는 아주머니도 있다. 아주머니는 처음에는 편의점에서 파는 간식을 줬지만, 아키가 그런 간식에는 첨가물이 많아서 별로 먹이고 싶지 않다고 하자, 긴자에 쇼핑하러 간 김에 무(無)첨가 상품을 파는 가게에서 일부러 간식을 사 오기까지 했다.

앙주의 미소에 매료된 사람들은 반드시 걸음을 멈추고 앙주에게 말을 건다. 혹은 앙주를 어루만진다. 그럴 때마다 앙주의 미소는 점점 더 크게 번진다. 그 모습을 본 사람들의 얼굴에도 다시 미소가 감돈다.

앙주는 미소를 뿌리는 천사였다. 뒤뚱뒤뚱 추하게 걸어가는 모습마저 앙주의 마법에 걸린 사람들에게는 사랑스럽게 보이는 것이다.

"정말 잘 웃는 아이네."

집 화단에 물을 뿌리던 하세가와 씨가 앙주를 발견하고 도로까지 나왔다. 하세가와 씨는 70대 중반 정도의 여성으로 몇 년 전 반려견을 떠나보냈다고 들었다. 혼자 살고 나이도 먹어 다시 개를 기를 생각은 없다고 했는데, 대신 앙주를 귀여워하기로 마음먹은 것 같았다. 하세가와 씨의 집은 아키가 사는 아파트에서 걸어서 5분 정도 거리에 있었다. 어느 산책 코스를 선택하든 하세가와 씨의 집 앞을 지날 확률은 높았다.

"아키, 테라피독 알아?"

아키가 고개를 끄덕였다. 테라피독은 양로원이나 장애인 시설에 사는 사람들에게 동물과 접촉하는 기쁨을 주는 개들을 말했다.

"앙주라면 테라피독에 딱 맞는 것 같아."

하세가와 씨의 말에 아키는 고개를 끄덕였다. 앙주의 웃는 얼굴은 사람에게 전염되니 진짜 테라피독에 딱 맞을 듯했다.

"아무리 괴로운 병과 장애를 짊어진 사람이라도 이 아이가 곁에 오면 반드시 웃을 게 분명해."

"네, 저도 그렇게 생각해요."

아키는 다시 한 번 고개를 끄덕이며 하세가와 씨에게 어리광 부리는 앙주를 바라보았다.

"테라피독?"

고기 감자조림을 먹던 어머니가 고개를 갸웃했다. 오늘 밤 만찬은 아키의 솜씨였다. 고기 감자는 아키의 세 가지밖에 없는 레시피 중 하나였다. 나머지 두 개는 카레랑 스튜. 고기, 양파, 감자와 당근을 끓이고 카레 루나 스튜 루를 넣는 것이다. 맛 식초와 설탕으로 간을 더한 것뿐이잖아, 라고 어머니는 늘 놀리곤 했지만.

"응, 강아지는 일을 시키면 좋아한다는 이야기를 들은 적이 있어. 앙주한테 테라피독을 시켜 보면 어떨까 해서."

"그러네. 앙주면 딱 맞겠다. 하지만 어른이라면 몰라도 어린아이는 겁먹거나 하지 않을까?"

"괜찮아. 앙주는 언제나 웃으니까."

"그야 그렇지만······."

"역시 이런 일은 진 씨에게 상담해 보는 게 좋겠지?"

어머니가 웃었다.

"의욕이 넘치네. 얼마 전까지만 해도 루카 말고는 관심 없다는 태도였는데."

"제가 깊이 반성합니다."

아키는 솔직하게 고개를 숙였다. 루카는 루카, 앙주는 앙주였다. 둘 다 어김없는 아키의 가족이었다. 이제는 그것을 잘 알고 있었다.

어떤 사람들은 사랑하는 개를 잃은 충격에 더는 개를 기르려 하지 않는다. 반면 새 강아지를 맞아 이전의 강아지에게 쏟았던 사랑을 다시 변함없이 주는 사람도 있다. 아키는 전자였고, 어머니는 후자였다. 그러나 아키는 어머니와 앙주 덕분에 루카를 잃은 슬픔에서 벗어날 수 있었다.

개는 계속 길러야 한다. 이제는 그런 생각이 든다. 첫 번째 개에서 다음 개, 그리고 그다음 개를 기르는 동안 사람은 성장한다. 사람이 성장하면 개는 더 행복하게 살 수 있게 된다.

아키는 루카에게서 많은 것을 배웠다. 그 교훈들을 앙주와의 생활에 유용하게 쓰고 있었다. 앙주한테서도 배울 점이 많을 거다. 그렇게 쌓은 지식과 경험은 앙주의 뒤에 만나게 될 개와의 삶에 도움을 줄 수 있을 것이다.

"진 씨에게 연락해 봐."

어머니가 된장국을 마시며 말했다.

"나 연락처 몰라."

"이따가 휴대폰 번호랑 이메일 주소 알려 줄 테니까, 밥 좀 천천히 먹게 해 줘."

"넵. 앙주야, 저리 가자."

아키는 식탁을 떠나 TV 앞으로 자리를 옮겼다.

"요즘 친구들과는 잘 지내니? 매일 일찍 와 주는 건 좋지만 친구 관계도 중요해."

"친구보다 앙주야."

소파에 걸터앉자 앙주가 앞다리를 들었다. 안아 달라는 뜻이다.

"네가 올라와 봐, 앙주야."

아키가 자신의 허벅지를 두드렸다. 앙주가 점프했지만 소파에 올라오지는 못했다. 앞다리만 소파 가장자리에 걸치고 뒷다리를 버둥거린다.

"몸치인 건 어쩔 수 없네."

아키는 앙주를 안아 올려 자신의 허벅지에 올려놓았다. 아키의 손을 날름날름 핥은 앙주가 기지개를 켜더니 몸을 웅크렸다. 그리고 곧바로 잠들기 시작했다.

"너무 긴 산책이었던 거 아니니? 요즘 앙주 금방 자니까, 엄마 재미없어."

아키가 앙주를 돌보기 시작한 후부터 어머니는 때때로 어린애 같은 질투심을 보일 때가 있었다. 아키는 그런 어머니가 귀엽다고 생각했다.

'조화를 이루고 있다.'

문득 그런 생각이 든다. 어머니와 자신과 앙주, 이 조합은 매우 조화롭다고.

루카가 떠나고 어머니와 아키 사이의 조화는 흐트러졌었다. 아키는 언제까지나 한탄하고, 어머니는 그런 아키에 질려 있었다.

생명이 있는 것은 반드시 죽는다. 루카가 자신들보다 먼저 떠난다는 것은 처음 맞이할 때부터 알고 있었던 일이 아닌가. 그럼에도 무척 슬프고 외로웠다. 이별을 한탄할수록 루카가 계속 떠오를 뿐이었다.

어머니가 옳은 것은 알고 있었다. 하지만 슬픔이 치유되는 일은 없었고, 어머니와 이야기하는 것도 싫어 방에 틀어박혀 있는 일이 잦아졌다. 그런 어머니와 아키 사이에 조화를 선물한 것이 바로 앙주다.

앙주가 있으면 말은 무용지물이 된다. 어머니도 아키도 자애로운 눈으로 앙주를 바라보고 있으면, 그것으로 충분한 것이다.

　진 씨 연락처 여기 적어 놨음

　어머니는 식탁에 메모를 올려놓고 설거지를 위해 부엌으로
향했다.
　앙주는 여전히 꿈속이었다.

6

"자, 다 왔다."

진 씨가 주차장에 차를 세우자, 아키는 자신이 긴장하고 있다는 것을 알았다. 짐칸 켄넬에 있던 개들도 흥분한 듯 요동치고 있었다.

"괜찮아, 양주야."

아키는 허벅지 위에 앉아 있던 양주에게 말을 걸었다. 그러나 사실은 자신에게 하는 소리였다.

테라피독에 대한 이야기는 척척 진행되었다. 진 씨가 주재하는 구조단체에서 실제로 보호하고 있는 개들 중 사람과 접촉하는 것에 기쁨을 느끼는 아이들을 선별해, 한 달에 한두 번 인근 장애인 시설이나 양로원을 찾고 있었던 것이다.

개와 접촉함으로써 장애가 있는 어린이들이나 치매, 기타 질병에 시달리는 노인들은 잠깐의 온기를 얻는다. 개도 사람과의 접촉에서 기쁨을 느낀다. 양쪽 모두에게 이점이 많다고 진 씨는 말했다.

"마침 다음 주 일요일에 장애인 시설에 가기로 되어 있으니까, 앙주를 데리고 올래?"

전화기 너머로 진 씨가 말했을 때, 아키는 두말없이 "네" 하고 대답해 버렸다. 그러나 전화를 끊은 뒤에는 테라피독이 실제로 무슨 일을 하는지는 정확히 모르기에, 식은땀을 흘리고 말았다.

인터넷으로 대충 살펴봤지만, 앙주가 테라피독 역할을 제대로 할 수 있을지 걱정돼 잠을 이루지 못하는 밤이 계속됐다.

"긴장 풀어, 아키. 얘들은 민감해서 이쪽 기분 금방 알아차릴 거야."

"아, 네."

진 씨가 차에서 내리자 개들이 더 소란스러워졌다. 진 씨는 짐칸의 켄넬을 열고 개들을 밖으로 내보냈다. 골든 리트리버에 미니어처 닥스훈트, 치와와, 마메시바. 모두 익숙한 강아지들이었다.

아키의 손에 쥐고 있던 리드줄에 힘이 들어갔다. 앙주가 다른 개들을 향해 달려가려고 했다.

"앙주."

아키는 황급히 리드줄을 당겼다. 목에 힘이 가해지자 앙주가 움직임을 멈췄다.

"흐음."

진 씨가 팔짱을 꼈다.

"왜요?"

"훈련은 별로 시키지 않았구나."

"네."

"착하다고 마음대로 하게 놔두면, 중요한 때에 제어할 수 없게 돼."

"죄송합니다. 알고는 있지만…… 그만!"

얼굴이 뜨거워졌다. 루카 때는 꽤 단단히 훈련했었다. 하지만 앙주는 솔직히 손이 가지 않았다. 무심코 오냐오냐해 버렸다.

"일단 오늘은 견학부터 하자. 테라피독으로 키우려면 너와 엄마도 주인으로서 잘해야 해."

"네, 죄송합니다."

고개를 숙이면서 아키는 내심 안심했다. 오늘은 상황을 보기만 하면 되니까.

진 씨가 건물을 향해 걷기 시작했다. 네 마리 분의 리드줄을 손에 쥐고 있었지만, 굳이 필요 없어 보였다. 모든 리드줄이 느슨했다. 네 마리의 개들은 질서 정연하게 진 씨의 뒤를 따라 걸었다. 진 씨가 무리의 우두머리인 것이다. 개들은 당연한 것처럼 그 뒤를 따를 뿐이었다. 리드줄을 하지 않았다고 마음대로 움직이는 개는 없었다. 그것이 우두머리 본연의 자세였다.

건물에서 두 사람이 나왔다. 중년의 남녀였는데, 시설의 직원으로 보였다.

"늘 신세를 지고 있습니다."

여자가 말했다.

"아이들이 애타게 기다리고 있어요. 안으로 들어오시죠."

남자가 차분한 목소리를 냈다.

"오늘도 잘 부탁드립니다." 진 씨가 쾌활한 목소리로 대답했다. "전화로도 이야기 드렸지만, 오늘은 테라피독 후보생이 견학할 예정입니다. 아키와 앙주입니다."

"잘 부탁드립니다."

아키는 머리를 숙여 인사한 뒤 앙주와 함께 진 씨의 뒤를 따랐다.

시설의 직원은 여성이 무라야마 씨, 남성이 하타노 씨였다. 두 사람의 안내를 받으며 건물 안으로 들어가자 어린아이들이 회의실 같은 방에 모여 있었다. 스무 명쯤 될까? 절반 가까이가 휠체어에 앉아 있었다.

"얘들아, 멍멍이들이 왔어."

무라야마 씨가 크게 소리치자 아이들의 시선이 일제히 이쪽을 향했다. 하나같이 반짝이는 눈빛이었다. 진 씨와 개들이 방에 들어서자 환호성이 터졌다. 하타노 씨가 말했듯이 아이들은 개들과의 만남을 고대하고 있었다.

진 씨가 리드줄을 목줄에서 빼자 골든 리트리버가 제일 먼저 아이들 속으로 걸어 들어갔다. 골든 리트리버를 만지기 위해 여기저기서 손을 뻗었다. 닥스훈트와 치와와, 마메시바도 그 뒤를 이었다.

"거칠게 만지면 안 돼요. 상냥하게."

무라야마 씨의 우렁찬 목소리조차 아이들의 웅성거림에 파묻혔다.

아이들의 얼굴은 기쁨으로 가득했다. 개들도 좋아했다. 자신이 필요하다는 것을 알고 있는 듯했다. 어느새 실내에는 부드러운 에너지가 가득했다. 아이들이 웃고 있었다. 개들도 웃고 있었다. 이를 지켜보는 진 씨와 직원들도 웃고 있었다. 물론 아키도 앙주도 웃고 있었다.

앙주의 우두머리가 되자. 앙주의 신뢰를 얻고, 리드줄이 없어도 안심할 수 있는 관계를 구축하는 것이다. 그러면 앙주도 저 안에 낄 수 있겠지. 앙주의 웃는 얼굴은 많은 사람을 위로할 것이다. 그리고 앙주 자신도 치유될 수 있을 것이다.

즐거워하는 무리에서 한 여자아이가 빠져나와 이쪽으로 다가왔다. 다섯 살쯤 되었을까? 겉보기에는 어떤 장애가 있는지 짐작도 가지 않았다.

"이 아이는 뭐라고 불러?"

소녀가 아키 앞에 서서 앙주를 가리켰다.

"앙주야. 네 이름은?"

"나는 카나. 앙주는 왜 이렇게 기분 나쁘게 생겼어?"

카나라는 소녀의 말에 악의가 없는 것을 알고 있었다. 그렇지 않으면 다가오지도 않았을 테니까. 그래도 심장을 도려내는 듯 아팠다.

"앙주가 기분 나빠?"

"응, 개가 이상해."

"미안해, 이상한 개라서."

아이를 상대로 굳이 정색할 필요는 없다고 생각하지만, 마음이 점점 굳어졌다. 그래도 앙주는 웃고 있었다. 그러니 아키도 웃어야 했다. 진 씨가 이쪽을 보고 있었다.

"왜? 왜 이상한 얼굴이야?"

"잠깐만, 미안."

아키는 소녀에게서 등을 돌렸다. 그리고 소녀와 진 씨의 시선을 느끼며 방을 나섰다.

"한참 모자라네, 나."

한숨과 함께 아키는 자기혐오를 토해냈다. 생각할수록 그런 태도를 보이지 말았어야 했다는 생각밖에 들지 않았다. 소녀는 단지 자기 생각을 말했을 뿐이다. 앙주는 기분 나쁜 얼굴을 하고 있으니까. 그리고 기분 나쁘게 생겼다고 했어도, 곁에 있는 게 싫다고 말한 것은 아니었다. 그냥 궁금해서 물어본 것뿐이었다.

"그런데도……."

머릿속이 개운치 않았다. 찝찝한 감정을 떨쳐 버리기 위해 아키는 걷기 시작했다. 앙주가 씩씩하게 뒤를 따라왔다. 건물 뒤쪽으로 돌아가자 작은 공원처럼 꾸며진 공간이 나타났다. 벤치 몇 개도 눈에 띄었다.

저기 가서 머리를 식히자. 나중에 진 씨랑 직원 분들에게 사과해야지. 아니, 누구보다 그 소녀에게 사과해야지.

그렇게 생각하며 걷고 있는데, 갑자기 팔이 앞으로 확 끌렸다. 앙주가 갑자기 뛰기 시작한 것이다. 허를 찔린 탓에 리드 줄을 놓쳐 버렸다.

"앙주!"

아키는 황급히 뒤를 쫓아 공원 안으로 달렸다. 앙주는 어느 때보다 빠르게 앞다리의 힘으로 마구 앞으로 뛰어가고 있었다.

"앙주야, 멈춰!"

아키가 소리를 질렀다. 앙주가 달려가는 방향에 모자로 보이는 두 사람이 벤치에 앉아 있었다. 아직 앙주의 존재를 눈치채지 못한 듯했다.

앙주는 어김없이 그 둘을 향해 달렸다. 덤벼들거나 물 염려는 없지만, 깜짝 놀라 두 사람이 갑작스럽게 움직이면 어떤 사고가 나도 이상할 게 없었다.

"앙주!"

다시 한 번 외쳤다. 그 목소리에 아주머니가 고개를 들었다. 놀라서 일어서려 했는데, 아이는 아무 반응도 보이지 않았다.

"물지는 않을 테니, 침착해 주세요!"

아키가 아주머니를 향해 소리쳤다. 아주머니의 얼굴에 걱정스러운 표정이 떠올랐지만 더 이상 움직이지 않았다.

앙주의 속도가 느려졌다. 아키와의 거리는 5미터. 모자와의 거리는 2미터. 다섯 살쯤 됐을까? 아이는 여전히 휴대폰 화면을 응시한 채 꼼짝도 하지 않았다.

앙주가 아이 앞에 멈췄다. 그러고는 여느 때와 같이 웃는 얼굴로 아이를 올려다보았다. 그러나 아이는 변함없이 휴대폰만 응시하고 있었다.

"죄송합니다. 갑자기 뛰는 바람에."

아키가 숨을 거칠게 몰아쉬면서 아주머니에게 머리를 숙였다.

"괜찮아요."

아주머니의 미소에 아키는 안심했다.

"앙주야, 가자."

리드줄을 다시 잡고 가볍게 당겼다. 평소라면 그것만으로도 얌전히 아키를 따라왔을 텐데 오늘은 아니었다. 앙주가 완강히 버텼다.

"앙주, 왜 그래?"

앙주는 아이를 올려다보고 있었다. 아이는 여전히 휴대폰을 보고 있었다. 마치 아키랑 앙주의 존재조차 의식하고 있지 않는 듯이.

"크웅."

앙주기 고를 궁쿵거렸다. 아키는 자신도 모르게 눈을 깜빡였다. 처음 듣는 달콤한 울음소리였기 때문이다. 순간 아이의 눈이 움직였다. 휴대폰에 고정되어 있던 시선이 흘깃 앙주에게 향했다.

앙주가 또 쿵쿵거렸다. 얼굴에 어김없이 미소를 띤 채. 그리고 다시 한 번 쿵쿵대며 아이의 왼쪽 다리에 자신의 오른쪽 앞다리를 걸쳤다. 그러자 아이가 얼굴을 들더니 이번엔 또렷이 앙주를 내려다보았다.

"나오야?"

아주머니가 손으로 입을 막으며 있을 수 없는 일이 일어난 듯이 아들을 바라보았다.

"죄송합니다. 바로 가 보겠습니다."

아키의 사과에 아주머니가 매달리듯 말했다.

"잠깐, 잠깐만요."

아이가 휴대폰을 옆에 내려놓더니 앙주에게 손을 뻗었다. 앙주가 꼬리를 흔들었다. 아이가 웃었다.

"나, 나오야……" 아주머니의 눈에 눈물이 아른거렸다. "웃네. 그렇죠? 웃는 거 맞죠? 제가 잘못 본 건 아니죠?"

아주머니가 아키의 손을 잡으며 물었다. 손바닥이 축축했다.

"네, 웃고 있네요."

아이가 오른손을 앙주의 머리에 얹은 채 웃고 있었다. 더이상 무엇을 하는 것도 아니고, 그저 미소만 짓고 있을 뿐이었다.

"믿을 수가 없네."

아주머니가 고개를 흔들었다. 하염없이 눈물을 흘리며.

"얘는 태어날 때부터 감정을 잘 표현하지 못해서, 화를 내거나 웃거나 우는 일이 거의 없어요. 그런데……."

앙주가 꼬리를 흔들며 아이를 올려다보고 있었다. 앞다리를 아이의 다리에 걸친 채 평소와 같이 웃고 있었다.

"고맙습니다. 정말 감사합니다."

아주머니가 몇 번이나 고개를 숙였다.

"아, 제가 아니고 이 친구예요. 아주머니 아들을 웃게 하려고 달려온 건, 이 친구예요."

앙주를 가리키던 아키는 울컥했다. 앙주는 뭔가를 느낀 것이다. 그래서 아키를 뿌리치고 달리기 시작했던 것이다. 이 아이를 위해서. 이 아이를 웃게 하려고.

어떤 이유로든 어미에게 머리를 물려 앙주는 개 특유의 능력 일부를 잃었다. 얼굴은 못생기고, 반응은 둔하고, 하반신이 잘 움직이지 않았다. 그러나 그 대신, 앙주는 다른 무엇인가를 손에 넣은 것이다. 인간을 위로하는 무언가를.

"강아지 이름이 뭐예요?"

"앙주입니다. 프랑스어로 천사라는 뜻이죠."

아키는 가슴을 펴고 대답했다.

"정말 천사네. 앙주야, 고마워. 나오야를 웃게 해 줘서, 정말 고마워."

나오야는 웃을 뿐이었다. 목소리를 내는 것도 아니고, 다른 것을 하는 것도 아니었다. 단지 앙주를 만지며 계속 웃고 있을 뿐이었다.

"웃고 있네, 나오야. 정말 웃고 있네. 아, 잠깐만."

아주머니가 자신의 휴대폰을 손에 들고 나오야와 앙주의 사진을 찍었다. 무언가에 홀린 듯이 여러 장을 찍었다. 사랑하는 아들의 좀처럼 보기 힘든 웃음이었다. 아무리 찍어도 모자랄 게 분명했다.

"저…… 실례지만, 근처에 사세요?"

"차로 10분 정도입니다. 저, 나오야 군은 이 시설에?"

아주머니가 고개를 끄덕였다.

"테라피독이 올 때만 방문해요. 동물과 접촉하면, 나오야에게 뭔가 변화가 있지 않을까 싶어서. 하지만 지금까지는……."

"앙주는 특별해요. 보세요, 얼굴이 이상하죠? 어렸을 때 어미한테 물렸거든요. 뇌에도 이상이 있어서 보통 강아지들처럼 움직일 수 없어요. 하지만 대신 특별한 능력을 얻은 거예요. 사람을 위로해 주는. 사람들을 웃을 수 있게 해 주는."

앙주와 나오야는 아직도 서로를 바라보며 웃고 있었다.

"또 만날 수 있을까요?"

아주머니의 부탁에 아키는 고개를 끄덕였다.

"앙주도 테라피독이 될 거예요. 그러니까 만날 수 있어요. 나오야 군을 만나러 다시 오겠습니다."

아키는 쪼그리고 앉아 나오야의 얼굴을 들여다보았다. 나오야는 여전히 계속 웃고 있었다.

"앙주야, 나오야를 만나러 또 오자. 알았지?"

앙주도 웃고 있었다. 아주머니도 눈물을 닦고 활짝 웃었다.

앙주는 사람을 웃게 한다. 앙주가 있으면 누구라도 행복한 기분이 되는 것이다.

앙주는 말 그대로 천사였다.

플랫 코티드 리트리버

1

초인종이 울렸다. 자고 있는 줄 알았던 엠마가 짖기 시작했다. 엠마가 벌떡 일어나 현관으로 달려갔다. 왼쪽 앞다리가 없는데도 힘든 기색 없이. 오늘은 상태가 좋은 듯했다.

"엠마, 안녕."

현관문이 열리면서 쾌활한 목소리가 울려 퍼졌다. 엠마의 꼬리가 격하게 흔들렸다.

"엠마, 잘 지냈니?"

하타나카 사토미가 쪼그리고 앉아 엠마를 안았다.

"치토세 아주머니, 안녕하세요."

"안녕."

오오바 치토세가 사토미에게 미소를 건넸다.

"오늘은 엠마 컨디션이 좋아 보이네요."

"맞아. 아침부터 좋아 보여."

"잠깐 산책하고 올까, 엠마?"

산책이라는 말에 엠마의 눈이 빛났다.

"잠깐만 데려가도 괜찮을까요?"

사도미의 물음에 치토세가 고개를 끄덕였다.

"그럼 다녀오겠습니다."

사토미는 엠마의 목걸이에 리드줄을 걸고 밖으로 나갔다. 열린 문 너머로 강아지 샴푸와 트리밍용으로 개조한 하이에이스(왜건 차량)가 보였다. 사토미는 하이에이스를 끌고 기타가루이자와에서 이동식 트리밍 숍을 운영하고 있었다.

문이 닫히자 치토세는 자기 방으로 돌아갔다. 평소 이상으로 웃는 얼굴을 하고 있던 사토미의 마음 씀씀이가 고마웠다.

치토세는 의자에 앉아 컴퓨터 모니터로 사진들을 마저 살피기 시작했다. 엠마의 일상을 찍은 사진이었다. 하드디스크에는 엠마가 가족이 된 4년 전, 정확히는 그해 4월 14일부터 오늘까지 찍은 1,000장 가까운 사진이 담겨 있었다. 정리를 해야겠다고 생각하면서도 미적미적 손을 대지 않은 사이에 그만큼 쌓이고 만 것이다.

모니터에 떠어진 것은 이 집에 와서 처음 산책하러 나갈 때 엠마의 모습을 찍은 사진이었다. 쭈뼛쭈뼛한 얼굴로 리드줄을 잡은 가쓰히코를 보니 지금과는 많이 다르다.

4년 전 봄, 오니오시다시(군마 현 소재 공원-옮긴이) 근처의 아사마엔이라고 하는 시설 주차장에서 보호견 분양이 열렸고, 그곳에서 엠마를 만났다.

엠마는 퍼피밀, 그러니까 강아지 공장이라 불리는 곳을 운영하는 번식 전문 브리더의 소유였다. 그러나 그는 이름만 브리더일 뿐, 돈을 위해 암캐를 무작정 번식시켜 낳은 강아지를 펫샵 등에 팔아넘기는 자였다. 이런 부류를 싫어하는 사람들은 비하의 의미를 담아 번식쟁이라고 부르는데, 그곳에서 암캐는 철창에 갇힌 채 산책은커녕 샴푸도 받지 못하고, 번식쟁이는 밥만 주고 강제로 교배시켜 새끼를 낳게 한다.

엠마는 그런 생활을 4년간이나 강요당하던 중이었다. 그러다가 자금 사정이 악화돼 경영이 어려워진 번식쟁이가 동물 보호단체에 호소해, 그곳에서 키우던 개들이 보호받게 된 것이다.

가쓰히코와 치토세가 가나가와 현에서 기타가루이자와의 나가노하라쵸로 이주한 것은 1년 전이었다. 둘은 광고 전문 프로덕션에서 각각 사진작가와 디자이너로 일했었는데, 나날이 일에 쫓기는 생활에 지쳐 가쓰히코가 50세가 된 것을 계기로 이주를 결정한 것이다.

이주한 뒤 가쓰히코는 풍경 사진가로 새로운 길을 모색했고, 치토세는 정원 가꾸기에 전념했다. 현재는 직접 기른 허브로 만드는 허브티가 입소문이 나서 수입도 적당히 올리고 있었다. 그렇게 기타가루이자와로 이주해 정확히 1년이 지났을 무렵, 모처럼 이만큼 환경이 좋은 곳에 살고 있으니 개를 기르면 어떻겠냐고 가쓰히코가 의견을 냈다. 치토세도 이의는 없었다. 그런 와중에 때마침 분양 모임이 개최된 것이다.

오오바의 가족이 됐지만, 엠마는 사람을 어떻게 대해야 할지 몰라 당황하고 두려워했다. 하지만 그것도 짧은 기간일 뿐이었다. 가쓰히코와 치토세가 한껏 애정을 쏟자, 엠마는 플랫코티드 리트리버 본연의 기질을 유감없이 발휘하기 시작했다.

엠마는 쾌활하고 말괄량이여서 지칠 줄을 몰랐다. 인적이 드문 공터에서 리드줄을 풀어 주면, 검고 부드러운 털을 물결치듯 흩날리며 질리지 않고 계속 달리고 또 달렸다. 물길도 발길을 멈출 수는 없어, 엠마는 강물을 보면 곧장 뛰어들어 반짝반짝 눈을 빛내며 헤엄을 쳤다.

휴대폰 벨소리가 울리자 치토세가 전화를 받았다.

"엄마, 지금 카미사토 휴게소야."

아들인 마코토의 목소리가 귀에 흘러들었다. 마코토는 도쿄의 대학에 다니고 있었는데, 오토바이로 이쪽으로 오고 있는 중이었다.

"엠마는?"

"오늘은 상태가 좋아서 지금 트리머인 사토미와 산책하러 나갔어."

"내가 도착할 때까지 기다려 줘. 꼭이야."

"물론이지."

"그럼 끊는다."

"안전운전 해야 한다."

"안다고."

전화가 끊겼다. 치토세가 휴대폰을 놓고 다시 마우스를 조작하자 모니터의 사진이 바뀐다.

"다녀왔습니다."

사토미의 목소리에 치토세는 현관으로 향했다. 엠마는 산책이 모자란 얼굴이었다. 더 돌아다니고 싶다고 눈이 하소연을 하고 있었다.

"마코토가 전화했었어, 엠마. 카미사토라네. 두 시간 정도면 도착할 거야."

엠마는 마코토를 무척 좋아했다. 오본(매년 8월 15일에 조상의 영을 기리는 일본의 명절-옮긴이)과 쇼가쓰(일본의 설날-옮긴이)에 마코토가 찾아오면 딱 달라붙어 떠나려고 하지 않았다.

"엠마, 사랑하는 오빠를 만나기 전에 예뻐져야지."

사토미가 엠마의 머리를 쓰다듬었다.

"그럼 엠마 샤워시키고 올게요."

"잘 부탁드립니다."

치토세는 사토미에게 깊이 고개를 숙였다.

2

엠마가 반짝반짝 빛을 내면서 하이에이스에서 내려섰다. 그리고 사토미의 도움 없이 세 다리로 걸어 집 안으로 들어왔다. 정말 오늘은 컨디션이 좋아 보였다. 치토세는 입술을 깨물고 눈물을 참았다.

"사토미 양, 허브티 마실래?"

"네, 잘 먹겠습니다. 치토세 아주머니네 허브티 너무 좋아요."

"시간은 괜찮아?"

"네, 오늘은 이것으로 영업 끝입니다."

"그런…… 미안해."

"아니요. 여러 강아지와 일해 봤지만, 엠마는 베스트 파이브 안에 드니까요."

"무슨 베스트 파이브?"

"귀여운 애, 베스트 파이브예요."

사토미가 혀를 내밀며 웃었다. 부엌에서 물을 마신 엠마는
거실로 가서 좋아하는 곳에 엎드렸다. 그곳은 온종일 햇빛이
들지 않고 서늘해 개에게는 최적의 장소였다.

치토세가 물을 끓이고 있는데, 차가 들어오는 소리가 들렸
다. 엠마의 귀가 쫑긋 섰다. 발소리에 이어 초인종이 울렸다.
엠마가 반갑게 짖으며 현관으로 걸어갔다.

"엠마!"

신지의 목소리가 울려 퍼졌다. 엠마가 신지에게 달려들어
혀로 얼굴을 할짝댔다.

"그만둬, 엠마. 얼굴이 온통 끈적거리잖아."

말과 달리 신지의 얼굴에는 웃음꽃이 활짝 피었다. 올해 초
등학교에 들어갔지만, 신지의 말투는 어른스러웠다.

"실례하겠습니다. 신지, 치토세 아주머니께 인사 드렸니?"

신지의 엄마 유카리의 모습이 보였다. 자동차로 5분 거리에
살고 있는 그녀는 치토세에게서 정원 일을 배우고 있는 뛰어
난 제자였다.

"아주머니, 안녕하세요."

"안녕? 신지, 팬케이크 먹을래? 방금 구웠는데."

"아니요, 괜찮아요."

예상 밖의 대답에 치토세의 눈이 동그래졌다. 치토세가 굽는 팬케이크는 신지가 아주 좋아하는 간식이었다. 아무리 배가 불러도 주면 꼭 먹어 치우던.

"오늘은 엠마랑 놀 거야."

신지가 자기 집처럼 훌쩍 들어오더니 거실로 달려갔다. 엠마도 즐거운 듯이 그 뒤를 따라갔다. 거실 구석에는 엠마를 위한 장난감이 가득 든 플라스틱 상자가 있었다. 신지는 곧장 상자에서 끈 모양의 장난감을 집어 들었다. 그러자 엠마가 장난감 끄트머리를 물었다.

"오늘은 지지 않을 거야, 엠마."

신지가 두 손으로 끈을 쥐고 힘껏 당겼다. 엠마와 신지가 항상 하는 놀이였는데, 이기는 것은 늘 엠마였다. 다리가 하나 없어도 엠마는 절대 지지 않았다.

"다음번엔 내가 꼭 이길 거야!"

신지가 그렇게 말한 지 벌써 3년이 지났다.

신지가 허리를 낮추고 이를 악문 채 필사적으로 장난감을 끌어당겼다. 엠마도 장난감을 문 채 상체를 숙이고 고개를 흔들었는데, 어딘가 여유가 있어 보였다. 언제나 그랬다. 쉽게 이길 수 있는데도 신지의 자존심을 건드리지 않으려 애쓰는 것이다. 엠마는 정말 착한 개였다.

몇 분간 서로 힘껏 끌어당기던 놀이는 여느 때와 마찬가지로 신지가 앓는 소리를 내며 승부가 났다.

"이런, 엠마는 여전히 힘이 세네."

신지가 장난감을 물고 있는 엠마의 머리를 부드럽게 쓰다듬었다. 그러자 엠마가 장난감을 입에서 뱉고는 바닥에 엎드려 꼬리를 흔들었다. 신지도 옆에 드러누워 엠마의 목덜미에 얼굴을 묻었다.

"엠마는 따뜻해."

실컷 놀고 난 뒤에는 저렇게 둘이 달라붙어 낮잠을 자곤 했다. 초등학생이 되면서 그런 풍경도 일상에서 사라졌지만.

"치토세 아주머니, 이거 엠마를 위해 구워 왔는데……."

유카리가 가져온 보냉백을 열었다.

"어머, 이게 뭐야?"

"호박하고 고구마 케이크요."

보냉백 안에 정성스럽게 장식된 케이크가 들어 있었다. 설탕 같은 감미료를 사용하지 않은 개를 위한 케이크였다.

"엠마, 케이크 선물 받았네. 이따 언덕 위에서 먹자."

엠마가 치토세의 말에 짖는 대신 꼬리를 흔들었다. 소리를 내면 신지에게 방해가 된다는 것을 알고 있는 것이다.

"유카리 씨, 고마워요."

치토세는 케이크에 들어 있는 메모를 발견했다. 메모에는 서툴지만 정성들여 쓴 글씨가 적혀 있었다.

정말 좋아해, 엠마

신지가 쓴 것이다.

"신지야, 고마워."

치토세가 인사를 건넸지만 대답이 없었다. 자고 있나 싶었지만, 신지는 엠마의 왼쪽 앞다리를 쓰다듬고 있었다. 다리를 절단한 수술 자국을. 쑥쓰러워서 못 들은 척하고 있는 게 분명했다.

"저기, 아주머니. 엠마는 다리가 없어져서 슬펐을까?"

갑자기 신지가 고개를 이쪽으로 돌리며 물었다. 치토세는 미소를 지으며 말했다.

"멍멍이들은 그런 것 신경 안 써. 사람에게 사랑받고 있으면 그것만으로 행복한 거야."

"그럼 엠마는 행복하겠네. 내가 이렇게 좋아하는데."

"응, 엠마는 아주 행복한 멍멍이야."

치토세는 미소를 지으며, 엠마의 수술 자국을 어루만지는 신지를 바라보았다.

엠마에게서 이상한 점을 깨달은 것은 기타가루이자와에 늦은 봄이 찾아왔을 무렵이었다. 걸을 때마다 상체가 부자연스럽게 흔들렸다. 목줄을 풀어 줘도 예전처럼 뛰지 않았다.

황급히 근처 동물병원에 데려갔다. 엑스레이를 찍으니 왼쪽 앞다리 뼈에 그림자가 찍혀 있었다. 진단을 위해 혈액 검사를 하고 일주일 정도 기다리자 진단이 나왔다. 골육종이었다.

분양 모임 때도 플랫 코티드는 질병이 많은 견종이라는 말을 듣긴 했었다. 하지만 그때서야 여러 가지 조사를 해 보고 실감했다. 정말 유전 질환이나 암이 많은 견종인 것이다.

수의사는 다리를 절단하는 게 최선이라고 했다. 하지만 헤엄치고 뛰어다니는 것을 좋아하는 엠마에게서 다리를 빼앗다니 엄두가 나지 않았다. 지인들에게서 다른 병원을 소개 받아 도쿄와 나고야에 갔지만, 어느 병원이든 같은 진단, 같은 처방뿐이었다.

절단.

치토세는 가쓰히코와 수차례 논의를 거듭했고, 도쿄에서 대학 생활을 하던 마코토에게도 전화를 걸었다. 그러나 결론은 처음부터 내려져 있었다. 다리 하나와 목숨을 저울질하면 어느 쪽으로 쏠릴지 따질 필요도 없으니까. 단지 미루고 싶었던 것뿐이다.

가쓰히코도 같은 생각이었을 테지만, 결론은 아무리 시간을 끌어도 나오지 않았다. 결정한 것은 마코토였다.

"언제까지 시름시름 고민만 할 거야? 이러다간 엠마 죽는다고!"

전화기 너머로 아들에게서 호통을 듣고 나서야 마음을 정할 수 있었다. 그렇게 도쿄의 병원에서 수술을 받기로 결정하고, 엠마를 차에 태우고 상경했다. 동물병원 근처 호텔에 방을 잡고 엠마가 수술을 받는 동안 치토세는 기도를 했다.

수술은 무사히 성공했다.

엠마는 한동안 입원 생활을 했고, 치토세는 하루도 빠짐없이 병원을 찾았다. 퇴원하는 날에는 그동안 팽팽하게 당겨졌던 긴장이 툭 끊어져 눈물이 하염없이 흘러내렸다.

다리를 잃은 엠마는 처음엔 당황하는 모습이었다. 하지만 곧 자신에게 주어진 새로운 운명을 받아들였다. 세 개의 다리로도 새주 있게 걷고, 달리고, 수영을 했다. 그 눈은 수술을 받기 전과 다름없이 초롱초롱했다. 엠마는 사람처럼 이것저것 고민하지 않았다. 그때그때 열심히 살아가면서 지나간 일이나 아직 일어나지 않은 미래에 현혹되지 않았다.

엠마를 지켜보면서 나도 그래야지, 라고 치토세는 생각했다. 지금을 산다. 과거에 사로잡히거나 미래에 현혹되지 않는다. 엠마와 같은 시간을 살고 같은 기쁨을 나누는 것이다.

"엠마, 괜찮아?"

신지의 다급한 목소리가 들렸다. 엠마가 발작을 일으키고 있었다.

"엠마, 곧 마코토가 올 거야. 정신 차려."

치토세는 신지 옆에 앉아 엠마의 등을 어루만졌다. 처음 엠마가 발작을 일으켰을 때는 치토세 자신도 패닉에 빠졌었다. 하지만 이제는 알고 있었다. 발작이 그리 오래가지는 않는다는 것을. 오히려 기침이 더 심각할 때가 있었는데, 기침이 끝나면 엠마가 고통스럽게 신음을 했기 때문이다.

"마코토도 곧 올 거고, 유카리 씨가 엠마가 좋아하는 호박이랑 고구마 케이크를 만들어 주셨어. 이따 먹자."

상냥하게 말을 걸면서 등을 계속 문지르자 엠마의 발작이 수그러들었다.

"아주머니, 엠마 괜찮아요?"

신지의 목소리에 두려움이 섞여 있었다.

"괜찮아. 금방 나으니까."

치토세가 미소를 짓자, 신지는 안심했는지 엠마에게 눈을 돌리며 미소를 지었다.

"놀라게 하지 마, 엠마. 무섭잖아."

"신지, 엠마를 좀 쉬게 해도 될까?"

"응, 그럼 나 팬케이크 먹을래."

"알았어. 금방 구워 줄게."

치토세가 일어서며 뒤를 돌아보았다. 유카리와 사토미의 얼굴이 굳어 있었다. 엠마의 발작을 처음 본 것이다.

"걱정하지 않아도 돼요. 방금은 가벼운 편이니까. 어머나, 허브티 만드는 걸 깜빡했네. 조금만 기다려요."

치토세는 부엌으로 가서 휴대폰을 꺼냈다. 마코토에게 전화를 걸었다. 운전 중인지 전화는 좀처럼 연결되지 않았다. 그래도 고속도로는 벗어났을 것이다. 어디선가 오토바이를 세워 놓고 전화를 받겠지.

"왜?"

갑자기 전화가 연결되었다.

"지금 어디야?"

"가루이자와. 이제 30분 정도면 도착할 거야."

"엠마가 방금 발작을 일으켰어. 흥분시키고 싶지 않으니까, 오토바이 소리 너무 크게 내지 말고 집으로 들어와 줄래?"

마코토의 오토바이 엔진 소리가 들리면 엠마는 흥분해 날 뛰었다. 그리고 마코토의 모습이 보일 때까지 집 안을 분주히 돌아다녔다.

"도착하면 시동 끄고 밀고 갈게."

"그렇게 해 줘. 엠마 자고 있으니까."

"응, 그럼 이따 봐."

전화가 끊겼다. 치토세는 주전자를 다시 불에 올려놓으며 거실로 눈을 돌렸다. 엠마는 죽은 듯이 잠들어 있었다.

3

마코토가 도착했을 때도 엠마는 잠들어 있었다. 사토미와 산책하러 가서 트리밍을 받고, 신지와 놀면서 녹초가 되었을 것이다. 마코토가 어깨에 가만히 손을 얹자, 그제야 엠마가 겨우 눈을 떴다.

"엠마."

마코토가 말을 걸자 엠마가 콧소리를 냈다. 어리광 부리는 콧소리는 마코토에게만 내는 소리였다.

"오랜만이야. 외로웠어?"

마코토는 일어서려는 엠마를 안아 제 품에 앉혔다.

"가만히 있어, 엠마. 이대로 있자."

엠마는 금방 몸에 힘을 뺐다. 그리고 꼬리를 세차게 흔들면서 마코토에게 어리광을 부렸다.

"마코토 형, 오랜만."

"그래, 신지구나. 많이 컸네. 유카리 씨, 오랜만입니다."

"마코토도 어른스러워졌구나."

"생활비가 적은 학생이라고요. 인생의 쓴맛 단맛 다 맛보고 있어요."

"헛소리하지 마."

치토세가 마카토의 농담에 한 소리 했다. 송금이 많다고 할 수는 없어도, 너무 적은 것도 아니었으니까.

"사토미 씨도 오랜만. 일은 잘돼?"

"덕분에."

마코토는 웃으면서 주위를 둘러보았다.

"아버지는?"

"촬영 갔어."

"이런 날에? 바보 아냐, 빌어먹을 아버지."

"아빠도 힘들어."

마코토는 콧방귀를 뀌었다. 마코토가 무슨 일이 있을 때마다 가쓰히코를 거스르게 된 것은 열다섯 살이 지날 무렵부터였다. 그때는 진짜로 주먹다짐이라도 할까 언제나 조마조마한 심정이었다. 하지만 기타가루이자와에 이주해 오면서 모든 것이 바뀌었다. 가쓰히코는 짜증내는 일이 없어졌고, 그에 비례하듯 마코토의 반항적인 태도도 누그러졌다. 다만 건방진 말투만은 변함이 없었다.

마코토는 가루이자와의 고등학교로 전학하며 버스로 통학할 수밖에 없었는데, 버스비가 도시에 살던 사람에게는 눈이 튀어나올 정도로 비쌌다. 그래서 조금이라도 생활비를 아끼기 위해 가쓰히코가 차로 데려다 줘야 했다. 가쓰히코가 촬영이 있을 때는 치토세가 대신했다. 매일 아침저녁으로 힘들기는 했지만, 지금은 그리운 추억이었다.

마코토는 기타가루이자와의 생활을 마음에 들어 했다. 엠마가 가족의 일원으로 합류한 뒤로는 더욱 그랬다. 주말에는 자전거를 타고 엠마와 함께 아침부터 밖에 나갔다가 저녁 무렵까지 돌아오지 않는 일도 잦았다. 집에 돌아오면 마코토도 엠마도 녹초에 허기가 져서 저녁을 먹고 나면 죽은 듯이 잠들고는 했다.

마코토가 대학 진학을 위해 집을 떠났을 때는 엠마도 많이 힘들어했다. 마코토를 찾아 울부짖기 시작했는데, 아침이든 밤이든 갑작스럽게 짖기 시작하면 언제 끝날지 모를 정도였다. 가쓰히코와 치토세가 타일러도 엠마는 멈추지 않았다. 엠마와 마코토는 누구보다도 깊은 정으로 맺어져 있었다. 그런 정이 사람의 사정으로 끊어져 버린 것이다.

엠마의 울음소리는 침통하기 그지없어, 치토세와 가쓰히코도 마음이 아팠다.

엠마가 울음을 멈춘 것은 마코토가 집을 떠난 지 한 달쯤

237

되었을 때였다. 엠마는 울음을 멈추고 마코토의 부재를 받아들였다. 그리고 평소의 엠마로 돌아가 마코토가 없는 생활에 적응해 나갔다. 그래도 오본과 쇼가쓰 때 마코토가 돌아오면 미친 듯이 흥분하고, 마코토가 도쿄로 돌아가면 한동안 풀이 죽어 있기 일쑤였다.

"엠마, 언덕으로 갈까? 네가 좋아하는 언덕."

엠마가 크웅, 하고 콧소리를 냈다. 언덕이라는 말을 또렷이 기억하고 있는 것이다.

"그러면 우리 하이에이스로 갈까요? 마코토의 운전은 무섭다고 치토세 아주머니가 말하니."

"저는 안전운전 합니다."

마코토의 입이 삐죽 튀어나왔다.

"남의 차로 사고라도 냈다가는 큰일이니까, 마코토는 얌전히 조수석에 타고 가. 유카리 씨와 신지도 함께 가면 어때요? 저는 남편이 돌아오면 그때 쫓아갈게요."

"신지, 그럴까?"

유카리가 신지를 바라보았다. 팬케이크를 막 먹어 치운 신지가 배를 어루만지며 고개를 끄덕였다.

"좋아, 다 같이 가자."

마코토가 일어서자 엠마도 일어섰다. 엠마의 눈은 마코토에게 고정되어 있었다.

"가자, 엠마."

현관으로 향하는 마코토 뒤를 엠마가 거세게 꼬리를 흔들며 따라갔다. 모두가 밖으로 나가자 집이 단숨에 조용해졌다. 치토세는 허브티가 든 머그잔을 들고 컴퓨터 앞에 앉았다. 그리고 엠마의 사진을 모니터로 다시 들여다보았다.

다리가 절단된 엠마가 아사마 산을 배경으로 점프하고 있었다. 엠마는 다리가 멀쩡했던 시절과 하나도 달라진 것 없이 생을 만끽했다. 엠마는 맘껏 뛰어다니다가도 마지막에는 반드시 치토세의 품으로 돌아왔다. 치토세는 그 몸을 받아들였다. 암컷다운 부드러운 몸과 부드러운 검은 털. 엠마는 품에 안기는 걸 좋아했다. 치코세도 엠마의 몸에 뺨을 대고 있으면 세상 누구보다 행복할 수 있었다

엠마는 그 천진난만함으로 곁에 있는 모든 사람을 행복하게 했다. 누구에게나 사랑받았다.

엠마는 칠흑의 요정이었다.

마우스를 클릭하자 가쓰히코 옆에서 잠을 자는 엠마가 나타난다. 가쓰히코가 심하게 코를 골아도 엠마는 전혀 개의치 않았다. 몸을 착 붙이고 마음 놓고 잠들기 일쑤였다.

마우스를 클릭한다. 식사를 기다리는 엠마가 보인다. 엠마의 입에서는 군침이 줄줄 흐르고 있었다. 그런 모습마저도 사랑스럽다.

클릭 ─ 공을 뒤쫓는 엠마

클릭 ― 강에서 올라와 몸을 털며 사방으로 물방울을 날리는
　　　엠마

클릭 ― 노을이 진 언덕에서 점프하는 엠마의 실루엣

클릭 ― 물이 고인 논 옆을 질주하는 엠마. 수면에 그 모습이
　　　비치고 있다

클릭 ― 눈 때문에 흥분한 엠마

클릭 ― 한여름 더위에 축 늘어진 엠마

클릭 ― 단풍 낙엽이 깔린 숲길을 걷는 엠마

클릭 ― 처음 접하는 파도에 주춤하는 엠마

다리를 절단한 후 재활치료를 위해 이즈에 있는 팬션에 갔
을 때가 생생히 기억난다. 팬션에는 수영장이 있었다. 사람과
마찬가지로 개도 헤엄을 치면 온몸의 근육이 단련된다. 재활
치료 후에는 팬션에서 도보로 몇 분 거리에 있는 해변으로 엠
마를 데리고 갔다. 파도에 주춤한 것도 잠시, 엠마는 곧 파도
와 장난치는 기쁨을 발견했다.

클릭 ― 엠마 클로즈업. 카메라를 든 치토세를 바라보는 칠흑
　　　같은 눈동자

마우스를 쥔 손이 얼어붙었다. 엠마의 눈동자에 담긴 것은
노골적인 사랑과 믿음이었다.

엠마가 있는 것만으로도 얼마나 일상이 행복해졌던가? 엠마와 함께 사는 것만으로도 얼마나 큰 기쁨을 안겨 주었던가?

엠마가 없는 인생은 생각할 수 없었다.

자동차 엔진 소리가 들렸다. 가쓰히코가 돌아온 것이다. 치토세는 컴퓨터를 끄고 눈가에 고인 눈물을 훔쳤다.

"다녀왔습니다."

굵은 목소리가 현관에서 울려 퍼졌다.

"어서 오세요."

치토세가 거실로 가자 크고 무거운 카메라 가방을 멘 가쓰히코의 모습이 보였다.

"사진 어땠어?"

"그럭저럭……."

가쓰히코는 이른 아침부터 단풍이 시작되고 있는 시가 고원을 촬영하러 나갔었다.

"차라도 마실래?"

"응, 엠마는?"

"모두와 아사마 목장에 갔어. 지금쯤 마코토랑 뛰어다니고 있겠지?"

"그러고 보니 마코토의 오토바이가 있더군."

가쓰히코는 가방을 바닥에 놓고 소파에 앉았다. 그 눈은 어딘가 허전해 보였다. 요즘은 늘 그렇다.

"조금 있다가 우리도 가요."

"그래, 아사마 목장은 엠마가 제일 좋아하는 곳이잖아."

"맞아, 오래전부터 그렇다고 얘기했잖아."

"있잖아……."

"안 돼." 치토세가 가쓰히코의 말을 가로막았다. "몇 번이나 의논해서 결정했잖아."

"……그렇지."

가쓰히코는 눈을 감았다. 눈가에 피로가 깃들어 있었다. 어젯밤에 한숨도 못 잤을 게 분명했다. 치토세는 주전자를 씻고 허브티를 다시 내렸다. 가쓰히코 전용의 특대 머그컵에 차를 붓고 트레이에 올려 거실로 갔다. 마주보고 앉아 가쓰히코의 얼굴을 들여다보았다.

"괜찮아?"

"안 괜찮아. 하지만 어쩔 수 없잖아."

가쓰히코는 머그컵을 들고 허브티를 마셨다.

"선생님은?"

"열두 시에 오전 진료가 끝나니까, 그 후에 오실 거야."

"그렇구나, 무리한 부탁을 들어줘서 고맙네."

"맞아. 참 좋은 선생님이야."

더 이상의 말이 나오지 않았다. 치토세와 가쓰히코는 차를 홀짝이며 정원을 바라보았다. 치토세가 정성껏 꾸민 정원이었다. 엠마가 처음 집에 왔을 때는 화단을 자주 짓밟았다. 그러나 엠마는 그래도 되는 곳과 안 되는 곳의 구별을 금방 익혔다.

꾸짖은 게 아니다. 치토세의 슬픈 얼굴을 보고 엠마가 스스로 판단한 것이다.

마당 끝 산딸나무에 열매가 주렁주렁 달려 있었다. 엠마는 산딸나무 열매를 좋아했다. 마당에 나와서는 땅에 떨어진 열매를 자주 탐냈다.

"올해는 산딸기가 기가 막히네."

가쓰히코가 말했다. 치토세도 같은 생각을 하며 산딸기를 보았다.

"응, 작년에는 적었는데 올해는 대박이네."

"도토리나 밤도 작년에는 적어서 여기저기 곰이 보였는데 올해는 많아. 곰도 좋아할 거야."

산속에서는 리드줄을 풀고 달리게 하다 보니, 엠마와 버섯을 따던 마을 노인이 마주친 적도 있었다. 시커먼 엠마를 곰으로 착각한 노인은 비명을 지르며 도망쳤었다. 뒤따라가 사과했지만, 노인의 기분은 좀처럼 나아지지 않았다. 하지만 그 노인도 이제는 엠마를 보면 미소를 지어 준다.

"시간이 다 됐네. 준비 좀 하고 올게."

치토세는 다시 부엌으로 돌아가 등나무 바구니에 미리 만들어 놓은 샌드위치와 샐러드를 넣었다. 종이 접시와 플라스틱 포크와 나이프를 준비하고, 엠마의 케이크를 마지막으로 넣었다. 아이스박스에 음료를 채워 넣고, 가쓰히코를 불렀다.

"이거 차로 옮겨 줘."

가쓰히코가 아이스박스를 날랐다.

오늘은 소풍날이다. 모두가 엠마를 기쁘게 해 주려 노력하고 있다. 언제나 엠마가 그렇게 해 주는 것처럼.

가방을 들고 집을 나섰다. 문단속은 하지 않았다. 이곳으로 넘어온 뒤로는 한 일이 없다. 가쓰히코는 자신의 차량 운전석에 앉아 있었다. 치토세는 조수석에 올라탔다.

"드디어구나. 정말 드디어다."

"응, 마코토와 싸우지 말아요. 엠마를 슬프게 하고 싶지 않으니까."

"알아, 알아."

가쓰히코가 차를 출발시켰다. 마당을 벗어나 숲을 통과해 양상추 밭을 지나갔다. 매일같이 엠마와 걷던 길이다. 농지를 지나면 국도가 나온다. 좌회전해서 남쪽으로 조금 더 내려가면 교차로가 나온다. 거기서 좌회전하자 아사마 목장이 눈앞이었다.

주차장에 차를 세우자, 언덕 위에서 깔깔거리는 웃음소리가 들려왔다. 신지의 목소리였다.

"오늘 엠마 컨디션이 정말 좋아."

치토세가 차에서 내리며 말했다.

"그렇구나."

가쓰히코의 목소리에는 힘이 없었다.

"그러면 안 되지, 힘을 내야지."

치토세의 말에 가쓰히코가 고개를 끄덕이며 아이스박스를 짐칸에서 꺼내 어깨에 멨다.

"가자, 우리 엠마가 기다리고 있어."

치토세는 가쓰히코의 허리에 팔을 감았다.

"뭐야, 갑자기."

"가끔은 좋잖아."

치토세와 가쓰히코는 발걸음을 맞추며 언덕을 오르기 시작했다.

4

엠마와 일행들은 언덕 중턱의 지붕이 달린 휴게소에 있었다. 마코토와 신지가 프리스비를 하며 놀고 있었다. 엠마는 잔디밭에 엎드려 있고, 옆에 앉은 사토미가 엠마의 등을 어루만지고 있었다. 유카리는 벤치에 앉아 마코토와 신지가 노는 모습을 지켜보며 웃고 있었다.

"프리스비가 있는데, 엠마가 안 움직이네."

가쓰히코가 말했다.

"좀 피곤한가 보지."

"옛날엔 지치지도 않는데. 프리스비를 계속 던지게 만들어서, 마지막에는 내가 항복했잖아."

"어쩔 수 없지."

엠마가 치토세와 가쓰히코를 알아봤다. 고개를 이쪽으로 돌리더니 꼬리를 세차게 흔들었다. 하지만 그뿐이었다. 한 달 전이라면 어김없이 무서운 기세로 달려왔을 텐데.

"오랜만이야, 마코토."

가쓰히코가 아이스박스를 벤치에 내려놓으며 말하자 마코토는 못 들은 척했다.

"정말이지 남자들은……."

치토세는 쓴웃음을 지으며 가방을 아이스박스 옆에 내려놓았다. 그리고 잔디밭에 엉덩이를 붙이고 엠마의 목덜미에 손을 얹었다. 엠마가 응석을 부리듯 치토세의 허벅지에 얼굴을 비볐다. 사토미가 살며시 일어나 벤치로 자리를 옮겼다.

"유카리 씨의 케이크 가져왔어. 이따 먹자."

목덜미에서 옆구리 쪽으로 손을 옮겨 쓰다듬자 갈비뼈가 확연히 느껴졌다. 엠마의 몸무게는 계속 줄어들고 있었다.

"이제 놀 힘이 없니?"

옆구리를 쓰다듬으며 말을 걸었다. 오른쪽 옆구리 일부가 부자연스럽게 부풀어 있었다. 종양이었다. 치토세는 종양 언저리를 피하면서 계속 쓰다듬었다.

"모두 찾아와 너무 기뻐서 피곤한 거야, 엠마?"

가쓰히코가 아이스박스를 열고 안에서 맥주를 꺼냈다. 돌아올 때는 운전할 생각이 없어 보였다.

"배고프면 바구니 안에 샌드위치도 있고, 음료수도 있어요."

치토세는 모두에게 말을 건넸다. 하지만 아무도 먹지 않으리라는 것도 알고 있었다. 샌드위치를 먹을 가능성이 있는 것은 신지뿐이지만, 아직은 팬케이크로 배가 불러 있을 터였다.

가을 하늘이 펼쳐져 있었다. 아사마의 산허리에 큰 구름 그림자가 드리워져 있다. 온화한 초가을이었다. 단풍은 물들지 않았지만, 날이 갈수록 기온이 떨어지고 있었다.

캔맥주를 다 마신 가쓰히코가 청바지 벨트에 장착한 파우치에서 소형 미러리스 카메라를 꺼내 사진을 찍기 시작했다. 직장에서는 DSLR 카메라나 중형 카메라를 많이 썼지만, 스냅 사진이면 미러리스로 충분하다는 게 가쓰히코의 지론이었다. 실제로 미러리스로 찍은 사진은 DSLR 카메라에 필적하거나, 때로는 능가하기도 한다.

카메라에 장착된 것은 광각 줌 렌즈였다. 가쓰히코가 엠마를 중심으로 둥글게 모여 있는 일행들에서 벗어나 뒷걸음질을 쳤다. 엠마와 모든 이들을 사진에 담을 작정인 것이다.

특별한 순간의 사진은 필요 없다. 엠마의 일상을 찍는 것이 곧 추억을 만들어 가는 것이니까. 일상의 매순간이 얼마나 아름답고 사랑스러웠는지, 그것을 잊지 않기 위해 사진을 찍는 것이다.

엠마의 시선이 쉴 새 없이 움직인다. 마코토를 보고, 신지를 보고, 가쓰히코를 보고, 유카리를 보고, 사토미를 보고, 치토세를 보고, 또 마코토를 본다.

가쓰히코가 일행 쪽으로 다가간다. 광각 렌즈 카메라를 든 채 일행 바로 옆에 와서 셔터를 누른다. 엠마는 아랑곳하지 않았다. 사진 찍히는 데 익숙해진 것이다.

"엠마야, 엄마를 올려다보렴."

가쓰히코의 목소리에 엠마가 얼굴을 들고 치토세를 바라본다. 말을 이해하지는 못하지만, 가쓰히코의 어투로 자신이 무엇을 해야 할지 판단하는 것이다.

"착하다, 엠마."

가쓰히코의 칭찬에 엠마의 얼굴에 미소가 떠오른다. 그 표정을 기다리던 가쓰히코가 재빨리 셔터를 누른다.

"엠마, 뽀뽀."

치토세의 말에 엠마가 주둥이를 내민다. 가쓰히코가 셔터를 누른다. 수없이 비슷한 사진을 찍었지만, 수십 장을 찍어도 모자라다. 비슷한 사진이면서도 모두 다른 사진이니까. 다른 날, 다른 시간, 다른 감정을 찍은 사진이니까.

"언제까지 사진 찍을 거야?"

신지와 놀던 마코토가 다가왔다.

"아주머니, 샌드위치 먹어도 돼?"

신지가 벤치로 달려오며 물었다.

"마음껏 먹어도 돼."

치토세가 대답했다.

"엠마, 전혀 안 노는구나."

치토세의 맞은편에 앉은 마코토가 왼손으로 엠마의 턱을 받치고, 오른손으로 머리를 쓰다듬었다.

"옛날처럼 체력이 없어. 금방 피곤해지나 봐."

"절단한 뒤에도 금세 건강해졌는데."

"그때는……."

마코토와 이야기하는 동안에도 가쓰히코는 셔터를 계속 눌렀다. 가까이 왔다가 멀어지고, 또 가까이 오고. 셔터를 누르는 것이 가쓰히코의 소통 방법이었다.

"얼굴은 이렇게 건강해 보이는데……."

마코토가 사랑스러운 눈으로 엠마를 쓰다듬는다. 애인이라도 이렇게까지 상냥하게 대하지는 않을 것이다.

"오늘은 마코토가 오니까 기분 좋나 봐. 사람도 기분 좋을 때는 피곤한 것도 괴로운 것도 잊잖아."

"일어나기 힘들어, 엠마?"

마코토가 엠마의 눈을 들여다보았다. 엠마가 콧소리로 대답했다.

"좋아. 그럼 내가 엠마의 다리를 대신해 주지. 엄마, 엠마 업을 테니까 좀 도와줘."

마코토가 허리를 숙이며 등을 돌렸다. 치토세가 엠마의 몸을 안고 들어올렸다. 엠마의 꼬리가 흔들려 방해가 됐지만, 애써 엠마를 마코토의 등에 업혀 주었다.

"간다, 엠마. 네가 달리는 것보다 느리지만 참아."

엠마를 업은 마코토가 언덕을 달렸다. 신지가 괴성을 지르며 뒤를 쫓았다. 가쓰히코도 따라 걸으며 마코토와 엠마를 향해 렌즈의 초점을 맞췄다. 사토미가 미소를 짓고 있었다. 유카리는 애써 눈물을 참는 듯했다.

"울지 마, 유카리."

치토세는 유카리 옆으로 다가가 손을 잡았다.

"미안해요."

"봐봐, 엠마 웃고 있잖아. 행복해 보인다."

"정말 웃네요."

"맞아. 그러니까 울면 안 돼."

"남편과 얘기해서 우리도 개를 키우기로 결정했어요. 신지를 위해. 그리고 우리를 위해."

"좋은 일이라고 생각해. 멍멍이와 함께 있으면 신지가 더 강하고 더 착한 아이가 될 거야."

"그러면 좋겠어요."

마코토가 숨을 헐떡이면서도 계속 달렸다. 마코토를 따라잡지 못한 신지가 억울한 듯 깡충깡충 뛰고 있었다. 뒤따르는 것을 포기한 가쓰히코도 카메라를 잡은 채 마코토가 돌아오기를 기다리고 있었다.

"마코토 뛰어 봐, 엠마가 점프하듯이."

치토세가 소리쳤다.

"무리야!"

마코토의 목소리는 격앙되어 있었다.

"점프."

치토세가 유달리 강하게 목소리를 높였다.

"젠장!"

마코토기 딜리는 속도를 높여 언덕 꼭대기에서 붕 뛰어올랐다. 엠마의 귀가 좌우로 펼쳐졌다가 살포시 제자리로 돌아왔다.

누구보다 사랑하는 사람의 등에서 엠마는 세상에서 가장 행복한 개였다.

5

남자들은 맥주를, 신지는 콜라를 마셨다. 여자들은 허브티
를 마셨고, 엠마는 케이크를 한 입만 먹었다. 지난 열흘 사이
엠마의 왕성했던 식욕은 뚝 떨어져 있었다. 샌드위치는 신지
만 먹었다.

"벌써 다 먹었어?"

치토세가 내민 케이크 조각을 엠마가 외면했다.

"그럼 물 먹자."

마코토의 시선을 느끼며 치토세는 엠마의 입을 수건으로
닦았다. 마코토의 얼굴이 금방이라도 무너질 것만 같았다. 마
코토가 기억하는 것은 뭐든지 맛있게 먹는 엠마의 모습뿐이
었다.

엠마는 물도 마시지 않았다. 치토세의 허벅지를 베개 삼아 눈을 감은 채 거친 호흡만 반복할 뿐이었다. 너무 신나게 놀아 체력을 소모한 탓이었다.

"치토세 아주머니, 저희는 이만 가 볼게요."

유카리가 말하자, 그 목소리가 신호였다는 듯 사토미도 따라 일어섰다.

"좀 더 있다가 가지."

"이제 가족끼리 시간 보내셔야죠."

사토미가 말했다. 사토미도 유카리도 처음부터 그럴 생각이었던 것 같았다.

"유카리 씨, 사토미 씨, 오늘 정말로 고마웠어요. 엠마도 기뻤을 거야."

"괜찮아요. 엠마를 위해서인걸요."

사토미가 엠마의 옆구리를 쓰다듬으며 속삭였다.

"잘 가, 엠마."

사토미와 교체하듯이 유카리와 신지도 엠마를 어루만졌다.

"정말 좋아해, 엠마. 계속 좋아할 거야."

신지가 말했다.

"고마워."

치토세는 엠마 대신 감사의 인사를 했다.

"아주머니, 나 강아지 키울 거야. 엠마처럼 멋있는 개로 키울 거야."

"아껴 줘야 한다."

"응, 또 봐."

세 사람이 언덕을 내려갔다. 남은 것은 이제 가족뿐이었다. 가쓰히코와 마코토가 캔맥주를 한 손에 든 채 엠마 주위에 앉았다.

"정말 좋아하는 언덕 위에 있는데, 엠마 녀석 자고 있네."

마코토가 중얼거렸다.

"사흘 전부터 앓아누웠는데, 네가 와서 힘을 낸 거야. 오늘은 가벼운 발작만 일으킨 게 전부였어."

가쓰히코의 말에 치토세는 고개를 끄덕였다.

"동영상으로 보여 준 것보다 더 심했던 적이 있어?"

마코토가 얼굴을 일그러뜨리며 물었다.

"마코토도 못 볼 거야. 아버지도 도망쳤거든."

"그건 도망간 게 아니야. 보고 있기가 너무 힘들어서…….."

"그러니까, 그게 도망친 거잖아."

마코토가 가쓰히코의 말을 막았다.

"무슨 소리를 못 하겠네."

가쓰히코는 낮게 투덜대며 맥주를 들이켰다.

엠마가 첫 발작을 일으킨 것은 열흘 전 밤이었다. 한동안 기침이 계속되더니, 호흡이 가쁜 헐떡임으로 바뀌고, 호흡 사이사이 신음을 내기 시작한 것이다.

동물병원의 진료 시간은 끝난 뒤였지만, 치토세는 수의사

키타자와 선생님의 휴대폰 번호를 알고 있었다. 그 번호로 전화를 걸고 선생님이 달려온 것이 30분 후. 엠마의 발작은 어느 정도 진정되어 있었다.

"아마도 종양이 어딘 가에서 신경을 압박하고 있거나, 종양 자체가 부서져 출혈이 있거나, 둘 중 하나일 겁니다."

선생님은 엠미의 입안을 들여다보았다. 혀노 잇몸도 붉은 빛을 잃고 있었다.

"이 정도면 역시 몸 어느 곳에서 출혈이 있는 게 분명합니다."

이미 엠마의 암이 재발한 것은 알고 있었다. 이 방법 저 방법으로 암세포의 증식을 억제하려 했지만 불가능했다.

"일단 오늘 밤은 링거를 놓고 가겠습니다."

"그러면 내일 병원에 방문해서 엑스레이로 종양의 위치를 파악하고……."

치토세의 말을 키타자와 선생님이 고개를 흔들어 막았다.

"의미가 없습니다. 종양이 몸 여기저기에 퍼져 있어요. 억울하지만 지금의 수의학으로는 속수무책입니다."

"그렇지만, 선생님, 어떻게 안 될까요?"

가쓰히코가 간청하듯 호소했지만, 키타자와 선생님은 아쉬운 듯 고개를 흔들 뿐이었다.

"할 수 있는 건 통증이나 고통을 조금이나마 덜어 주는 것 정도예요. 진통제나 스테로이드 같은. 만약 그래도 엠마의 통증이 가시지 않는다면 안락사를 시켜 주는 것도 선택지 중 하나입니다."

치토세와 가쓰히코가 눈을 마주쳤다. 안락사는 생각해 본 적도 없었다. 평소 언행을 볼 때, 키타자와 선생님의 입에서 그런 말이 나온다는 것은 상상도 하지 못했었다.

"안락사입니까?"

가쓰히코의 목소리가 떨리고 있었다.

"네, 고통에서 해방시켜 주는 것이 주인의 몫일지도 몰라요."

그날 밤 치토세와 가쓰히코는 링거를 단 채 잠든 엠마 곁에서 밤을 새웠다. 다음날도 엠마는 발작을 일으켰다. 심하게 기침을 하고, 참을 수 없는 고통에 몸을 떨며 신음했다. 약을 주면 발작이 가라앉았다가도 잠시 후 다시 시작되고, 그 간격은 점점 더 짧아졌다.

치토세와 가쓰히코는 이야기를 나눴다. 몇 번이고 의논을 거듭했다. 하지만 결론은 나지 않았다. 이야기를 나누는 동안 두 사람의 머릿속에는 키타자와 선생님이 내뱉은 말이 사라지지 않았다.

안락사.

자신들에게 엠마의 생사를 결정할 권리가 있는 것일까? 하지만 엠마의 고통이 심상치 않았다. 그 고통을 막아 줄 의무가 주인에게 있는 것은 아닐까?

두 생각 사이를 오락가락하다가 결국에는 대화가 중단되었다. 그런 대화가 반복되었다. 그렇게 무익한 논의가 거듭되는 사이, 엠마의 병세는 악화되고 있었다.

"마코토에게 전화하자."

가쓰히코가 말을 꺼낸 것은 엠마가 첫 발작을 일으킨 지 나흘째 되던 날이었다. 다리를 절단할 때도 그랬다. 치노세와 가쓰히코는 결론을 내지 못했고, 결국은 마코토에게 책임을 떠넘겼다. 그때 일을 생각하면 지금도 가슴이 철렁 내려앉는 기분이었다.

그러면서도 안락사에 대한 결론을 내리지 못한 것은 혹시라도 병세가 호전되는 것은 아닐까, 혹시라도 발작이 가라앉는 것은 아닐까, 어쩌면…… 깨알 같은 가능성이 현실을 외면하고 생각의 대부분을 점령한 탓이었다.

가쓰히코가 휴대폰으로 마코토와 이야기를 나눴다. 엠마의 상태를 객관적으로 설명하고, 그 후에 키타자와 선생님의 진단을 전했다.

"선생님은 안락사도 고려해 두라고 하셔. 우리도 처음엔 그런 건 상상할 수도 없었는데, 엠마를 보면 힘들어도 결정을 해야 하나 싶기도 해."

가쓰히코의 말은 거침이 없었다. 아마 오래전부터 마코토에게 이야기하기로 마음먹은 듯했다.

"안락사? 농담하지 마."

마코토의 목소리가 들려왔다.

"넌 엠마를 못 봤잖아." 가쓰히코가 말했다. 의연한 목소리였다. "엠마가 힘들어할 때의 모습을 동영상으로 찍었어. 지금 보내 줄게. 다 보고 전화 줘."

가쓰히코는 전화를 끊고 휴대폰을 조작했다. 동영상 송신을 마치자 눈시울을 붉히며 불쑥 말했다.

"마코토한테는 보여주고 싶지 않았어."

"하지만 마코토도 가족이야. 이제 어린애도 아니잖아."

"알아, 결정하지 못하는 나 자신이 싫어졌을 뿐이야."

가쓰히코는 잠든 엠마 곁으로 다가가 앉았다. 최근 며칠 사이에 엠마는 급격히 말라 있었다. 식사량이 줄어드니 당연했다.

가쓰히코의 휴대폰이 울렸다. 마코토의 전화였다.

"여보세요?"

"뭐, 뭐야, 이게? 엠마가 왜 저러는 거야?"

콧소리였다. 마코토는 울고 있었다.

"어떻게 해야 할까, 마코토? 우리가 어떻게 하면 좋겠니?"

가쓰히코의 목소리도 처음 듣는 목소리였다. 아버지가 아들에게 말을 거는 것이 아닌, 대등한 입장에서 나누는 말투였다.

"엠마 고통스럽지? 그런 거지?"

"보는 우리도 힘들고 안쓰러워."

"그렇지만 안락사라니……."

"하지만 아무 일도 하지 않으면 엠마의 고통은 계속될 거야."

"진통제라든가 여러 가지 있잖아."

"점점 효과가 줄어들고 있어. 보고 있으면 알 수 있어."

"엠마는 지금 뭐 해?"

"잔다."

"대학 같은 건 가지 말걸. 고등학교 나왔으면, 그 근방 농가에서, 그래서…… 그랬더라면, 나 엠마랑 쭉 같이 있어 줄 수 있었을 텐데."

휴대폰에서 마코토의 흐느끼는 목소리가 새어 나왔다.

"마코토……."

"이미 결정한 거지, 아버지? 하지만 결심이 서지 않아서 나에게 전화한 거지?"

"미안."

"다리 절단할 때도 그랬어. 가장 힘든 결정을 내게 떠넘기고."

"미안."

가쓰히코의 얼굴에는 완전히 기운이 빠져 있었다.

"엠마를 편안하게 해 주자."

마코토의 목소리에 고개를 숙이고 있던 치토세가 얼굴을 들었다.

"괜찮겠어, 그래도?"

가쓰히코의 입술이 떨렸다.

"고민해도 어쩔 수 없잖아. 엠마만 괴롭지. 엠마가 정할 수 없는 거잖아. 그럼 우리가 정해 줘야지. 싫지만…… 절대로 싫지만, 우리가 결정하지 않으면, 엠마에게 미안하니까."

"알았어."

눈물이 가쓰히코의 뺨을 적시고 있었다. 치토세도 흘러내리는 눈물을 막을 수가 없었다.

"내일 키타자와 선생님에게 말하고 올게."

"나도 집에 갈게. 다 같이 엠마를 배웅해 주자."

"알았어."

"엄마 좀 바꿔 줘."

치토세는 가쓰히코가 내민 휴대폰을 손에 들었다.

"마코토……."

"내가 돌아갈 때까지 엠마를 부탁해. 아버지는 못 믿겠으니까."

"알았어."

"엠마 좋아하는 거 먹여 주고. 엠마가 좋아하는 사람들 불러 줘,"

"알았어."

"엠마, 우리 집에 와서 행복했을까?"

"세상에서 가장 행복한 개였어. 당연하잖아."

마코토가 다시 통곡하기 시작했다. 마코토의 울음소리를 듣는 것은 아주 오랜만이었다. 전화를 끊고 가쓰히코와 치토세는 엠마를 둘러싸고 울었다. 엠마가 깨어나 꼬리를 흔들었다.

"미안해, 엠마. 미안해."

엠마는 웃고 있었다. 나 때문에 상처받지 않아도 된다고 말하는 듯했다. 하지만 그런 건 사람의 이기심일 뿐이다. 자신을 속이기 위해 개를 의인화해 위안으로 삼는 것뿐이다.

그래도 눈앞의 엠마는 미소 짓고 있었다. 치토세와 가쓰히코의 슬픔을 느끼며 어떻게든 기운을 북돋아 주려는 것이다.

엠마는 천사다. 개는 모두 천사다. 오기를 부리며 타락한 사람들을 달래기 위해 신이 내려 주신 천사다.

"고마워, 엠마."

엠마를 끌어안은 치토세는 부드러운 털에 얼굴을 묻고 울었다.

6

마코토에게 전화를 한 다음날, 치토세는 가쓰히코와 동물병원을 방문했다. 키타자와 선생님은 한마디도 하지 않고 귀를 기울였고, 마지막에서야 "엠마를 위해 잘 결단하셨네요"라고만 말했다.

엠마를 떠나보낼 날짜를 정하고, 누구를 불러야 할지, 누가 찾아와 주면 엠마가 기뻐할지 생각했다. 많이 부를 필요는 없었다. 엠마는 모든 이를 좋아했지만, 사람이나 개나 많이 모이면 지칠 테니까.

언제나 애정으로 엠마를 트리밍해 주는 사토미. 엠마를 너무나 좋아하는 신지와 그의 엄마 유카리. 그리고 가쓰히코와 치토세와 마코토. 이들로 충분하다는 결론에 도달했다.

사토미와 유카리에게 연락을 했다. 사토미도 유카리도 마치 자기 가족 일처럼 한탄하며 울음을 터뜨렸다.

"신지가 용케 울지 않았네."

마코토가 엠마를 쓰다듬으며 말했다. 마코토도 가쓰히코도 캔맥주를 손에서 놓지 않으려 했다.

"울었지. 내가 얘기하던 날, 펑펑 울었어. 하지만 엠마를 위해서 참아 달라고 부탁했어."

"그렇구나……."

"왔나 보네."

가쓰히코의 말처럼 언덕 바로 밑의 주차장에 차가 들어오고 있었다. 키타자와 선생님의 차였다. 차에서 내리는 선생님을 본 순간, 온몸에 힘이 들어갔다. 드디어 그때가 온 것이다.

"엠마, 아직 케이크 남아 있어. 먹을래?"

엠마는 마코토의 허벅지에 머리를 얹은 채 꼬리를 흔들었다. 치토세는 케이크를 잘게 잘라 엠마의 입에 가져갔다. 엠마가 힘겹게 케이크를 삼켰다. 먹고 싶지 않은데도 자신을 배려하는 것처럼 보였다.

또다. 또 엠마를 의인화하고 있었다. 하지만 그렇게 하지 않으면 견딜 수가 없었다. 마음이 산산조각 나 버릴 것만 같았다.

가쓰히코가 치토세의 손을 잡았다. 다른 손으로는 엠마의 몸을 만지며 말했다.

"너도 엄마 손을 잡아."

"응."

마코토가 고개를 끄덕였다. 이토록 가쓰히코의 말을 고분고분 따른 게 얼마만일까. 치토세는 내민 마코토의 손을 잡았다.

"우리를 용서해 줘, 엠마."

가쓰히코가 말했다.

"부탁 안 해도 용서해 줄 거야. 엠마는 언제나 우리를 용서해 주거든."

마코토가 말했다.

"엠마는 천사인걸."

치토세가 말했다.

인간이 아무리 어리석은 짓을 해도 개들은 용서해 준다. 변함없는 애정으로 대해 준다. 인간이라는 종은 개라는 종과 함께 살면서 얼마나 많은 도움을 받았을까?

엠마의 호흡이 거칠어졌다. 발작의 전조였다.

"괜찮아, 엠마? 고통스러워?"

마코토가 잡고 있던 치토세의 손을 놓고 엠마의 옆구리를 어루만졌다. 천천히 엠마의 호흡이 진정되는 듯했다.

"네가 너무 좋아, 엠마. 세상에서 네가 제일 좋아."

마코토가 엠마에게 말했다. 엠마의 꼬리가 흔들렸다.

"오래 기다리셨습니다."

키타자와 선생님이 진찰 가방을 메고 언덕을 올라왔다. 흰 옷자락이 바람에 펄럭였다.

"좀 더 천천히 와도 됐는데……."

마코토가 말했다.

"이래도 꽤 천천히 올라온 건데. 시간은 있어요. 좀 더 기다 릴까요?"

키타자와 선생님이 진지한 얼굴로 물었다. 치토세는 가쓰 히코의 얼굴을 보았다. 가쓰히코의 시선도 치토세에게 향하고 있었다. 하지만 마코토가 단호히 말했다.

"지금도 발작을 일으킬 뻔했어요, 선생님. 이제 이별은 마 쳤어요. 그러니 엠마를 놓아 주세요."

"알겠습니다."

키타자와 선생이 몸가짐을 바로 하고 엠마의 뒷다리에 카 테터를 삽입했다. 그리고 그곳에 마취제를 주입했다. 가쓰히 코의 손에 바짝 힘이 들어갔다. 치토세는 다시 한 번 남은 손 으로 마코토의 손을 잡았다.

"엠마야, 너는 행복한 강아지구나. 책임을 다하지 않는 주 인도 많아."

키타자와 선생님이 팔을 뻗어 엠마를 쓰다듬으며 말했다. 엠마가 고개를 들었다. 엠마의 옆모습은 깨달음을 얻은 보살 같았다. 삶에 대한 집착과는 무관했다.

"엠마……."

치토세가 엠마를 불렀다. 엠마가 치토세를 보았다. 엠마는 웃고 있었다.

"엠마……."

가쓰히코가 입을 열었다. 엠마가 가쓰히코를 보고 웃었다.

"엠마……."

마코토도 엠마를 불렀다. 엠마가 미소를 띤 채 마코토의 입가를 핥았다. 작별의 키스였다.

"그럼……."

키타자와 선생님이 안락사용 약제를 천천히 주입하기 시작했다.

"엠마."

참을 수 없었다. 치토세는 엠마의 이름을 부르며 울었다. 가쓰히코도 마코토도 울었다. 키타자와 선생님이 일어섰다. 주사기를 든 채 가슴 앞에서 손을 모았다.

"이걸로 엠마는 고통에서 벗어납니다."

엠마는 잠들 듯이 죽을 거였다. 그렇게 말을 들었다.

"엠마."

마코토가 치토세의 손을 놓고 엠마를 껴안았다. 엠마가 눈을 감았다.

좋아하는 사람과 산책하고, 샴푸를 받고, 좋아하는 아이와 놀고, 누구보다도 좋아하는 사람에게 업혀 좋아하는 언덕 위에서 뛰어다녔다. 그리고 미소를 지으며 떠난다.

이 얼마나 고귀한 존재인가.

"엠마, 약속할게. 또 개를 키울게. 불쌍한 아이를 데려올게. 그리고 엠마처럼 행복하게 만들 거야. 약속할게."

치토세는 엠마를 어루만졌다. 엠마의 몸에서 힘이 빠지는 것이 느껴졌다.

"엠마, 엠미……."

가쓰히코는 단지 엠마의 이름을 계속 부를 뿐이었다. 마코토는 엠마를 끌어안고 오열하고 있었다.

언젠가는 이별의 시간이 온다는 것을 처음부터 알고 있었다. 아니, 알고 있다고 생각만 했을 뿐이다. 막상 때가 되니 그저 마음이 아플 뿐이다.

정말 이걸로 괜찮은 걸까? 잘못 결정한 것 아닐까? 엠마, 엠마, 알려 줘. 너는 알고 있지? 무엇이 옳고, 무엇이 그른 것일까? 가르쳐 줘, 엠마. 우리 잘한 거야? 말로 할 수 없는 상념이 머릿속에서 소용돌이쳤다.

엠마가 눈을 떴다. 엠마는 여전히 웃고 있었다. 미소 짓고 있었다. 죽음의 문턱에 서서, 아직도 가족들이 지켜보는 것을 기뻐하고 있었다.

"고마워, 엠마. 고마워."

가쓰히코가 말했다.

"고마워."

치토세도 말했다.

"엠마, 고마워."

마코토도 말했다.

엠마가 다시 눈을 감았다. 엠마의 가슴이 크게 부풀고, 다음 순간 엠마의 다리가 축 늘어졌다.

"엠마!"

마코토가 외쳤다. 엠마가 죽은 것이다.

"엠마! 엠마!"

마코토의 목소리가 울려 퍼졌다. 듣는 이의 가슴을 저미는 애절한 목소리였다.

치토세는 마코토의 등에 팔을 둘렀다. 가쓰히코가 반대편에서 똑같이 마코토의 등에 팔을 둘렀다. 부모와 아들, 셋이 엠마를 에워싸며 서로 부둥켜안고 울었다.

울음을 터뜨리는 이들 한가운데서 엠마는 평온하게 누워 있었다.

프렌치 불독

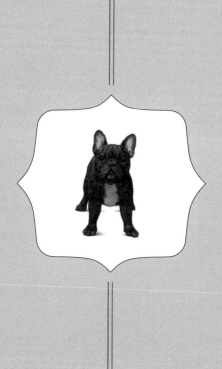

1

　기억에 남아 있는 풍경과는 딴판이었다. 마을에서 운영하던 캠핑장의 출입구는 녹슨 쇠사슬에 감겨 있었다. 취사장도 바비큐 시설도 사용하지 않은 지 오래된 듯 곳곳에 노후화된 흔적이 보였다. 15년 전 가족과 방문했을 때의 기억에 새겨진 찬란함은 그 어디에도 없었다. 입구 근처에 '곰 출몰 주의'라고 쓰여 있는 간판이 보였는데, 잔뜩 녹이 슬어 글자조차 희미했다.

　나는 녹슨 사슬을 풀고, 하이에이스를 몰아 버림받은 캠핑장으로 천천히 들어갔다. 어차피 죽을 생각으로 이곳에 온 것이다. 이토록 쓸쓸한 장소이니 죽기에도 어울리지 않겠는가.

　담배를 물었다. 숲 너머 하늘이 붉게 물들어 있었다. 곧 해가 지고 밤이 찾아올 것이다. 이곳은 암흑으로 휩싸이겠지. 기온도 급격히 떨어질 게 분명하다. 휘발유 미터기의 바늘이 비어 있다는 뜻의 E자에서 흔들리고 있었다.

일과 가족과 살 곳을 잃은 지 어느덧 한 달. 주머니에 남은 푼돈을 생각하면, 휘발유를 보충할 수 있는 것은 앞으로 한 번뿐. 그것마저 다 써 버리면, 그 뒤는 이제 없었다. 차를 버리고 도시의 어느 공원이나 하천 부지에서 노숙자 대열에 합류하든가, 아니면 조금이라도 따뜻한 남쪽으로 이동한 뒤 차 안에서 모포를 덮고 겨울을 보내든가, 둘 중의 하나였다.

어느 쪽도 크게 다르지 않아 보였다. 어떻게 되든 내게 미래는 없었다. 담배도 이제 다섯 개비밖에 남아 있지 않았다. 오늘 밤 남아 있는 소주를 비우며 담배를 피우고, 모든 것이 재가 되어 타 버리면, 연탄불을 피우는 것이다.

담배를 다 피우고 나자 오줌이 마려웠다. 차 밖으로 나오니 공기가 더욱 차가워진 것이 느껴졌다. 새벽에는 영하까지 떨어지겠지. 가루이자와란 그런 땅이다.

아무도 없는 캠핑장 한복판에서 요란하게 오줌을 눴다. 누가 나를 보고 비난한다고 해도 내일 아침에는 이 세상에 없을 테니 상관없다.

방광을 비우며 개운한 기분을 느낄 때, 돼지 울음 비슷한 소리가 숲속에서 울렸다. 이런 곳에 돼지가 있을 리가 없었다. 멧돼지인가 생각하고 움츠리며 귀를 기울였다. 크릉, 크릉, 울음소리가 똑똑히 귀에 들렸다. 소리가 점점 다가오고 있었다. 어두워지기 시작한 숲이라 아무것도 보이지 않았다.

목소리의 느낌은 새끼 멧돼지 같았다. 그렇다면 어미 암돼지도 가까이에 있을 테고, 새끼를 지키려고 한다면 위험할지도 몰랐다. 나는 차에 올라탔다. 시동을 걸고 경적을 울렸다. 이걸로 멧돼지가 도망갔으면 하는 바람이었다.

살짝 창문을 열고 다시 한 번 귀를 기울였다.

크릉, 크릉.

울음소리가 아까보다 더 가까워졌다. 가랑잎을 밟는 소리도 들렸다. 울음소리의 주인은 경적을 듣고 겁을 먹기는커녕 되레 기세등등해진 느낌이었다.

"뭐야, 대체?"

또 경적을 울렸다. 야생동물이라면 이것만으로도 도망을 쳐야 할 텐데. 울음소리의 주인은 기가 죽기는커녕 여전히 다가오고 있었다. 그렇다면 멧돼지는 아니다.

나는 단단히 마음먹고 차에서 내렸다. 죽을 생각으로 이곳에 온 것이다. 이제 와서 무엇을 두려워한단 말인가.

울음소리와 발소리가 더욱 가까워지고 있었다. 야생동물의 날렵한 발소리라기에 어딘가 서투른 발소리였다. 마침내 숲속에서 작은 생물이 튀어나왔다. 개였다.

그러나 파닥거리며 뛰는 모습은 개라기보다 파충류 같았다. 코는 잔뜩 일그러져 있고, 두 귀가 쫑긋 서 있었다. 털은 거무스름했다. 옛날에 옆집에서 비슷한 개를 길렀었다.

프렌치 불독이 확실했다.

프렌치 불독이 크릉크릉 울면서 내 다리에 달려들었다. 주둥이 언저리가 하얀 거품투성이였다. 누더기 같은 게 몸에 달라붙어 있었는데, 자세히 보니 예전에는 옷이었던 것 같았다.

나는 프렌치 불독을 안아 올렸다. 낡아빠진 옷 안으로 살비뼈의 감촉이 뚜렷했다. 프렌치 불독은 빼빼 말라 있었다.

"너 버려진 거냐?"

말을 걸자 프렌치 불독이 크릉크릉 울었다. 혹시나 싶어 주위를 둘러보았지만, 주인으로 보이는 사람의 기척은 없었다. 살이 빠진 것과 헐렁한 옷으로 미루어 버림받은 지 꽤 된 듯했다. 녀석은 인기척을 알아채고 필사적으로 여기까지 달려온 것이다.

이곳에 이 개를 버리고 간 인간의 모습이 생생히 떠오를 듯했다. 버려진 이 개의 심정도 쉽게 상상이 갈 듯했다.

나는 프렌치 불독을 지그시 끌어안았다. 그 애처로운 모습이 지금의 나 같았다.

"외로웠냐? 힘들었냐?"

프렌치 불독이 크릉크릉 울며 오른쪽 앞다리를 여러 번 들어올렸다. '손'을 하고 있다는 것을 깨닫는 데는 시간이 걸리지 않았다.

"배가 고프구나?"

나는 프렌치 불독을 땅에 내려놓고 하이에이스의 뒷문을 열었다. 편의점 봉투 안에 있을 참치 통조림이 떠올랐다. 프렌치 불독이 다리에 달라붙었다.

"알았어. 먹을 걸 줄 테니까 좀 진정해."

참치 통조림을 찾아 뚜껑을 땄다. 플라스틱 숟가락으로 내용물을 떠서 종이 접시에 담고, 땅바닥에 내려놓았다. 프렌치 불독이 게걸스럽게 먹기 시작했다. 오래 굶주렸는지 참치를 다 먹고 나서도 끈질기게 접시를 핥았다.

나는 먹을 게 더 없는지 차 안을 둘러보았다. 아무것도 없었다. 내가 먹으려고 산 음식들은 개가 먹기에는 맛이 독한 것들이었다. 정신을 차려 보니 접시 핥는 것을 그만둔 프렌치 불독이 내 오른쪽 다리에 앞다리를 걸치고 있었다.

"좀 모자라?" 나는 프렌치 불독을 안아 올리며 물었다. "드라이브하면서 사치 좀 부려 볼까? 그래, 사료를 사 오자."

프렌치 불독을 조수석에 올려놓고 시동을 걸었다. 휴대폰으로 가장 가까운 마트를 검색했다. 가루이자와에 오는 것은 수십 년만이라 거리의 모습은 완전히 달라져 있었다. 오래된 기억은 믿을 수 없다.

휴대폰을 조작하는 중에도 프렌치 불독은 크릉크릉 울음소리를 냈다. 검은 털에 갈색 털이 섞인 놈이었다. 목 언저리의 털은 숭덩숭덩 빠져 있었고, 말라붙어 굳은 핏자국이 보였다.

목줄과 리드줄을 그대로 둔 채 개를 버린 주인이 상상됐다.

캠핑장 어딘가에 리드줄을 묶은 뒤 방치했겠지. 개는 간신히 목줄에서 벗어났을 것이다. 목 주위에 난 상처는 그때 난 게 분명했다.

주인의 무책임한 행동에 화가 치밀었다. 깊은 고민도 없이 개를 기르고, 싫증 나면 마찬가지로 깊이 생각할 것도 없이 버리는 것이다.

사이드브레이크를 풀고 액셀을 밟았다. 핸들을 조작하면서 왼팔을 뻗어 프렌치 불독의 머리를 쓰다듬었다.

크릉크릉.

프렌치 불독이 기쁜 듯이 흐느꼈다.

마트에서 사료와 그릇, 그리고 리드줄과 목걸이 세트를 샀다. 근처 공원 주차장에 하이에이스를 주차하고, 차 안에서 사료를 먹였다. 사료를 다 먹은 프랜치 불독이 밖으로 나가고 싶어 하는 것 같아 목줄과 리드줄을 착용시키고 공원 안을 거닐었다.

이미 해가 져 기온이 뚝뚝 떨어지고 있었다. 공원에 인기척이라고는 없어 마음 내키는 대로 산책을 즐길 수 있었다.

프렌치 불독은 처음엔 리드줄을 계속 잡아당겼다. 자신이 가고 싶은 곳으로 가는 게 당연하다는 태도였다. 그때마다 목소리로 꾸짖고 리드줄을 사용해 나아갈 방향을 지시해 주자,

그제야 나와 보조를 맞춰 터벅터벅 걷기 시작했다.

개를 키워 본 적은 없다. 단지 제멋대로 내버려 두는 것은 질색이라고 생각했을 뿐이다. 대기업에 다니는 친구 놈이 제멋대로 내 인생을 가지고 놀았기 때문이다. 그것도 모르고 유유낙낙 따르다가 결국 회사가 망했다. 아내와 아이들에게도 정나미가 떨어져 위자료 대신 집을 넘기는 것으로 이혼 절차를 마무리했다. 나에게 남은 것은 쥐꼬리만 한 잔액의 은행 계좌와 하이에이스뿐이었다.

산책을 끝내고 화장실 세면대에서 프렌치 불독을 씻겼다. 만진 것뿐인데 손이 까매질 정도로 너무 더러웠다. 물로 몸을 씻기고 마른 수건으로 잘 닦자 그것만으로도 훨씬 나아졌다.

몸을 씻기는 동안 프렌치 불독은 얌전히 있었다. 말귀를 잘 알아듣는 영리한 개였다. 프렌치 불독은 암컷이었다.

"너를 버린 주인은 뭐라고 불렀냐?"

내가 묻자 프렌치 불독이 크룽크룽 울었다.

"크룽이다. 넌 오늘부터 크룽이야."

스스로도 지독한 이름이라고 생각했지만, 크룽이가 대꾸할 리 없었다.

"잠깐만 기다려 봐."

나는 크룽이를 조수석에 남겨 둔 채 뒷좌석으로 자리를 옮겼다. 뒤는 불필요한 좌석을 뜯어내고 소파침대를 놓을 수 있도록 직접 개조한 상태였다. 나는 소파침대 위에 널브러진 담요를 정돈하고 자리에 앉았다.

"이리 와."

조수석에서 이쪽을 살피고 있던 크룽이에게 말을 걸었다. 크룽이가 크룽크룽 울면서 볼품없는 동작으로 이쪽으로 건너왔다.

스테인리스 머그잔에 소주를 따르고, 토마토를 먹었다. 남은 것이라곤 컵라면 하나와 고등어 된장조림 통조림이 전부였다.

"오늘 죽을 생각이었으니까……."

쓸쓸한 눈빛으로 식량을 바라보며 소주를 마셨다. 크룽이가 내 넓적다리 위에 올라오더니 몸을 쭉 뻗고 토마토 냄새를 맡았다.

"아직도 양에 안 차냐?"

토마토를 잘게 물어뜯어 손바닥에 올렸다. 크룽이가 토마토를 먹고는 작은 혀로 손바닥을 핥았다. 부드럽고 따뜻한 감촉이었다.

"토마토 좋아하냐?"

말을 걸자 크룽이가 나를 쳐다봤다. 검은 눈동자에 내 얼굴이 비치고 있었다. 찌그러진 코 때문에 보통 개들과 다르게 보이는 녀석은 주둥이 밖으로 혀끝이 빠져나와 있었는데, 그 모습이 어딘가 얼빠져 보여 사랑스러웠다.

또 잘게 물어뜯은 토마토를 주었다. 크룽이는 토마토를 먹고 내 손바닥에 묻은 토마토 즙을 핥았다.

"넌 유기견이구나."

나는 소주를 들이켰다. 다른 때보다 달콤했다.

"나도 버림받았어."

크룽이가 고개를 들었다. 누구한테, 라며 물어보는 듯했다.

"사회와 가족에게. 우린 닮은꼴이네."

머리를 쓰다듬자 크룽이가 뒷다리로 일어서더니 앞다리를 격렬하게 움직였다. 마치 춤을 추는 것처럼. 멋대로 한 생각이었다. 토마토가 먹고 싶을 뿐이겠지.

"난 오늘 밤 죽을 작정이었어. 이거 봐. 연탄이랑 박스테이프야. 창문을 막고, 연탄을 피우고, 소주를 나발 불면, 그걸로 끝이야."

크룽이에게 토마토를 주면서 혼잣말을 중얼거렸다.

"하지만 너 때문에 오늘 밤은 접었다."

토마토가 어느새 다 사라졌지만, 크룽이는 아직도 성에 차지 않은 듯했다. 그러나 더는 먹을 것을 주지 않았다. 차 안에 똥이라도 싸지르면 어쩌란 말인가.

크룽이가 내 넓적다리에 다리를 걸치고 머리를 들이박았지만, 아프지도 가렵지도 않았다. 웃으며 소주를 마시고 있으니, 결국에는 포기했는지 내게 몸을 붙이고 엎드렸다. 크룽이의 체온이 전해져 왔다.

"난로나 다름없네, 이 녀석은."

나는 크룽이의 등을 어루만졌다. 크룽이가 눈을 감았다. 혀 끝이 여전히 주둥이 밖으로 나와 있었다.

"혼자 얼마나 있었냐? 외로웠냐?"

크룽이는 반응하지 않았다. 이미 잠들어 버린 것이다.

"사실 말하면, 나도 외롭다."

담요를 끌어당겨 덮어 주자 살짝 눈을 떴다가 곧바로 다시 감았다. 나는 크룽이의 체온을 느끼며 계속 소주를 마셨다.

2

크롱이가 내 얼굴을 핥고 있었다. 나도 모르게 신음 소리를 내며 몸을 일으켰다. 오전 7시가 넘어 주위는 이미 완전히 환한 상태였다. 바닥에 나뒹구는 소주병은 텅 비어 있었다. 중간부터는 기억이 희미하지만, 스스로 다 마신 것이 틀림없었다.

"산책할래?"

크롱이는 차창 밖을 살펴보고 있었다. 멀리서 개 짖는 소리가 들려오고 있었다. 상의를 걸치고 차에서 내렸다. 흥분했는지 크르렁대며 따라 내린 크롱이의 주둥이에서도 입김이 하얗게 새어 나왔다. 한없이 영하권에 가까운 기온인 것이다.

"잠깐만 기다려."

갑자기 소변이 마려워 크롱이의 리드줄을 사이드미러에 묶어 두고, 근처의 공중 화장실로 달려갔다. 속을 말끔히 비우고 돌아와 보니, 크룽이가 뒷다리로 일어서서 나를 기다리고 있었다.

"좋아, 가자."

잔디가 깔린 공원을 크룽이와 걷기 시작했다. 그러나 크룽이는 여전히 들려오는 개 짖는 소리에 정신이 팔린 모습이었다. 공원 서쪽으로 강이 흐르고 있었는데, 울음소리는 그 너머에서 들려오고 있었다.

"저쪽으로 가 볼까……."

일단 공원을 빠져나와 서쪽으로 나아갔다. 얼마 뒤 강 위에 놓여 있는 다리가 보였고, 그 끝에 오른쪽으로 꺾이는 자갈길이 있었다. 다리를 건넌 뒤 강변을 따라 자갈길을 얼마나 걸었을까. 도그런이 나타났다. 도그런에서는 40대로 보이는 여인이 미니어처 닥스훈트 두 마리랑 놀고 있었다.

"들어가도 될까요?"

밖에서 말을 걸자 여인이 상냥하게 미소를 지었고, 두 마리 닥스훈트는 신나게 짖으며 입구를 향해 달려왔다. 크룽이도 리드줄을 잡아당기며 크룽크룽 마주 울었다.

"우리 애들은 괜찮아요."

여자가 말했다. 아마 해코지하는 일은 없을 거라는 뜻 같았다. 크룽이도 흥분하긴 했지만 공격성은 보이지 않았다. 도그런에 들어가 리드줄을 풀어 주자 크룽이는 닥스훈트들과 뒤

엉키듯 몸을 부대끼며 앞으로 달려 나갔다. 짧고 볼품없는 다리를 열심히 움직이는 얼굴에 빛이 나는 듯했다. 어제 나를 만나기 전까지의 고생은 모두 잊어버린 것처럼.

"개는 참 좋네요. 지금 이 순간만을 즐기고 있어요." 내 생각을 읽기라도 한 것처럼 여자가 말했다. "보는 것만으로 이쪽 기분도 상쾌해져요. 그렇지 않아요?"

"네, 그러게요."

도그런은 두 구역으로 나뉘어 있었다. 작은 쪽은 소형견, 큰 쪽은 중대형견 전용인 듯했다. 우리가 있는 곳은 중대형견 구역이었다.

"저쪽이 아니어도 괜찮나요?"

나는 소형견 구역을 손으로 가리키며 물었다.

"이 시기에는 단골손님밖에 안 오니까요. 도시와 달리 여기는 너그러워요."

여자가 웃었다.

"말 좀 묻겠습니다만……."

"네."

"이 근처에서 개를 구조하는, 그런 일을 하는 단체는 없습니까?"

순간 여자의 얼굴이 변했다.

"그런 데를 알면 어쩔 셈인데요?"

아무래도 내가 크룽이를 염치없는 이유로 버리려 한다고

착각한 것 같았다. 나는 애써 웃음을 지으며 말했다.

"실은 쟤, 어제 산에서 보호한 아이예요. 삐쩍 말랐죠? 주인에게 버림받고, 며칠씩 산속에서 떠돌아다닌 것 같아요."

"그래요? 많이 말랐다고 생각은 했지만…… 가루이자와, 많아요. 버리는 개."

"일단 먹을 건 줬는데, 개를 키워 본 적도 없고, 입양 가족을 찾아 주는 곳에 맡겨야 할 것 같아서요."

"당신이 키우는 건 어때요? 잘 따르는 것 같은데……."

여성이 신나게 놀고 있는 개들에게서 눈길을 거두며 물었다.

"따르고 있다니, 어제 막 보호했어요."

"이리로 오는 모습을 봤는데, 그쪽 말을 잘 듣는 것 같아서요. 벌써 몇 년째 같이 사는 것 같았어요."

"산책한 것도 이게 처음인데……."

"그렇다면 저 아이, 당신을 많이 신뢰하고 있네요."

"그런가요?"

"그렇죠. 아니면 처음 보는 사람 말은 원래 잘 듣지 않아요. 귀엽죠? 아기 돼지처럼 꿀꿀거리며 옆을 같이 걸어 주는 게."

나는 할 말을 잃고 머리를 긁적였다. 그녀의 말이 맞았다. 공원 주차장에서 도그런까지 짧은 길을 걷는 것만으로도, 내 요란스럽던 마음은 평온하게 가라앉았다. 옆을 걷는 크룽이의 애처로움에 가슴이 뭉클했다.

"당신이 가족이 되어 주세요."

나도 모르게 쓴웃음을 지었다.

"어머? 제가 이상한 소리 했나요?"

나는 고개를 흔들었다.

"그게 아니라, 제 자신이 이상하게 느껴졌을 뿐이에요."

그녀는 신기한 듯이 나를 바라보았다.

"저는 노숙자예요. 차 안에서 생활하죠. 그런 저에게 가족이라고 생각하면 왠지 웃음이 나와서……."

"어머, 몰랐다고는 하지만 죄송해요."

그녀가 미안한 듯 눈을 내리깔았다.

"아뇨, 신경 쓰지 마세요."

두 사람 사이에 흐르기 시작한 어색한 분위기에도 개들은 여전히 뛰어놀 뿐이었다.

다시 세어 봐도 남은 재산이라고는 1만 3,527엔이 전부였다. 예전보다는 많이 싸졌다고 해도 자동차에 휘발유를 가득 채우면, 수중에 5,000엔 정도밖에 남지 않을 거였다.

나는 크룽이를 내려다보며 쓴웃음을 지었다. 마음껏 뛰어놀고 사료를 먹은 녀석이 담요 위에서 숨소리를 내며 졸고 있었다. 깨우는 것도 안쓰러워 그대로 두니, 곧이어 몸을 뒤척이다가 배를 위쪽으로 드러내고 자기 시작한다. 혀끝을 내밀고, 짧은 다리를 구부리고 누운 모습이 도저히 개로 보이지 않는다.

당신을 많이 신뢰하네요. 두 마리의 닥스훈트를 기르던, 마츠자카라고 자신을 소개하던 여인의 말이 떠오른다. 확실히 신뢰하는 것 같았다. 아니면 이렇게까지 무방비하게 자지는 않을 테니까.

크룽이의 잠든 모습을 보고 마음을 정했다. 나와 크룽이는 무언가에 이끌려 어제 그 장소에서 만났다. 나는 크룽이를 구하기 위해, 크룽이는 내가 죽는 것을 막기 위해.

어처구니없는 생각이라는 것은 알고 있었다. 하지만 그렇게밖에 생각하지 않을 수 없었다. 나는 휴대폰을 꺼내 마츠자카 씨에게서 건네받은 번호로 전화를 걸었다.

"여보세요. 저는 카네다라고 합니다. 실은 마츠자카라는 분이 그쪽에서 비닐하우스를 짓는 데 일손을 구한다고 해서 전화를 드렸습니다."

"아, 당신이군. 마츠자카 씨에게서 이야기는 들었어요. 와 준다면 고맙지만, 일당은 7,000엔밖에 못 드려요. 상관없나요?"

"그래도 괜찮습니다."

올 2월 가루이자와에는 관측 사상 보기 드문 폭설이 쏟아졌다. 하룻밤 사이에 1미터 이상 내린 눈은 농가의 비닐하우스를 모조리 짓눌렀다. 대부분의 농가가 최소한의 수리를 거처 농번기를 가까스로 넘겼지만, 본격적인 겨울을 대비해 이 시기에 비닐하우스를 개축하는 곳이 많았다.

도그런에서 닥스훈트와 크릉이가 노는 모습을 보며 생각에 잠겨 있던 나에게, 마츠자카 씨는 그렇게 말하며 일손을 구하는 농가를 소개해 주었다.

만난 지 얼마 안 된 인간에게, 그것도 스스로 노숙자라고 밝힌 인간에게 내미는 손길은 참으로 따뜻했다. 그러나 그 손길은 내가 아니라 크릉이를 위한 것이라 나는 믿고 있었다.

크릉이를 위해 힘내세요.

그런 말을 들은 것처럼.

전화 상대는 츠치야라는 딸기 농장 주인이었다. 농장으로 가는 길을 묻고 나는 전화를 끊었다. 일당 7,000엔으로 4, 5일 동안 일을 하면 3만 엔 안팎의 벌이가 되는 셈이다. 그 돈으로 크릉이와 함께 고향으로 가야겠다고 생각했다. 교탄바의 시쯔미라고 하는 마을이었는데, 그곳에는 고령인 어머니가 홀로 살고 계신 집이 있었다.

모든 것을 잃었을 때, 시쯔미에 가서 도움을 청할까 생각해 본 적도 있었다. 하지만 자존심이 발목을 잡았다. 일자리를 잃고, 가족에게 버림받고, 노숙자가 되어 버렸다는 얘기를 어찌 꺼낼 수 있겠는가. 나는 어머니의 자랑이었다. 그런데 무슨 낯짝으로 시쯔미에 갈 수 있을까. 게다가 자주 들락거렸으면 몰라도 아버지 장례 때 찾은 것 말고는, 20년이 넘도록 1년에 한 번 연하장을 보내기만 했었다. 그런 와중에 돈이 떨어졌다고 고향을 찾는 건 염치없는 일이었다.

나는 혼자였다. 절대적인 고독에 질식해 그만 삶을 내려놓으려 했었다. 하지만 지금 나에게는 크룽이가 있었다. 죽어서는 안 된다고 숲속에서 달려온 이 아이와의 만남을 헛되이 해서는 안 된다.

시쯔미로 가서 어머니와 함께 밭을 갈며, 호젓이 사는 것이다.

나는 손을 뻗어 크룽이가 드러낸 배를 어루만졌다. 크룽이가 눈을 뜨고 크룽크룽 울었다.

"시쯔미로 가자, 크룽아. 어머니께 머리 숙여 도움을 받자. 그러면 너도 제대로 된 집에서 살 수 있게 될 거야. 어때?"

크룽크룽, 가자, 가자!

크룽이가 그렇게 말하는 것 같았다. 나는 크룽이를 안아 올렸다. 따뜻한 몸을 내 가슴에 품었다.

3

단 석 장의 1만 엔짜리 지폐가 내 마음을 풍요롭게 했다. 인간이란 얼마나 간사하단 말인가. 차에 휘발유를 가득 채우고, 마트에서 나와 크룽이가 먹을 식량과 술을 조금 구입해 차에 실었다.

유료도로를 이용하지 않는 설정으로 내비게이션에 목적지를 설정하자, 시쯔미까지는 대략 15시간 거리라는 표시가 나왔다. 고속도로를 이용하면 시간은 많이 단축되겠지만, 대신에 남은 돈이 1만 엔이 되어 버릴 거였다. 시간과 돈 중에 택해야 한다면 결론은 하나였다.

내비게이션의 안내에 따라 가루이자와를 출발했다. 사쿠 시를 빠져나와 스와 호수 방면으로 차를 몰았다. 사쿠 시를 지나자 이내 주변이 밭지대로 변하더니, 서쪽 멀리 눈을 뒤집어 쓴 키타알프스의 산봉우리들이 보였다. 크룽이는 조수석 시트 위에서 펄쩍펄쩍 뛰고 있었다. 오랜만의 기분 좋은 드라이브였다.

2시간 정도 지나자 스와 호수가 보이기 시작했다. 내비게이션 경로를 벗어나 저당한 곳에 차를 세웠나. 크룽이가 잠에서 깨어나 빨리 밖으로 내보내 달라고 방방 뛰었다. 목걸이에 리드줄을 걸고 호수 주변을 산책했다. 평일 낮이라 그런지 간선도로를 오가는 차량 외에는 인적이 뜸했다. 하늘은 거룩할 정도로 푸르렀고, 햇빛을 반사시키고 있는 수면은 잔잔했다. 크룽이는 리드줄을 당기는 일 없이 내 옆을 깡충깡충 걸었다.

나는 행복하고 만족스러웠다. 크룽이를 만나기 전까지는 절망의 바닥을 헤매고 있었는데, 이게 웬일인가.

30분 정도 걷다가 다시 차로 돌아와 크룽이에게 물을 먹이고 사료를 주었다. 크룽이가 식사를 하는 동안, 휴대폰으로 호수 주변의 지도를 검색했다. 너무 즐거워 이대로 곧장 시쯔미로 가는 게 아까웠기 때문이다.

다카봇치란 이름이 눈에 띄었다. 인터넷에서 이곳에서 촬영했다는 아름다운 후지산 사진을 본 적이 있었다. 운해를 거느린 아침놀에 빛나는 후지산을.

"크룽아, 후지산 보러 갈까?"

사료를 다 먹은 크룽이에게 말을 걸자 녀석이 크르릉, 하고 울었다. 가자, 가자. 내 귀에는 그렇게 들렸다.

"좋아, 가자."

시동을 걸고 기어를 드라이브에 넣었다. 나는 들떠 있었다. 흥분해 있었다. 이런 기분이 든 게 얼마만이던가. 크룽이의 머리를 쓰다듬고 액셀을 밟았다. 내 기분에 전염됐는지 하이에이스가 그 어느 때보다 경쾌하게 달리기 시작했다.

내비게이션을 보며 국도 20호를 따라 시오지리 방면으로 향하다가, 선명한 녹색의 육교 앞에서 우회전을 했다. 전방에 울창한 숲이 나타났는데, 엔레이오노다치 공원이라는 간판이 보였다. 이미 단풍철은 지난 뒤였는데, 몇 주만 더 일찍 찾아왔으면 멋진 풍경을 만날 수 있었을 것이다.

"내년에는 단풍이 들 때 들르자."

쓸데없는 농담을 지껄이며 공원 안내도 근처에 차를 세웠다. 캠핑장과 운동장이 옆에 있었다. 후지산의 일출을 바라볼 장소를 정한 뒤에는, 이곳으로 돌아와 밤을 새우는 게 좋을 듯했다.

다시 차에 올라타 앞으로 나아갔다. 크룽이가 앞다리로 내 왼팔을 할퀴는 시늉을 했다. 차에서 나가지 못한 것이 불만인 모양이었다.

"조금만 더 기다려."

머리를 쓰다듬어 주니, 크릉이가 다시 크르릉 울었다.

"쓰다듬어 주는 것만으로도 기분이 풀리는구나. 단순한 녀석이로군."

나도 모르게 웃었다. 크릉이가 옆에 있는 것만으로도 자연스레 얼굴 근육이 느슨해지는 것이다.

가파른 고갯길에 접어들었다. 1킬로미터마다 다카봇치 고원까지의 거리를 나타낸 표식이 있었다. 무의식적으로 휘발유 미터기에 눈이 갔다. 연비가 좋지 않은 길에서는 휘발유의 잔량을 염려하는 게 습관이 되고 만 것이다.

휘발유는 아직 충분했다. 지갑도 적지만 넉넉했다. 하지만 알고 있어도, 목덜미에 불쾌한 땀이 배어나오는 것은 여전했다. 후지산을 본다는 생각을 접을 걸 그랬나. 가난, 아니 곤궁이 몸에 배어 있는 것이다.

휘발유 미터기에 빨려드는 시선을 조수석으로 옮겼다. 크릉이는 털 고르기에 한창이었다. 그 모습에 날카로워진 신경이 풀리는 느낌이었다. 어떻게든 되겠지, 라는 생각이 든다.

이제 크릉이는 내게 없어서는 안 될 존재였다.

다카봇치 고원까지 1킬로미터 남았다는 표식을 지나자 하늘이 열렸다. 근처에 주차장이 있었지만, 그곳에서는 후지산도 스와 호수도 보이지 않았다. 하지만 안내도가 그려진 표지판을 따라 조금 더 걷자 전망 좋은 언덕이 나타났다. 주차장에 다른 차들은 보이지 않았다.

해발 1,500미터는 족히 넘을 높이라 스와 호수 주변과는 공기도 기온도 달랐다. 추위에 몸이 움츠러들었다. 패딩과 장갑을 착용하고 크릉이를 차에서 내렸다. 크릉이는 몸을 떨며 두리번두리번 주위를 둘러보았다. 여느 개처럼 일단 냄새부터 맡지 않는 건 찌그러진 코 때문일까.

"크릉아, 가자."

리드줄로 크릉이의 주의를 끌며 걷기 시작했다. 뒤를 돌아보니 주차장 옆에 경마코스 같은 것도 있었는데, 시골 경마를 하는 곳인 듯했다.

크릉이가 허리를 굽혀 오줌을 누고 몸을 떨더니, 나를 올려다보았다. 크릉이는 웃고 있었다. 나도 덩달아 웃었다.

"아무도 없는데 리드줄 풀어 줄까?"

내 목소리에 크릉이가 고개를 갸웃했다. 내 말뜻을 애써 이해하려는 모습에 사랑스러움이 샘솟는다. 리드줄을 풀어 줬지만, 크릉이는 달려가는 대신 내 옆에서 깡충깡충 걸을 뿐이었다.

"달리다 와도 돼, 크릉아. 좋을 대로 해."

크릉이가 걸음을 멈추고 다시 고개를 갸웃했다.

"달리다 와. 너 개 맞지? 이런 데서 뛰어다니는 거 좋아하지 않나?"

내 말이 끝나기도 전에 크릉이가 앞으로 달려 나갔다. 풀밭에 얼굴을 박고 킁킁대고, 또 뛰다가 다른 풀밭에 얼굴을 박

295

왔다. 그 발걸음이 어느 때보다 가벼워, 크룽이가 이곳을 무척 좋아하고 있음을 알 수 있었다.

내 발걸음도 가벼웠다. 방금 전까지 휘발유 미터기가 신경 쓰여 식은땀을 흘리던 것은 어디의 누구였던 걸까.

크룽이의 뒤를 쫓는 사이에 전망 좋은 언덕에 도착했다. 바로 아래 스와 호수가 펼쳐져 있고, 멀리 후지산이 우뚝 솟아 있었다. 왼쪽은 야츠가타케인가. 내 작은 고민거리는 어찌 되어도 좋을 만큼 웅대한 풍경이었다.

휴대폰을 꺼내 사진을 찍었다. 후지산 정상에 걸려 있는 삿갓 모양의 구름 외에는 그림같이 맑은 가을 날씨였다. 이따금 불어오는 서늘한 바람이 곧 닥칠 겨울을 예감케 했지만, 눈에 보이는 경치는 화창한 가을 그 자체였다. 크룽이는 여전히 풀숲 이곳저곳에 얼굴을 파묻고, 또 다른 풀숲을 향해 달리기를 계속하고 있었다.

"크룽아!"

소리를 지르자 크룽이가 멈춰 서서 나를 돌아보았다.

"이리 와."

크룽이가 몸을 돌려 이쪽을 향해 달려왔다. 돌진해 오는 크룽이를 부둥켜안았다.

"즐겁냐, 크룽아?"

크룽이가 크르릉 울었다.

"그러냐, 나도 즐겁다."

크룽이를 땅바닥에 내려놓고, 나도 뛰기 시작했다.

"술래잡기다, 크룽아. 따라잡아 봐."

뒤돌아보면서 소리치자 크룽이도 뛰기 시작했다. 곧 따라 잡힐 듯했다. 운동이 부족한 중년 남자는 크룽이의 상대가 아니었다. 그래도 나는 달렸다. 숨이 찰 때까지 계속 달렸다. 속도가 떨어지자 크룽이가 내 다리에 달려들었다.

크룽, 크룽, 크룽.

맑은 가을 하늘 아래, 크룽이의 울음소리가 울려 퍼졌다.

"크르룽, 크르룽, 크르룽."

크룽이를 따라 소리를 내 보았다. 기분이 최고로 좋았다.

결국 아래쪽에 있는 공원으로 돌아갈 생각을 접었다. 여기가 전망이 좋기 때문이라며 스스로를 타일렀지만, 사실은 줄어드는 휘발유가 신경 쓰인 탓이다.

해가 지면서 기온이 점점 내려가고 있었지만, 물은 폴리 탱크에 가득 차 있고, 나와 크룽이가 먹을 식량도 문제없었다. 무엇보다 아직 따지 않은 소주도 한 병 있었다.

휴대용 가스레인지로 물을 끓여 컵라면에 붓고, 소주에도 물을 탔다. 편의점에서 구입한 닭튀김과 샐러드를 먹고, 컵라면 면발을 후루룩 삼켰다. 그리고 소주를 위에 흘려 넣었다. 크룽이는 벌써 식사를 마치고 꿈나라로 향하고 있었다.

컵라면 국물을 마지막 한 방울까지 마시고 소주를 들이켜니 몸이 후끈 달아올랐다. 더위를 식히려고 차 밖으로 나왔다. 총총한 별이 아름답다고 생각한 것도 잠시. 밤하늘을 구름이 뒤덮고 있었다. 달조차 보이지 않았다.

"낮에는 운이 좋았던 건가……."

차 안으로 돌아와 따뜻한 물을 소수에 마저 탔다. 크릉이가 눈을 떴지만, 다시 잠이 들었다. 규칙적으로 오르내리는 크릉이의 몸에 살며시 손을 얹었다. 따뜻했다. 녀석은 온기 덩어리였다. 크릉이의 에너지가 손바닥을 통해 전해져 왔다. 고동이 선명히 느껴졌다.

나는 소주를 마시고 눈을 감았다. 크릉이의 고동에 호흡을 맞췄다. 이윽고 크릉이의 고동과 나의 호흡이 완전히 일치했다. 잔잔하고 고요한 시간이 흐르고 있었다.

뺨에 미지근한 것이 느껴졌다.

나도 모르게 울고 있었다. 슬펐기 때문이 아니다. 너무 행복해서 울고 말았다.

"넌 인간이 밉지 않냐?"

나는 낮은 목소리로 물었다. 크릉이를 깨우고 싶지 않았다. 그러나 묻지 않을 수 없었다.

"너는 인간에게 버림받은 거야. 나와 만나지 않았더라면 죽었을지도 몰라. 그런데 어떻게 같은 인간 곁에서 그렇게 무방비하게 잘 수 있는 거냐?"

당연히 대답은 없었다. 크룽이는 온화한 얼굴로 온화한 숨소리를 내며 온화하게 잠들어 있었다.

4

손을 할퀴는 느낌에 눈을 떴다. 크룽이가 내 손을 앞다리로 쿡쿡 찌르고 있었다. 오줌이 마려운 것인가. 혹은 공복을 호소하고 있는 것인가.

아무래도 소주를 마시다가 잠이 든 것 같았다. 부자연스러운 자세로 잔 탓에 몸의 마디마디가 쑤셨다. 아직 밖은 어두웠다. 손전등 대신 휴대폰을 사용하려고 집어 들었는데, 아무 반응이 없었다. 배터리가 방전된 것이다.

실내등을 켠 나는 깜짝 놀라고 말았다. 차 안이 어두운 게 날이 밝지 않아서가 아니었다. 창문이 눈에 뒤덮여 있었다.

"뭐야, 이게?"

차 문을 열자 눈이 날아들었다. 셔벗 같은 함박눈이 펑펑 쏟아지고 있었다. 주차장은 이미 4, 5센티미터 정도 눈이 쌓여 있었다.

"어제는 그렇게 맑았는데……."

중얼거리다가 지난밤 밤하늘을 뒤덮던 구름이 떠올랐다. 비가 올지도 모른다고 생각은 했었는데. 하지만 이곳은 해발 1,500미터가 넘는 고지대였다. 이 시기라면 눈이 올 것을 감안해야 했다.

조심조심 밖으로 나갔다. 구두 밑창에 밟힌 눈이 사각사각 소리를 냈다. 동이 트는 듯 두꺼운 구름 저편이 아슴푸레 밝아 오고 있었다.

"큰일 났네……."

나는 머리를 긁적였다. 하이에이스의 타이어는 일반용이고, 스노체인 같은 겨울 용품 역시 당연히 없었다. 도시의 잘 닦인 길밖에 달린 적이 없는 탓이다. 이 셔벗 모양의 함박눈이 쌓이고 있는 고갯길을 일반 타이어로 내려가는 것은 자살 행위나 다름없었다.

그렇게 생각하다가 나도 모르게 쓴웃음을 지었다. 불과 며칠 전까지 자살할 생각이었는데, 지금은 죽음을 두려워하고 있다니. 아니, 죽음은 그렇게 무섭지 않았다. 두려운 것은 크룽이와 헤어져야 한다는 것뿐.

뒤를 돌아보았다. 크룽이가 조수석 시트 위에서 예의 바르게 내가 말을 걸기를 기다리고 있었다.

이토록 말귀를 잘 알아듣는 귀여운 개를 어떻게 버릴 수 있었을까? 그것도 죽을지도 모르는 상황에서 말이다. 인간의 잔혹함에 치가 떨린다.

"이리 와."

내 목소리가 끝나기도 전에 크룽이가 차에서 뛰어내렸다. 그러고는 눈 냄새를 맡자 어리둥절한 얼굴로 크르릉 울었다.

"눈, 처음이야? 개는 눈을 좋아하지 않니?"

나는 맨손으로 눈을 퍼 올렸다. 축축하고 차가운 감촉에 손끝이 저릿했다.

"이것 봐."

눈덩이를 크룽이를 향해 던졌다. 깡충 뛰어오르는 크룽이의 표정이 환희에 젖어 있었다. 날아오는 눈덩이를 주둥이로 잡으려고 했지만, 너무 빨리 점프하는 바람에 머리 위로 넘어가 버렸다. 착지하자마자 재빨리 몸을 돌렸지만, 눈덩이는 벌써 뭉개진 뒤였다. 있어야 할 것을 찾지 못하자 크룽이가 발을 동동 굴렀다.

나는 다시 눈을 퍼 올렸다.

"크룽아, 이쪽이다."

크룽이의 오른쪽으로 눈덩이를 던졌다. 펄쩍 뛰어오른 크룽이가 이번에는 능숙하게 주둥이로 눈덩이를 낚아챘다. 오른쪽으로, 왼쪽으로, 내가 던질 때마다 크룽이의 몸이 뛰어오르고 눈덩이가 주둥이에 잡혔다.

"이건 어때, 크릉아."

나는 두 손으로 눈덩이를 만들어 하늘 높이 던졌다. 그러자 눈이 떨어지는 타이밍에 맞춰 크릉이가 수직으로 점프를 했다. 스프링처럼 에너지를 단번에 해방시키는 점프였다. 그 아름다움에 그만 넋을 잃고 말았다. 그러자 크릉이가 크르렁대며 내게로 달려왔다.

더 놀자! 그렇게 재촉하는 것이다.

"좋다. 모처럼 내린 눈이다. 기진맥진할 때까지 놀자."

나는 다시 눈을 퍼서 하늘을 향해 집어던졌다. 크릉이가 로켓처럼 뛰어올랐다.

한 시간 가까이 놀았을까? 크릉이의 가쁜 숨소리가 쉬이 진정되지 않을 때쯤 놀이를 끝냈다. 크릉이는 아직 놀고 싶어 하는 것 같았지만, 주둥이 밖으로 축 늘어진 혀끝에서 뚝뚝 침이 떨어지고 있었다. 개들의 생태에 무지한 내가 봐도 더 노는 것은 무모하게 느껴졌다.

무엇보다 내 몸이 버티지 못했다. 눈발이 휘날리는 추위에 장갑도 끼지 않은 채 크릉이와 놀고 있었다. 손가락 끝이 욱신욱신 아파서 말을 듣지 않았다.

크릉이를 차에 태우고 시동을 걸었다. 휘발유를 아낄 때가 아니었다. 한시라도 빨리 차갑게 얼어붙은 몸을 녹여야 했다.

송풍구에서 나오는 온기로 손끝을 따뜻하게 덥히자 통증이 심해졌고, 절정에 다다르자 아파오기 시작했다. 동상에 걸린 것이다. 크룽이는 조수석에서 거친 호흡을 반복하고 있었다.

"괜찮냐?"

말을 걸자 크룽이가 곧바로 나를 바라보았다. 먹을 것을 기다리는 듯했다. 하지만 거친 호흡이 어느 정도 진정될 때까지 기다려야 할 것 같아서 일단 물만 줬다. 그릇에 물을 붓자 크룽이는 단숨에 들이켰다.

"아무리 눈이 좋아도 목이 마를 때까지 놀 것은 없잖아."

다시 따라 준 물도 크룽이는 눈 깜짝할 사이에 마셔 버렸다.

"개는 기뻐하며 마당을 뛰어다닌다. 그게 진짜였구나. 아무튼 좀 쉬어라."

나는 크룽이를 아기처럼 껴안고 다독이는 시늉을 했다.

"크룽이의 기분은 어떤신가용? 나는 크룽이 파파야."

남의 눈치를 볼 필요가 없었기에 마음껏 하고 싶은 대로 했다. 아들을 가졌을 때도 이렇게 달래곤 했다. 하지만 그 아들은 자라서 건방진 소리를 해댔고, 제 어미 편을 들며 나를 비난했다.

"넌 아니지, 크룽아. 그렇게는 안 되겠지?"

크룽크룽, 크룽이가 울며 내 코를 핥았다.

얼마나 귀여운 존재인가. 더 꽉 안아 주고 싶었다. 하지만 나는 크룽이를 조수석으로 돌려보냈다. 방전된 휴대폰 배터리가 떠올랐기 때문이다. 시동을 걸고 있는 동안 어느 정도 충전해 둘 필요가 있었다. 충전기는 항상 조수석에 달린 수납 주머니 안에 있었다. 시가 소켓에 장착하는 어댑터도 마찬가지였다.

"어?"

그런데 어댑터는 있는데 충전기가 보이지 않았다. 바닥에 떨어뜨렸나. 손전등으로 조수석 시트 밑을 비춰 봤다. 있었다. 하지만 너덜너덜했다.

"크룽아……."

나는 주워 든 충전기를 멍하니 내려다보았다. 내가 잠든 사이 따분함을 주체하지 못한 크룽이가 장난감 대신 물어뜯은 게 분명했다. 충전기는 제 모습을 알아볼 수 없을 정도로 망가져 있었다. 지금도 내 손에 든 충전기를 크룽이가 물려고 했다.

"이놈아, 이건 장난감이 아니야!"

크룽이를 만나고 나서 처음으로 큰 소리를 냈다. 녀석이 잔뜩 몸을 움츠렸다. 눈이 좌우로 흔들렸다. 그 모습이 불쌍해 용서해 주고 싶어졌지만, 나는 마음을 다잡았다.

"장난감 이외의 것으로 놀면 안 돼. 알겠어, 크룽아?"

크룽이가 눈을 치뜨고 나를 올려다보았다. 나는 고개를 돌렸다. 분노는 이미 사그라졌지만 여기서 온화한 얼굴을 보일 수는 없었다. 게다가 당장 앞으로의 일을 생각하지 않으면 안

됐다.

전화를 사용할 수 없다는 것은 구조를 부탁할 수 없다는 뜻이나 마찬가지였다. 물과 식량에는 여유가 있었지만, 이대로 눈이 계속 내리면 며칠 동안 아래로 내려가지 못할 수도 있었다.

시험 삼아 하이에이스를 움직여 보았다. 평탄한 장소는 어떻게든 굴러갔지만, 조금이라도 경사가 지는 곳에서는 핸들이 말을 듣지 않았다. 셔벗 형태의 눈이 마찰계수를 한없이 제로에 가깝게 만드는 탓이었다. 역시 이 상태로 비탈길은 도저히 무리였다.

라디오를 틀어 일기예보 방송을 찾았다. 한파의 남하로 저기압이 열도를 통과하고 있어 산기슭에서는 오늘 밤부터 내일 사이에 적설 주의라는 기상 캐스터의 목소리가 흘러나왔다.

"실화냐……."

팔짱을 끼고 어떻게 해야 할지 고민하고 있는데, 크룽이가 내 넓적다리를 타고 올라왔다. 그러고는 오른쪽 앞다리로 내 팔을 할퀴는 동작을 반복했다.

"뭐야, 사과하는 거야?"

나는 나도 모르게 미소를 지었다. 무슨 짓을 해도 볼품없었지만, 참을 수 없을 만큼 귀여웠다.

"그러고 보니 아침밥을 안 줬구나."

뒷좌석으로 자리를 옮겨 식사 준비를 했다. 크룽이도 나를 따라 분주하게 움직였다. 그릇에 사료를 담아 주었다. 나는 평소처럼 컵라면으로 끼니를 때웠다. 가루이자와의 마트에서 할인 중이라 박스째로 구입한 것이다.

식사를 마친 크릉이가 소파 침대에 뛰어오르더니 내게 몸을 붙이며 벌렁 드러누웠다. 배를 훤히 드러내 놓고는 몸을 흔들었다. 아무래도 쓰다듬어 달라고 호소하는 듯했다. 배에 손을 얹자 역시나 기쁜 듯이 크릉크릉, 하고 울었다.

"기쁘냐?"

크릉크릉.

"이런 게 그렇게 좋니?"

크릉크릉.

"그래, 이런 걸로 좋아하신다면야, 아주 쉽지."

나는 오른손으로 크릉이의 배를 어루만지고 왼손으로 컵라면 국물을 단숨에 들이켰다. 빈 용기를 발밑에 두고 이번에는 두 손으로 크릉이의 온몸을 어루만져 주었다.

크릉크릉, 크릉크릉.

크릉이의 목소리가 높아졌다. 목소리뿐만이 아니었다. 온몸을 비비 꼬며 기뻐하고 있었다. 그녀의 환희가 체온으로 바뀌어, 손바닥을 통해 내게도 흘러들고 있었다.

될 대로 돼라.

크릉이를 어루만지면서 생각했다. 고민해도 소용없는 것은 말 그대로 고민해도 소용없는 것이다. 그런 것에 고민하느니 지금을 즐기는 게 낫다. 나랑 크롱이, 크롱이랑 나. 죽음의 문턱에서 방황하던 한 사람과 한 마리 개가 만난 행운을 감수하면 되는 것이다.

하루 세 끼 컵라면만 먹는 생활이 며칠 계속된다고 해도 상관없었다. 크롱이도 매일 사료만 먹지 않는가.

눈이 계속 온들 무슨 상관인가. 영원히 계속 내릴 수는 없는 것이다. 기다리면 머지않아 하늘은 맑아지고 눈도 녹을 터였다.

휘발유가 떨어졌다고 곧바로 죽는 것도 아니다. 눈이 녹으면 산기슭까지 내려갈 수 있을 것이다. 그리고 가루이자와에서 한 것처럼 일당을 주는 곳을 찾아 일하면 된다.

나는 크롱이를 안아 올려 따뜻한 몸에 볼을 비볐다.

"고마워, 크롱아."

일과 가정을 잃은 뒤, 나 자신과 관련된 모든 것을 부정적으로만 받아들이고 있었다. 그러나 지금은 아니었다. 어떤 고생도 어려움도 긍정적으로 받아들일 수 있었다. 크롱이가 있기 때문이었다. 크롱이가 내게 좋은 에너지를 주기 때문이었다.

앞뒤 생각 따위는 하지 않아도 돼. 지금 이 순간을 살자, 힘껏. 크롱이와 함께 사는 것이다.

"눈 놀이 한 번 더 할까?"

내가 묻자 크롱이가 다리를 버둥거렸다. 눈이라는 말을 벌써 터득한 것이다.

"좋아, 놀자."

나는 크릉이와 함께 밖으로 뛰쳐나갔다.

5

오전에 멈췄던 눈이 해가 질 무렵부터 다시 내리기 시작했다. 눈 놀이도 지겨워져서 혹시 괴짜 같은 이가 차로 여기까지 올라오지는 않을까 기다려 보기도 했지만, 그런 일은 일어나지 않았다.

여기는 눈이 오고 있지만, 산기슭은 비가 오고 있음이 분명했다. 현지인들도 아직 스노타이어로 바꾸지는 않았을 거였다. 하물며 이런 날씨에 여기까지 차로 올라오려는 사람이 있을 리 없었다.

추위가 매서웠다. 휘발유를 아끼기 위해 시동을 끄고, 대신 방한복을 껴입고 그 위에 담요를 걸쳤다. 품에 안은 크룽이는 살아 있는 난로였다.

휴대용 가스레인지로 끓인 물을 보온병에 담고, 소주에도 탔다. 그것을 홀짝홀짝 마시면서 크릉이에게 말을 건넸다.

"크릉아, 너는 도대체 몇 살이냐?"

크릉크릉.

"형제는 있냐?"

"나를 좋아하냐?"

크릉크릉.

얼핏 보면 주정뱅이의 주사처럼 보였다. 하지만 내가 말하는 것만으로도 크릉이의 눈은 빛났다. 그래서 그만둘 수가 없었다.

크릉이는 내가 말을 걸고, 내가 어루만지기를 강렬히 원했다. 지난 몇 년간 누군가 나를 이렇게까지 필요로 했던 적은 없었다. 그리고 나 역시 절실히 크릉이가 필요했다. 크릉이를 만나 내일을 꿈꿀 수 있게 된 것이다. 크릉이가 있으므로 이런 막막한 상황에서도 밝은 기분으로 버틸 수 있는 것이다.

"너처럼 귀여운 녀석을 버리는 놈이 있다니, 믿을 수가 없네." 나는 물을 탄 소주를 들이켜며 말을 이었다. "뭐, 나도 가족에게 버림받았지만."

천천히 취기가 돌기 시작했다. 최근 몇 년 동안은 들이붓듯이 술을 마셨다. 취기를 즐길 여유조차 없었다. 빠르게 취해버리고, 빠르게 괴로운 현실에서 도망치고 싶을 뿐이었다. 그래서 마셨다. 취했다. 취하면 취할수록 아내와 아들의 마음이

311

멀어지는 줄도 모르고.

"나는 바보였기 때문에 버림받았지만, 너는 아니구나. 크룽아, 너를 버린 인간들이 더 바보야."

나는 내 말에 고개를 끄덕이고 또 소주를 홀짝였다. 그 사이 크룽이가 크르릉 울며 몸을 뒤틀었다.

"응? 화장실이냐?"

바닥에 살며시 내려놓자 크룽이가 차 문을 할퀴기 시작했다.

"알겠어, 알았다. 잠깐 기다려라."

나는 패딩 지퍼를 끝까지 올리고 헤드라이트를 켰다. 불빛 속으로 휘날리는 눈발이 보였다. 문을 열자 냉기가 밀려들었다. 적설량은 그리 많지 않았다. 땅에 떨어지기 무섭게 녹아내린 거겠지. 그래도 차를 몰 엄두는 나지 않았다.

크룽이가 차에서 내려가더니 부리나케 앞으로 뛰어갔다.

"너무 멀리 가지 마."

크룽이와 함께 밖에 나갈 생각이었는데, 차가운 공기에 그만 기가 죽고 말았다. 새하얀 입김이 연신 새어나왔다. 눈이 차갑게 흩날리고 있었다.

추위에 떨며 얼마를 기다렸을까. 축축한 눈을 밟는 소리가 들려오더니 이윽고 크룽이의 모습이 보였다. 크룽이가 차에 뛰어오르더니 내 다리에 매달렸다.

"장하다, 크룽아."

나는 문을 닫고 크릉이를 안아 올렸다. 몸이 조금 젖어 있었지만 상관없었다.

"내 말 알아들었구나. 오줌 싸고 바로 돌아오네. 착한 아이야. 정말 착한 아이야."

기특한 마음에 부드럽게 몸을 어루만져 주자 크릉이가 혀를 쏙 내밀었다. 크릉이를 들어 내 얼굴에 가까이 댔다. 크릉이가 내 입술을 핥았다. 크릉이의 혀는 따뜻하고 부드러웠다.

"그렇게 핥으면, 너까지 취할 거야."

소파 침대에 앉아 크릉이를 넓적다리 위에 올려놓았다.

"이제 잘까?"

물어보자 크릉이가 알았다는 듯이 눈을 감았다. 실내등을 끄고 크릉이를 안은 채 누웠다. 조용했다. 소음은 물론 바람 소리도 들리지 않았다. 들리는 것은 크릉이의 숨소리뿐이었다. 크릉이는 나를 믿고 완전히 안심하고 잠든 것이다.

나는 행복하고 만족스러웠다. 이대로 시간이 멈췄으면 좋을 것 같았다. 진심으로 그런 생각이 들었다.

"큰일 났군……."

크릉이와 차에서 내린 나는 머리를 긁적였다. 적설량은 5센티미터 정도에 불과했지만, 산도 숲도 온통 하얗게 변해 있었다.

"오늘 안으로 녹을까?"

볼일을 보기 위해 달려 나간 크룽이의 뒷모습을 지켜보다가 운전석으로 돌아가 시동을 걸었다. 차 안은 시릴 정도로 냉랭했다. 계기판의 외부 온도계는 영하 4도를 가리키고 있었다.

"영하라……."

라디오를 틀어 일기예보를 하는 방송국을 찾았다. 계절에 맞지 않는 이른 한파가 사흘 정도 계속될 것 같다는 기상 캐스터의 말이 들려왔다. 이제 눈은 안 오지만, 추위는 계속된다는 뜻이었다.

다시 차 밖으로 나가 적설 상황을 확인했다. 무겁고 축축한 눈 아래로 셔벗 형태의 눈이 여전히 남아 있었다.

크룽이가 저 멀리서 똥을 싸고 있었다. 편의점 비닐봉지를 들고 크룽이에게 다가갔다. 순간, 오른발이 미끄러지며 넘어지려고 했다. 버티려고 왼발에 힘을 줬다. 그게 잘못이었다. 왼쪽 무릎에 심한 통증이 일었고, 그 탓에 체중을 지탱하지 못하고 뒤로 벌러덩 나자빠졌다. 등에도 충격이 왔다.

쓰러진 채 통증이 가라앉기를 기다렸다. 등의 통증은 금세 사라졌지만, 무릎 통증은 좀처럼 가시지 않았다.

크룽이가 달려오더니 당황한 듯 내 주위를 맴돌았다.

"침착해라, 크룽아. 난 괜찮으니까."

크룽이를 달래기 위해 몸을 일으키다가 나도 모르게 신음이 터져 나왔다. 조금이라도 다리를 움직일 때마다 통증이 심해졌다. 인대를 다친 것일까. 크릉이가 크르릉대며 내 코를 핥았다. 걱정하는 듯하면서도, 무슨 바보짓을 한 거냐며 나무라는 듯도 했다.

"고마워, 크릉아."

오른손을 땅에 짚고 간신히 몸을 일으켰다. 눈의 한기에 손끝이 저렸다. 힘들게 일어나 몸에 묻은 눈을 털어냈다. 크릉이가 물끄러미 나를 쳐다보고 있었다.

"괜찮다고 했잖아. 너무 걱정하지 마."

왼발을 절룩거리며 크릉이의 똥을 처리하고 차로 돌아왔다. 통증이 사라지기는커녕 심해지고 있었다. 소파 침대에 누워 잠시 상태를 지켜봤지만, 통증은 가시지 않았다.

"큰일 났군……."

이대로 눈이 녹지 않으면 크릉이와 함께 도보로 산기슭까지 내려갈 생각도 했었다. 식량과 물이 떨어지면 그럴 수밖에 없을 테니까. 그런데 이 다리로는 그것도 불가능했다.

크릉이에게 사료와 물을 주고 다시 드러누웠다. 통증뿐 아니라 오한도 엄습했다. 담요를 뒤집어쓰고 눈을 감았다. 잠을 자면 통증과 오한에서 해방될 수 있을 것 같았다. 그러나 통증은 더 심해질 뿐, 잠이 오지 않았다.

"큰일 났네……."

나는 다시 중얼거렸다. 식사를 마친 크릉이가 소파 침대로 올라왔다. 크릉이를 담요 속으로 불러들여 살며시 껴안았다.

크룽이의 온기가 오한을 덜어 주었다.

그것만이 구원이었다. 그것만 있으면 괜찮았다.

어느새 졸고 있었던 모양이다. 갈증에 깨어나 부주의하게 몸을 일으키다가 격통에 밀을 잊지 못했다. 오한은 가라앉았지만, 왼쪽 무릎 통증은 계속되고 있었다. 크룽이가 불안한 눈으로 나를 바라보고 있었다.

손목시계를 들여다보니 오후 1시가 넘은 참이었다. 네 시간 이상 잔 셈이다. 추위에 떨면서 바지와 속옷을 무릎 아래까지 내리자 무릎 주변이 부어 있었다.

"큰일 났네……."

나는 오전과 같은 말을 되풀이했다. 중학교, 고등학교에서 럭비부를 했었다. 그리고 고등학교 2학년 때, 연습 중에 스크럼을 짜다가 왼쪽 무릎을 다쳤다. 반월판 손상. 여러 번 치료했지만 한 번 망가진 무릎은 완치되지 않았고, 툭하면 무릎에 물이 고였다.

럭비를 그만두고 나서는 괜찮았었다. 요컨대 운동을 하지 않게 됐으니까. 하지만 무릎에 폭탄을 심어 놓은 것은 변함이 없었다.

수건을 물에 적셔 무릎에 감았다. 의미가 있을 것 같지는 않지만 뭐라도 하지 않을 수 없었다. 기온은 여전히 낮았다.

눈이 녹으려면 상당한 시간이 걸릴 거였다.

크릉이가 밖에 나가고 싶어 했다. 화장실이겠지. 문을 열어 주자 크릉이가 뛰쳐나갔다.

심한 허기가 졌다. 어젯밤부터 아무것도 안 먹었으니 당연했다. 왼쪽 무릎에 무리가 가지 않도록 신경 쓰면서 주전자에 물을 넣어 끓였다. 폴리 탱크의 물은 어느새 절반 정도로 줄어 있었다. 오늘 하루는 괜찮겠지만, 그 이상이 되면 불안하다. 내일까지 눈이 녹기를 비는 수밖에. 물을 끓이는 동안 밖으로 나왔다. 크릉이가 똥을 쌌으면 뒤처리를 해야 했다. 그런데 크릉이의 모습이 보이지 않았다.

"크릉아, 어디 있니?"

소리를 치면서 차를 등지고 걸음을 옮겼다. 눈에 새겨진 크릉이의 발자국을 쫓아 걸었다. 발자국은 도로를 향해 똑바로 뻗어 있었다. 도중에 배설한 흔적은 없었다.

"크릉아!"

목소리를 높였다. 불안감이 엄습했다. 나는 소변도 공복도 잊고 발자취를 쫓았다. 행여나 사고라도 일어난 것은 아닌지 걱정이 됐다. 발자국은 주차장 부지를 가로질러 도로로 이어지고 있었다. 걸음걸이에 망설임이 보이지 않았다. 크릉이는 차에서 내리자마자 쏜살같이 달려 나간 것이다. 작은 짐승이라도 발견해 정신없이 쫓아간 것일까. 아니면 다른 이유라도 있었나.

도로로 나가 보니 갑자기 경사가 가팔라졌다. 왼발을 제대로 못 쓰는 데다 신발도 그냥 운동화였다. 오른발에 체중이 쏠리자 앞으로 주르르 미끄러졌다.

"크릉아!"

목청껏 외쳤지만 크릉이의 모습은 온데간데없었다. 내 목소리만 무의미하게 울릴 뿐이었다.

"크릉아, 돌아와."

고함을 지르며 언덕을 내려갔다. 오른발이 미끄러질 때마다 왼발에 힘을 주며 버텼다. 그럴 때마다 무릎이 쑤셨다.

"크릉아, 어디 갔니?"

그래도 발자취를 쫓았다. 크릉이한테 무슨 일이 생긴다면, 무릎 통증 같은 건 아무것도 아니었다.

"크릉아."

경사가 더 심해진 곳에서 오른발이 크게 미끄러졌다. 균형을 잃고 엉덩방아를 찧었다. 충격이 엉덩이에서 다리로 흘러 왼쪽 무릎에서 폭발했다. 나는 왼쪽 무릎을 껴안고 고통에 신음했다.

"크릉아……."

눈물이 터져 나왔다.

"크릉아, 돌아와……."

이를 악물고 아픔을 참으며 다시 한 번 외쳤다. 그러나 넘어진 채 아무리 기다려도 크릉이는 나타나지 않았다. 통증과

함께 잊고 있던 허기가 되살아났다. 오줌도 마려웠다. 불에 주
전자를 올려놓고 나온 것도 생각났다.

"빌어먹을."

나는 눈 위를 엉금엉금 기어 차로 되돌아갔다.

6

해가 지고 있었다. 눈은 녹지 않았고, 크룽이도 돌아오지 않았다. 몇 차례 발자국을 따라가려 했지만, 그때마다 발이 미끄러져 넘어졌고, 무릎 통증과 추위를 견디지 못해 결국에는 주차장으로 돌아와야 했다.

크룽이가 돌아왔을 때 헤매지 않도록 차의 시동을 걸고 헤드라이트를 켰다. 하지만 크룽이는 돌아오지 않았다.

차 안은 적당히 따뜻했지만, 나는 머리에 담요를 뒤집어쓰고 있었다. 그리고 크룽이가 돌아오면 바로 알아볼 수 있도록 눈만 내밀고 있었다. 하지만 시간이 흐를수록 내 눈은 크룽이가 아니라 소주병으로 향했다.

또 버려진 것이다. 내 한심한 모습에 크룽이도 정나미가 떨어진 것이다. 비참함이 불안감을 대신하고, 우울함이 마음을 뒤덮는다. 이럴 때 나는 언제나 술로 도망쳤다. 지금도 마시고 싶어 죽을 것만 같았다. 하지만 눈을 감으면 눈에 선한 크룽이의 얼굴이 나를 붙잡았다.

크룽이가 돌아왔을 때 술에 곯아떨어져 있으면 어쩌려고 그러냐. 적어도 깨어 있어야 해. 크룽이를 차 안에 들여놓아야 했다. 마시는 것은 그 뒤에도 가능하니까. 술병을 바라본 채 요동치는 마음과 싸웠다.

크룽이에게 무슨 일이 생긴 것은 아닐까. 아니, 아니야. 넌 크룽이에게 버림받은 거야.

밤이 천천히 밀려오고 있었다. 이대로 시동을 계속 걸어 둘 수는 없었다. 엔진을 끄고 헤드라이트도 껐다. 순식간에 어둠이 나를 에워쌌다.

오른손에 쥐고 있던 소형 손전등을 켜려다가 관뒀다. 눈앞이 밝아지면 술병이 눈에 들어온다. 술병을 앞에 두고 아침까지 마시지 않을 자신이 없었다.

그렇다, 난 알코올 중독이다.

회사 경영이 기울면서 술병을 손에서 놓지 못했고, 집안 분위기가 삭막해질수록 더더욱 술을 마셨다. 취하면 고집불통이 되고, 자의식 과잉이 되어 피해망상이 커지고, 아내를 욕했다. 아내밖에 욕할 상대가 없었다. 집 밖에서 쌓인 울분을 모두 아내에게 터뜨렸고, 아내가 대항하면 당황해서 또 술을 마셨다.

결국 아들까지 나를 멸시하는 눈초리로 바라보게 됐고, 그게 괴로워 또다시 술을 마셨다. 회사에 출근해도 술이 깨지 않아 실수를 거듭했고, 급기야 거래처도 끊겼다. 그러면서도 모든 것을 남의 탓으로 돌렸다. 자신을 돌보지 않고 술에 곯아떨어졌다.

사실은 내가 나쁜 거였다. 경제 흐름을 잘못 읽어 회사를 망하게 한 것도 나였다. 배려해 준 아내에게 욕설을 퍼부은 것도 나였다. 아들에게 경멸을 받게 된 것도 모두 내 탓이었다.

지금은 그것을 알고 있다. 아니, 인정할 수 있었다.

크릉이가 얼음처럼 굳어 있던 내 마음을 녹여 준 것이다. 크릉이가 돌아오면 단호하게 술을 끊자. 그렇게 다짐했지만, 불과 몇 초 후에 다른 생각이 떠올랐다.

돌아올 리가 있나. 넌 크릉이한테도 버림받은 거야. 네가 매달릴 수 있는 것은 결국 술뿐이다. 마셔라, 마셔라, 정신없이 술에 곯아떨어져도, 아무도 신경 쓰지 않는다.

"안 돼!"

나는 버럭 외치며 담요를 걷어치웠다. 손전등을 켜고 밖으로 나갔다. 무수한 별이 나를 내려다보고 있었다.

"크릉아."

별무리를 향해 외쳤다.

"크릉아, 돌아와. 나에겐 네가 필요해."

있는 힘을 다해 외친 소리가 밤하늘로 흩어졌다.

"빌어먹을."

나는 차 안으로 상체를 넣고 소주병을 잡았다.

"마음먹었다. 안 마신다. 이제 두 번 다시 술로 도망치지 않겠어. 그러니 돌아와 줘, 크릉아."

소주병을 힘껏 땅바닥에 내동댕이쳤다. 유리가 깨지며 소주가 흩뿌려졌다. 고구마 소주의 강한 향기가 콧속을 파고들었다.

"어떠냐." 나는 다시 외쳤다. "크릉아, 난 이제 안 마신다. 그러니 빨리 돌아와라."

별들이 나의 필사적인 소망을 비웃듯이 반짝이고 있었다.

추위를 이기지 못해, 차로 돌아와 머리부터 담요를 뒤집어썼다. 술을 마시고 싶었지만, 이제 술은 없었다. 한숨을 거듭 내쉬며 나는 스스로를 비웃었다.

크릉이는 돌아오지 않고, 술도 없다. 인과응보. 모든 게 자업자득인 것이다. 그것을 인정할 수 있게 된 것만으로도 나쁘지 않다고 할 수밖에.

술 대신 차를 마셨다. 녹차 티백이었다. 밤이 깊어지며 바람이 강해지고 있었다. 눈을 몰고 온 저기압이 홋카이도에 가까워지면서 대형화돼 겨울형 저기압이 강해지고 있다고, 기상캐스터가 라디오에서 말하고 있었다.

그때 바람에 섞여 무슨 소리가 들려왔다.

헛들은 것이겠지. 술에 대한 갈증이 치밀어 오르면, 있지도 않은 것들을 몽상하게 되어 있었다. 넓고 따뜻한 거실. 부드러운 아내의 웃음소리. 아들의 얼굴에 떠도는 수줍음. 그리고 크룽이. 볼품없이 걷는 걸음걸이. 주둥이 밖으로 흘러내린 혀. 즐거움에 반짝반짝 빛나는 눈.

우리 집에 처음부터 크룽이가 있었다면 이렇게 되지는 않았을 것 같다. 나도 아내도, 그리고 아들도 마음에 울분을 쌓는 일 없이, 크룽이의 귀여움에 치유될 수 있지 않았을까. 왜 개를 키우지 않았을까. 어째서 나는 그토록 고집만 부리며 무지했을까.

또 소리가 들렸다.

헛들은 것이 아니었다. 바람 소리에 섞여 무언가가 비탈길을 올라오고 있었다. 곧바로 소리가 난 쪽으로 시선을 돌렸다. 주차장 저편이 희미하게 빛나더니, 시간이 지날수록 빛은 더욱 강해졌다.

"차?"

귀를 쫑긋했다. 확실히 엔진 소리였다. 어둠을 밝히는 것은 헤드라이트 불빛이었다. 나는 허둥지둥 차 밖으로 나갔다. 바람은 세차고 차가웠지만, 엔진 소리는 똑똑히 들렸다. 손전등을 켜고 길 쪽을 비췄다. 어느새 술 생각은 깨끗이 사라지고 없었다. 나는 추위도 아랑곳하지 않았다.

차 주인에게 상황을 설명하고, 크릉이를 찾으러 갈 수 있을지도 모른다. 크릉이를 다시 한 번 만날 수 있을지도 모른다.

머릿속에서 소용돌이치는 생각은 그것뿐이었다.

엔진 소리가 점점 가까워지며 불빛도 점점 강렬해졌다. 나는 참다못해 왼쪽 다리를 절룩이며 주차장을 가로질렀다. 짙은 어둠을 가르며 사륜구동차가 모습을 드러냈다. 도코로자와 번호판을 달고 있었다. 나는 격렬하게 두 팔을 휘둘렀다.

"죄송합니다. 죄송합니다!"

사륜구동차가 천천히 이쪽을 향해 다가왔다. 차 내부는 보이지 않았다.

"멈춰 주세요. 제발요."

팔을 흔들면서 몇 번이나 고개를 숙였다. 차가 속도를 늦추며 몇 미터 앞에서 완전히 정지했다. 그리고 운전석 문이 열리며 검은 그림자가 튀어나왔다. 크릉이였다. 크릉이가 크르릉 울면서 내 다리를 향해 달려들었다.

"크릉아!"

나는 허리를 숙여 크릉이를 안아 올렸다. 크릉이가 주둥이에 거품을 묻히고 격렬하게 버둥거렸다.

"어디 갔었던 거야? 얼마나 걱정했는지 알아!"

크릉이의 몸에 볼을 비볐다. 따뜻한 몸과 그리움마저 느껴지는 냄새에 눈물이 핑 돌았다.

"역시 주인이 있었군요."

들려오는 목소리에 고개를 들었다. 내 또래의 남자가 우리를 내려다보고 있었다.

"죄송합니다. 계속 이 아이를 걱정하고 있었어요."

"이 친구도 당신을 걱정했나 봐요." 남자가 말했다. "사진이 취미라서 이 한파가 지나가면 후지산에 좋은 운해가 나올 거라고 생각하고, 사이타마 현에서 다카봇치 공원을 목표로 오는 길이었어요. 그런데 얘가 갑자기 뛰어나오더군요."

크룽이는 산기슭까지 내려간 것이다. 나는 크룽이를 안은 채 일어나 깊숙이 고개를 숙였다.

"감사합니다."

"목줄에 리드줄도 없어서 길 잃은 개이거나 버려진 줄 알고, 인근 보호단체에 맡기려고 했어요. 그런데 차를 반대 방향으로 몰려고 하면 얘가 날뛰어서 말이죠."

남자는 크룽이를 가리키며 미소를 지었다.

"그랬군요……."

"그래서 혹시 위쪽에 누가 있나 싶었습니다. 눈 위에 차가 지나간 흔적도 없어서 설마 했지만, 어느 쪽이든 해돋이를 기다릴 생각이었으니 일단 가 보자고 했는데……. 무슨 일이 있었나요? 다리를 다친 것 같은데."

"면목 없는 얘기지만 날씨 따위는 요만큼도 생각하지 않고, 관광하는 기분으로 여기까지 올라왔어요. 그런데 차 안에서 자고 일어났더니 온통 눈밭이어서."

"타이어도 일반 타이어네요. 체인도 따로 휴대하지 않고요?"

남자의 말에는 옅은 비난이 담겨 있었다.

"정말 부끄러운 얘기지만 산을 깔보고 있었어요."

"다리의 상처도 눈 때문에?"

"네. 원래 오래된 상처를 안고 있었는데 발이 미끄러져서, 그때 그만."

"어휴, 추운데 차 안으로 들어가지 않을래요?"

"아, 네."

"이 친구는 이미 밥은 먹였어요."

"네?"

"저도 동료가 있거든요."

남자가 손가락을 딱딱거리자 사륜구동차의 열린 문에서 소형견이 얼굴을 쏙 내밀었다. 믹스견 같았다.

"녀석 사료를 나눠 줬어요. 배가 고픈 것 같아서요."

"감사합니다."

나는 다시 고개를 숙였다.

"제 차로 가는 건 어떠세요? 저쪽이 안이 더 넓은 것 같으니, 좀 어질러져 있지만."

"그럼, 실례하겠습니다."

남자와 함께 사륜구동차에 올라탔다.

"진이라고 합니다."

남자가 오른손을 내밀었다.

"카네다입니다."

나는 남자의 오른손을 마주잡았다.

"한파는 내일 오전 중으로 빠져나갈 겁니다. 그 후에 눈도 녹겠죠. 그동안 여기서 버티실 겁니까?"

"그것밖에 선택지가 없어서……."

내가 쓴웃음을 짓자 진이 오른쪽 눈썹을 꿈틀거렸다.

"사실 실직 중입니다. 고향에 돌아가는 중인데, 남은 돈이 몇 푼 없어서요."

진은 잠자코 내 말에 귀를 기울이고 있었다.

"일단 이 아이 밥 먹여 줄 돈은 있지만, 낭비는 할 수 없는 상황입니다."

"그렇군요." 진은 내 무릎 위에 동그랗게 몸을 말고 누워 있는 크룽이를 응시했다. "목 주변에 상처가 있는 것 같은데……."

"실은……."

나는 크룽이와의 만남을 이야기했다.

"대충 사정은 알겠습니다." 내가 말을 마치자 진이 입을 열었다. "돈이 없다고 하시는 분에게 이런 말을 하기는 뭣하지만, 하산 즉시 이 아이를 동물병원으로 데려가야 합니다."

"네?"

"필라리아증(심장사상충)과 바이러스 검사를 받는 게 좋습니

328

다. 만약 감염됐다면 고통을 겪을 수 있습니다. 숲속에서 헤매고 있었다면, 야생동물 배설물 등을 먹었을 수도 있으니 위험도가 훨씬 높아집니다."

진의 어조가 바뀌어 있었다. 나는 크룽이에게 눈을 돌렸다. 크룽이는 자신의 앞다리를 물며 놀고 있었다. 이 사랑스러운 존재가 병에 걸렸다고는 도저히 생각되지 않았다.

"만일을 위해서입니다." 내 생각을 꿰뚫어본 듯 진이 말했다. "아무것도 없으면 그만이지만, 만에 하나라도 생각해야 합니다. 개를 키우는 사람의 책임이죠."

"책임입니까……."

"개는 주인에게 무상의 사랑을 줍니다." 진의 눈은 거룩할 정도로 진지했다. "그 사랑을 받는 대신, 주인은 여러 책임을 져야 합니다. 밥을 먹이고, 산책에 데려가고, 놀아 주고, 건강 관리를 책임져야 합니다. 애정만으론 충분치 않습니다."

나는 크룽이를 쓰다듬었다. 마음 깊은 곳으로부터 사랑스럽다는, 크룽이와 함께라면 밑바닥에서라도 기어오를 수 있다는 기운이 샘솟았다.

"만약 이 아이가 필라리아증이나 다른 바이러스에 감염됐다면 한시라도 빠른 치료가 필요합니다. 그 때문에 검사를 해야 합니다. 그건 당신의 책임이니까요. 운명적으로 만났으니까, 귀여우니까, 사랑하니까, 단지 그런 이유로 이 아이를 기르는 것은 무책임한 거죠."

진의 말이 날카로운 창처럼 내 마음을 꿰뚫었다. 나는 고개를 숙일 수밖에 없었다. 그때 진이 지갑에서 명함을 빼내 내게 건넸다.

"저는 이런 일도 하고 있습니다."

구조단체라는 글자가 눈에 들어왔다.

"주인이 사정으로 못 키우게 된 개, 버려진 개, 그 외에 다양한 사연을 가진 개를 제가 있는 곳에서 보호하고 입양시켜 주고 있죠. 어때요? 아이를 저한테 맡기지 않으시겠습니까? 반드시 행복하게 해 줄 양부모를 찾을 수 있을 겁니다."

진이 내 얼굴을 바라보았다. 나는 진을 보고, 크릉이를 보고, 또 진을 보았다.

진의 말이 맞을 것이다. 크릉이를 당장 의사에게 데려가야 하지만 내겐 그럴 돈이 없었다. 진찰만 받으면 어떻게든 될지 모르지만, 만약 크릉이가 병에 걸려 있으면 속수무책이었다.

"죄송합니다. 애가 오줌이 마려운 것 같네요."

나의 섣부른 거짓말에도 진은 조용히 고개를 끄덕였다. 나는 크릉이와 함께 차에서 내렸다. 밤하늘에 달이 떠 있었다. 눈을 쏟아낸 저기압이 마침내 떠난 것이다. 진의 말대로 이대로 기온이 올라가면서 눈도 녹을 것이다.

눈이 사라진다는 게 아쉽기라도 하듯이 크릉이가 펄쩍펄쩍 눈밭을 뛰었다. 달빛을 받은 크릉이의 얼굴이 환히 빛나고 있었다.

"즐겁냐, 크릉아?"

허리를 굽혀 눈을 손에 떠서 던져 주었다. 크릉이가 주둥이를 쩍 벌리고 뛰어올랐다. 하지만 타이밍이 너무 빨라 착지한 뒤에야 눈이 머리 위를 넘어갔다. 다시 눈을 던져 주었다. 그러나 이번에도 너무 빨리 뛰어 역시 눈이 머리 위를 넘어갔다. 몇 번을 해도 똑같았다. 그래도 나와 크릉이는 질리지 않고 놀이를 반복했다.

"크릉아, 내가 좋아?"

손이 시려 눈 던지는 것을 그만두었다. 그러자 크릉이가 고개를 갸웃하며 나를 보았다. 눈을 더 던져 달라고 요구하는 것이다.

"이젠 안 되겠다. 손끝에 감각이 없어. 계속하면 동상에 걸리겠어. 이리 와, 크릉아."

두 팔을 벌리자 크릉이가 달려왔다. 그녀를 안아 올려 따뜻한 몸에 볼을 갖다 댔다. 지난 며칠간의 기억이 머릿속을 맴돌았다.

헤어지기가 어려웠다. 크릉이와 헤어진다고 생각하니 살을 에는 듯했다. 그래도 난 내 책임을 다해야 한다.

눈물이 쏟아졌다. 크릉이가 이상한 눈으로 나를 올려다보았다. 그리고 목을 뻗어 내 뺨에 흐르는 눈물을 핥았다. 크릉이의 혀는 부드럽고 따뜻했다. 나는 크릉이를 살며시 끌어안고, 그녀의 귀에 속삭였다.

"미안하다, 크룽아. 용서해 줘. 너를 평생 잊지 않을 거야."

크룽이를 안은 채 진의 차로 돌아왔다. 진은 눈을 감고 스피커에서 흘러나오는 음악에 귀를 기울이고 있었다. 클래식이었다. 멜로디는 들은 기억이 있는데, 곡명은 생각나지 않았다.

"오래 기다리셨습니다."

진이 눈을 떴다. 내가 살면서 한 번도 본 적 없는 부드러운 표정을 하고 있었다.

"마음 정하셨나요?"

"네, 이 아이를 부탁합니다. 꼭 행복하게 해 주세요."

나는 깊숙이 고개를 숙였다. 그런 채로 진의 다음 말을 기다렸지만, 진이 무엇인가를 하는 기색만 전해질 뿐이었다. 고개를 들자 진이 지갑에서 지폐를 꺼내 세고 있었다. 그러고는 1만 엔짜리 지폐를 다섯 장 내게 내밀었다.

"이걸로 내일 이 친구를 병원으로……."

"아니, 저……."

진의 말이 무슨 뜻인지 몰라 나는 고개를 흔들었다. 크룽이를 맡는다더니 이 남자 무슨 짓을 하고 있는 걸까.

"이 아이에 대한 당신의 애정과 책임감은 제대로 전달됐습니다. 당신이라면 믿어도 될 것 같습니다. 지금은 돈이 없을지 몰라도, 이 아이와 함께라면 제대로 살아갈 수 있을 겁니다."

"어, 저를 시험하신 겁니까?"

"죄송합니다." 진이 고개를 깊이 숙였다. "만약 무조건 이 친구와 같이 있겠다고 우기면, 끝까지 설득해서 데려갈 생각이었어요. 하지만 당신은 당신의 감정보다 이 친구의 행복을 우선시했죠. 이젠 훌륭한 주인입니다."

나는 멍하니 진의 말에 귀를 기울였다.

"달빛 덕분에 당신이 이 친구와 노는 모습도 잘 보았습니다. 벌써 끈끈한 유대가 생겼더군요."

"그런가요……."

"이 돈은 빌려 드리겠습니다. 단, 당신에게가 아니라 이 친구한테 빌려 주는 겁니다."

"하지만……."

"사람에게 빌려준 돈은 되돌아오지 않으면 화가 나지만, 개한테 빌려줬다고 생각하면 포기가 되죠. 그런 성격입니다, 저는." 진의 얼굴에 부드러운 미소가 감돌았다. 그리고 어느새 딱딱하던 어투가 부드럽게 풀려 있었다. "돈은 언젠가 여유가 생길 때 보내 주시면 됩니다. 이 친구랑 행복하게 사는 사진과 함께. 어때요?"

"정말 내일 동물병원에 데려가야 하는 거네요?"

"네, 이 친구가 버려진 상황을 고려하면 몸에 이상이 없더라도 광견병과 기타 백신도 맞는 게 좋습니다. 버릴 정도로 지독한 주인이라면 아무것도 안 했을 가능성도 높으니까요. 곧 겨울이 되겠지만, 만약을 위해 필라리아증 처방약은 두 달 치를 처방받는 게 좋을 겁니다."

"백신은……."

"백신은 2, 3년에 한 번씩 맞으면 된다고 저는 생각하지만, 광견병 백신만큼은 법으로 1년에 한 번씩 맞아야 한다고 정해져 있어요. 제약회사와 수의사의 이익을 챙기기 위한 법인데, 어길 수도 없는 법이죠."

쓴웃음을 짓는 진에게 나는 다시 고개를 숙였다.

"감사히 빌리겠습니다. 시간이 좀 걸릴지 모르지만, 꼭 갚겠습니다."

"행복하게 해 주세요. 그리고 당신도 행복하세요. 주인이 행복하면 개도 행복한 거예요."

진의 말이 가슴에 사무쳤다. 나는 크룽이를 무릎 위에 올려 몇 번이고 쓰다듬었다. 크룽이가 진을 데려온 것이다. 나를 구해 준 것이다.

"고맙습니다. 처음 보는 사람에게 정말 감사합니다."

"이 친구가 있어서 그래요." 진이 웃었다. "개를 데리고 있지 않았으면, 곤란해 보여도 처음 보는 사람한테 돈을 빌려주지는 못하죠."

"개를 참 좋아하는군요."

"개한테 사랑받고 있죠. 자, 이야기가 마무리됐으니 어때요? 날씨도 추운데 한 잔 마시면서 얘기라도 하지 않겠어요? 이런 밤을 극복하기 위해서 항상 위스키를 챙겨 놓죠. 뜨거운 위스키가 차가운 밤에는 최고니까."

나는 고개를 저었다.

"죄송합니다. 술을 끊고 있어요."

거짓말이 아니었다. 술을 끊기로 나는 결심한 것이다. 크룽이를 위해서라면 참을 수 있었다. 강한 확신이 있었다.

"그래요. 그럼 커피라도 내려 드릴게요."

진은 미소를 지으며 물을 끓일 준비를 시작했다.

7

아침에 눈을 떠 보니 진의 차는 보이지 않았다. 아침놀과 운해와 후지산을 찍은 후에는 또 다른 촬영지로 이동한다고 했으니, 그리로 갔을 것이다. 주변을 덮고 있던 눈은 거의 다 녹아 있었다. 부쩍 올라가는 기온이 실감됐다.

크릉이와 차에서 내려 산책을 겸해 전망 좋은 언덕으로 향했다. 눈 내린 후지산이 구름바다 위에 떠 있었다. 그 늠름함, 거룩함에 절로 한숨이 나왔다. 후지산이 나와 크릉이의 재출발을 축하해 주는 것 같아 무심코 손을 모아 기도했다.

크릉이는 내내 기분 좋은 얼굴이었다. 즐거운 듯이 내 뒤를 따라 걷고, 즐겁게 배설하고, 즐겁게 밥을 먹었다. 그런 크릉이를 보는 것만으로도 나는 행복했다.

크룽이의 식사가 끝나자 출발했다. 노면은 아직 젖어 있었지만 다행히 미끄러지지는 않았다. 그래도 나는 조심스럽게 차를 몰았다. 이제 나 혼자가 아닌 것이다.

산기슭까지 내려가 오카타니 시로 향했다. 전날 밤 진이 이 근처에 산다는 지인에게 전화를 걸어 평판 좋은 수의사를 가르쳐 준 것이다. 우선 눈에 띈 편의점에서 전지식 휴대폰 충전기를 구입한 뒤, 주차장에서 동물병원 전화번호를 내비게이션에 입력했다.

크룽이는 조수석에서 조용히 잠들어 있었다.

충전기를 휴대폰에 꽂고, 동물병원을 목적지로 설정했다. 진찰은 9시부터였는데, 내가 병원에 도착한 것은 8시 45분이었다. 대기실에는 이미 선객이 세 팀이나 있었다. 접수처에서 내 이름과 크룽이의 이름을 적어 넣고, 차로 돌아가 크룽이와 놀아 주었다. 9시 반이 되었을 때, 크룽이를 안고 대기실로 이동했다. 이미 진찰을 기다리는 동물과 주인들로 대기실은 만원이었다. 평판이 좋다던 말에 절로 고개가 끄덕여졌다.

다른 개와 고양이를 본 크룽이가 내 팔 안에서 날뛰기 시작했다. 그러자 그때까지 조용하던 대기실이 소란스러워졌다. 크룽이의 흥분이 다른 개와 고양이에게 전달된 것이다.

"크룽아."

나는 크룽이의 얼굴을 들여다보았다.

"조용히, 조금만 참아."

내 부탁에 크룽이가 날뛰는 것을 그만두었다. 내 뜻을 존중해 준 것이다.

"착하다. 참 착하다."

나는 자랑스러운 마음으로 빈 의자에 앉아, 크룽이를 넓적다리 위에 올려놓았다.

"착하다, 착하다."

얌전해진 크룽이의 등을 천천히 쓰다듬었다. 크룽이가 만족스러운 듯 눈을 감았다.

혈액검사 결과는 며칠 지나 봐야 알겠지만, 일단 외견상으로 크룽이의 몸에 이상은 보이지 않았다. 수의사에 따르면 크룽이는 다섯 살 안팎이라고 했다. 광견병과 기타 백신을 맞히고, 필라리아증 약도 두 달 치를 처방받았다. 진료비를 포함해 쓴 돈만 3만 엔이 조금 넘었다.

진이 빌려준 돈이 없었으면 크룽이에게 아무것도 해줄 수 없었을 것이다. 백신 접종 증명서와 영수증, 약을 받아 들고 크룽이와 병원을 나섰다. 혈액검사 결과는 우편으로 보내 준다고 했다.

시동을 걸고 내비게이션 목적지를 본가로 설정했다. 오랫동안 돌아가지 않은 고향이었다. 가는 길조차 기억이 가물가물했다. 새 도로도 생겼을 것이다.

휴대폰 충전이 완료돼 있었다. 어머니에게 전화를 걸려고 전화번호를 입력하다가 중간에 손이 멈췄다.

무슨 말부터 드려야 할까. 회사를 잃고, 가족을 잃고, 노숙자가 되어, 지금은 거리에서 주운 개와 함께 있다. 그런 말을 들으면 어머니는 뭐라고 하실까? 원래 걱정이 많은 분이었다. 어머니에게 쓸데없는 걱정을 끼치지 않으려고 이제껏 아무것도 알리지 않았던 것이다.

그때 크룽이가 으르렁거렸다.

"무슨 일이야, 크룽아?"

물었지만 크룽이는 나를 향해 짖을 뿐이었다. 우물쭈물하고 있을 시간 있으면 먼저 출발부터 해라. 그렇게 말하는 듯했다.

"그래, 네 말이 맞아."

진의 말이 뇌리에 되살아났다.

인간은 과거를 후회하고 미래를 걱정한다. 하지만 개에게는 과거도 미래도 없다. 그저 열심히 지금을 살아가고 있을 뿐이다.

커피를 마시며 진은 그런 내용의 말을 했다.

당신도 과거나 미래의 일은 잊고 지금을 살아라.

그런 소리를 들은 것 같았다.

뜻은 알겠지만 실천하는 것은 어려운 말이었다. 하지만 노력할 수 있을 것 같았다. 지금의 나는 그렇게 생각할 수 있었다.

"갈까, 크룽아."

사이드 브레이크를 풀고 액셀을 밟았다. 내비게이션은 오
카다니 인터체인지에서 중앙도로를 타라고 지시하고 있었다.
진에게 빌린 돈이 아직 남아 있었다. 국도를 타면 시간도 걸리
고, 또 다른 문제에 말려들지도 몰랐다. 그러니 고속도로를 달
려서 시쯔미로 곧장 갈 생각이었다.

차가 움직이자 크룽이가 으르렁거림을 멈췄다. 꼿꼿이 서
서 창밖을 진지하게 바라보기 시작했다. 눈이 호기심에 빛나
고 있었다.

"거리의 경치가 신기하냐?"

운전대를 조작하며 크룽이에게 말을 건넸다. 대답이 없어
도 상관없다. 혼잣말을 중얼거리는 것보다 훨씬 나으니까.

"이제 우리가 갈 곳은 시골이야. 사방이 산으로 둘러싸인
골짜기 마을이지. 논과 밭이 펼쳐져 있고, 인가는 띄엄띄엄하
단다. 어린 시절은 그게 싫어서 견딜 수 없었어."

내 말에 크룽이의 귀가 살짝 움직였다. 눈은 바깥 경치에
빼앗기고 있지만, 내 말에 귀를 기울이는 듯했다.

"오사카에 있는 대학에 진학한 뒤로는 좀처럼 귀향하지 않
게 됐어. 적어도 오본에는 얼굴을 보이라고 아버지께 잔소리
를 많이 들었지."

그래도 내 알 바 아니라고 행동했다. 도쿄에서 취직하고 나

서는 몇 년에 한 번밖에 안 들렀고, 독립해서 회사를 차린 뒤에는 전혀 찾지 않았다. 마지막으로 고향을 찾았던 것은 아버지가 돌아가셨을 때였다.

갓 태어난 아들을 보여 주기 위해 귀성했을 때가 지금도 똑똑히 기억난다. 손자의 얼굴도 좋지만, 네 얼굴이 더 보고 싶다. 눈에 눈물을 머금고 어머니는 그렇게 호소했었다.

그래도 어머니의 심정을 달래 줄 여유가 없었다. 회사 경영이 워낙 어려워 사장인 내게는 오본 연휴도 쇼가쓰 연휴도 거의 없었기 때문이다.

아버지의 장례식도 영결식만 참석하고, 허둥지둥 도망치듯 시쯔미를 뒤로했다. 어머니 곁에 있어 주고 싶었지만, 회사 상황이 허락하지 않았다.

열여덟 살에 오사카로 나온 후, 지난 수십 년 동안 나는 항상 무언가에 쫓기고 있었던 것 같다. 도망치기 위해 안간힘을 썼다. 하지만 결국 미처 도망치지 못하고 붙잡힌 것이다.

나는 늘 미래에 대해 막연한 불안감을 느끼고 있었다. 회사가 망하면 길거리에 나앉게 된다, 그러니 절대 망해서는 안 된다고 열심히 일했다. 그런데도 불안은 가시지 않았고, 아니 가시기는커녕 나날이 커져, 술을 마시지 않으면 잠을 이룰 수 없게 된 것이다.

그리고 모든 것을 잃었다. 내 인생은 도대체 무엇이었을까.

크룽이를 만난 것은 행운이었다. 죽기로 결심하고도 지난

날을 후회만 하던 내게 지금 이 순간을 바라볼 수 있도록 가르쳐 준 것은 다름 아닌 한 마리 개였다. 크룽이와 산책할 때, 놀 때, 말을 걸고 있을 때, 체온을 느끼며 함께 잠들 때, 내게는 과거도 미래도 없었다. 크룽이가 주는 행복한 지금 이 순간만을 느낄 뿐이었다.

지금을 살아가자. 무언가에 쫓기는 인생은 이제 질색이다. 고향에서 논밭을 갈고, 어머니를 모시고, 크룽이를 의지하며 사는 것이다.

고속도로에 올라탔다. 차의 속도를 높였다. 경치가 너무 빨리 지나가자 지루한지 크룽이는 조수석 시트 위에 엎드려 눈을 감았다.

"편히 자라, 크룽아. 눈을 뜨면 시쯔미일 거야."

나는 작은 소리로 중얼거리며 액셀 페달을 깊숙이 밟았다.

8

시쯔미에 도착한 것은 해가 진 뒤였다. 시쯔미에 오기 전까지는 고속도로가 새로 나거나, 새로운 길이 생겼거나 하는 식으로 달라진 곳이 많았지만, 골짜기에 들어서자 내가 살던 때와 거의 다를 바가 없었다. 기껏해야 자갈길이 포장도로로 변한 것 정도였다.

내비게이션이 길을 가리키고 있었지만, 모니터는 거들떠보지도 않았다. 기억에 의지하며 차를 몰았다. 고향 집은 시쯔미 하치만궁의 참배 길을 지나 잠시 달리다가, 좁은 도로로 비스듬히 꺾으면 그 안쪽에 있었다.

본가가 가까워질수록 액셀을 밟는 다리에서 힘이 풀리고 있었다. 뒤에서 다가온 차가 경적을 울리고 나서야, 시속 20킬로미터 가까이 속도가 떨어져 있던 것을 깨달았다.

나는 다시 액셀을 밟았다. 크룽이가 나를 바라보고 있었다. 휴게소에서 산책과 식사를 마친 뒤 잠들었는데, 어느새 깬 듯했다.

"생각하지 말고 부딪쳐 부서져라. 그런 거지, 크룽아?"

크룽이가 코를 킁킁거렸다. 맞아, 맞아, 하고 등을 떠미는 것 같았다.

가로등 불빛이 오른쪽으로 비스듬히 꺾인 도로를 비추고 있었다. 깜빡이를 켜고 우회전을 했다. 도로는 가파른 오르막이 되고, 언덕을 다 오르자 평탄해지더니, 조금 더 가자 내리막길이 되었다. 바로 그 앞이 나의 본가였다.

커튼 사이로 불빛이 새어 나오고 있었다. 집 앞에 주차돼 있는 경트럭의 실루엣이 보였다. 집 옆의 헛간도 보였다. 모든 것이 기억 그대로였다. 여기저기 조금씩 수리를 하고 있을 테지만, 전체적인 모습은 변한 것이 없었다.

경트럭 옆에 하이에이스를 세웠다. 심호흡을 반복하고 나서 엔진을 껐다.

"크룽아, 잠깐만 기다려. 어머니하고 얘기 좀 하고 올게."

크룽이의 울음소리를 뒤로하고 차에서 내렸다. 붕 뜬 기분이었다. 심지어 다리의 통증마저 느껴지지 않을 정도였다. 저녁상을 차리고 계신 걸까. 된장국 냄새가 풍겨왔다. 망설이지 않고 미닫이문을 열었다. 지금을 사는 것이다.

"어머니, 다녀왔습니다!"

나는 소리를 질렀다. 도마를 두드리던 칼 소리가 뚝 끊겼다.

"누구세요?"

"아들 목소리도 잊은 거야?"

갑자기 뜨거운 것이 북받쳐 올랐다. 몸이 떨리고 눈시울이 뜨거워졌다. 나는 입술을 악물고 솟구치는 감정을 참아냈다.

"토, 토오루니?"

무거운 발소리가 들렸다. 복도에 어머니의 모습이 나타났다. 기억 속의 모습보다 한결 작아진.

"뭔 일이래. 연락도 없이 갑자기 오고."

주름이 늘어난 어머니의 얼굴에는 불안과 나를 만난 기쁨이 뒤섞여 있었다. 눈물이 앞을 가려 어머니의 얼굴이 자꾸만 흐릿해졌다.

"무슨 일이라도 있었니, 토오루?"

억누르던 감정이 모공 하나하나에서 새어 나오는 듯했다. 견딜 수가 없었다. 나는 어머니를 부둥켜안고 울음을 터뜨렸다.

어머니는 아무 말씀도 없었다. 단지 내 등을 어루만지면서 내가 우는 대로 가만히 계셨다. 얼마나 울었을까? 겨우 감정이 가라앉자 나는 어머니에게 머리를 조아렸다.

"회사를 망쳤어. 마누라와 아들도 떠나 버렸고. 여기 있게 해 주세요, 어머니."

"그러고말고. 여긴 네 집이 아니더냐."

"밭을 갈 거야. 논도 갈 거야. 아버지가 했던 것처럼 나도 할 거야."

"배고프지 않니? 자세한 얘기는 저녁 먹으면서⋯⋯."

"엄마, 새 가족이 생겼어."

"가족?"

"잠깐만 기다려 봐."

나는 발길을 돌려 밖으로 나갔다. 크룽이가 조수석에서 펄쩍펄쩍 뛰고 있었다. 문을 열자 크룽이가 총알처럼 내 가슴을 향해 날아왔다. 나는 크룽이를 꼭 껴안았다.

"이곳이 우리의 새집이다."

크룽크룽, 크룽크룽. 팔 안에서 크룽이가 울었다.

"붙임성 있게 굴어야 해, 크룽아."

크룽이를 안은 채 나는 절뚝거리며 집으로 돌아왔다.

"엄마, 이 아이인데⋯⋯."

크룽이를 본 어머니의 눈이 휘둥그레졌다.

"얘 덕분에 살았어." 나는 다급하게 말했다. "나 사실 자살할 생각이었어. 근데 우연히 얘를 만나서⋯⋯."

"그럼, 네 생명의 은인이잖아. 고맙네."

어머니는 팔을 뻗어 크룽이의 머리를 쓰다듬었다.

"이름이 뭐니?"

"크룽이."

어머니가 나를 보았다.

"생명의 은인에게 무슨 그런 몹쓸 이름을 붙인 거야?"

"아니, 그게……."

어머니가 크릉이를 빼앗아 품에 껴안았다.

"토오루를 도와 줘서 고마워요. 나중에 내가 좋은 이름 지어 줄게. 자, 따뜻한 방에서 밥부터 먹을까요?"

어머니가 내게 얼굴을 돌리며 말을 이었다.

"오늘은 편하게 쉬 거라. 밥 먹고, 씻고, 푹 자고. 자세한 것은 내일 알려다오."

"그래도 괜찮아?"

"하나뿐인 자식이 소중한 가족을 데리고 돌아왔잖아. 무슨 말이 필요해?"

어머니는 그렇게 말하며 크릉이를 안은 채 부엌으로 향했다.

진은 등기를 뜯었다. 안에는 1만 엔짜리 지폐 다섯 장과 사진이 들어 있었다. 사진 뒤편에 휘갈겨 쓴 글이 있었다.

지난번 많은 신세를 졌습니다. 덕분에 저는 크릉이, 개명해서 '안즈'랑 행복하게 살고 있습니다. 빌린 돈을 보내드립니다. 사실은 이자를 붙여 갚고 싶었습니다만, 1년 차 농부에게는 아직 여유가 없네요. 양해 부탁드립니다.

— 카네다 토오루

진은 사진을 앞으로 돌렸다. 카네다와 프렌치 불독, 그리고 노년의 여인이 파릇파릇한 벼이삭 앞에서 환히 미소를 짓고 있었다.

진은 고개를 끄덕이며 지폐와 사진을 봉투에 도로 넣었다.

버니즈 마운틴 도그

1

 남자는 숲속을 헤매고 있었다. 울창한 수목 사이로 곳곳에
햇빛이 쏟아지고 있었다.

 이 숲속에서 자주 개들을 뛰어놀게 했다. 하지만 그 개들은
이제 없다.

 남자는 버니즈 마운틴 도그라는 견종과 함께 살았다. 버니
즈는 스위스 원산의 대형견으로, 흑색과 백색, 갈색의 트라이
컬러와 온화한 성격이 특징인 견종이었다. 남자는 이 견종에
매료되어 있었다.

 첫 번째 개와 두 번째 개는 암으로 죽었다. 두 마리 모두 남
자의 품 안에서 숨을 거뒀다.

 "로라……."

남자는 몽유병 환자 같은 발걸음으로 수풀을 헤치며 숲속 깊숙이 들어갔다.

세 번째로 키우던 버니즈 마운틴은 로라라는 이름의 암캐였다. 그리고 로라도 얼마 전 그의 곁을 떠나갔다.

첫 번째 개의 죽음은 남자에게 큰 충격이었다. 하지만 남자는 슬픔에서 회복해 두 번째 개를 길렀다. 그리고 두 번째 개가 첫 번째 개와 같은 암에 걸렸다는 것을 알았을 때, 남자는 또다시 큰 충격에 휩싸였다.

버니즈는 병을 앓는 경우가 극히 많은 견종이었다. 그러나 첫 번째 개의 죽음은 남자를 강하게 만들었기에, 남자는 아내와 함께 헌신적으로 두 번째 개도 숨을 거두는 순간까지 최선을 다해 돌봤다. 이별은 서글펐지만 낙담하지 않았다. 끝까지 사랑했다. 주인으로서 책임을 다해 개를 떠나보냈다. 그래야 한다고 생각했다.

아들이 네 살이 됐을 때, 남자는 로라를 데려왔다. 로라는 똑똑한 아이로 남자, 아내, 그리고 아들을 잘 따르고 순종적이었다. 남자는 로라를 맹목적으로 사랑했다. 로라도 남자의 애정에 잘 응하고, 남자가 생각하는 것을 미리 읽고, 남자를 기쁘게 했다.

앞의 두 마리와 비교하면 로라는 건강했다. 식욕이 왕성해 설사하는 일도 거의 없고, 병다운 병에 걸린 적도 없었다. 그에 비해, 첫째도 둘째도 장이 약했다. 장은 면역을 관장하는 장기이기에 설사가 잦은 둘은 병도 자주 걸릴 수밖에 없었다. 버니즈라는 견종은 그렇다고 남자는 알고 있었다. 그러나 로라는 달랐다. 건강하고 사랑스럽고, 순종적이었다.

남자에게 로라는 이상적인 개였다.

첫째와 둘째는 열 살이 되기 훨씬 전에 떠나 버렸지만, 로라는 열 살이 넘도록 건강하게 곁에 있어 줄 것이다. 남자는 아무 근거도 없었지만 그렇게 믿고 있었다.

그랬던 로라가 3일 전에 떠난 것이다. 남자는 출장 중이었다. 갑작스러운 아내의 전화에 남자는 숙소인 비즈니스호텔 방에서 대성통곡했다. 첫째도 둘째도 자신의 품속에서 떠나보냈다. 그런데 로라는 남자가 없는 사이에 떠난 것이다. 아직 몇 년은 더 살 줄 알았는데, 돌연 예고도 없이 길을 떠난 것이다.

자궁 축농증이라고 아내가 말했다. 자궁 내부에 작은 구멍이 나서, 고름이 흘러나와 복막염을 동반했다고. 응급 수술을 한 의미도 없이 로라는 세상을 떠났다.

생각해 보면, 출장 전부터 로라는 이상했다. 어딘지 모르게 기운이 없어 보였고, 산책하러 나가도 바로 집으로 돌아가고 싶어 했다.

더위 탓이라 여겼다. 장마가 그치고 무더위가 기승을 부리고 있었다. 로라는 극도로 더위를 많이 타는 개였다. 그러나 그것이 자궁 축농증 때문이었다는 생각에 스스로에게 분노가 끓어올랐다.

로라를 죽게 한 건 자신이었다. 아무런 근거도 없으면서, 무턱대고 오래 살 줄 알고 병에 대한 마음의 준비가 돼 있지 않았던 것이다. 하물며 버니즈인데. 무슨 일이 일어나도, 어떤 병마가 덮쳐도 이상하지 않은 견종인데.

둘째 때까지는 어떤 사소한 것도 놓치지 않고, 이상한 점을 느끼면 즉시 수의사에게 달려갔었다. 쓸데없는 기우라고 수의사가 어이없어 한 적도 셀 수 없다.

그런데도 로라의 이변은 몰랐다. 아니, 눈치챘으면서도 별거 아니라고 단정 지어 버렸다. 그게 로라를 죽게 한 것이다.

남자는 맥이 탁 풀렸다. 울고 또 울어도 눈물은 마르지 않았다. 마음이 무겁고 고통스러워 몸이 산산조각이 날 것만 같았다.

그래서 남자는 숲으로 왔다. 로라가 좋아했던 숲. 늘 함박웃음을 지으며 뛰어놀던 숲. 남자는 골호(骨壺)를 안고 있었다. 이 숲 어딘가에 산골(散骨)을 할 생각이었다. 하지만 숲속을 헤매다 보니, 추억이 새록새록 되살아났다. 즐거웠던 추억이 남자를 괴롭혔다.

로라는 이제 여섯 살이었다. 더 오래 같이 있어야 했다. 그런데…….

요절한다고 해도 그전의 두 마리처럼 자신의 품 안에서 떠나게 해 주고 싶었다. 마지막까지 곁에 있어 주고 싶었다. 그런데 출장 중에 떠날 것은 없지 않은가. 내가 이렇게까지 벌을 받을 죄를 지었단 말인가.

왜냐, 왜냐, 왜냐.

대답 없는 물음을 토하며 남자는 숲속을 헤맸다.

남자는 갑자기 걸음을 멈추고 귀를 기울였다. 숨소리를 들은 것 같았다. 이 숲에는 멧돼지와 사슴이 서식하고 있었다. 만약 새끼를 동반한 암컷과 조우하다면 위험할 수밖에 없었다.

남자는 기척을 죽이며 가쁘게 들려오는 숨소리에 귀를 기울였다. 아무래도 무언가가 숲속을 뛰어다니고 있는 것 같았다. 하지만 발소리는 들리지 않고, 모습도 보이지 않았다. 무성한 잎사귀만 바람에 흔들릴 뿐이었다. 그런데도 숨소리는 확실히 들렸다. 무언가가 숲속을 뛰어다니고 있었다. 그것도 하나가 아닌 여럿의 숨소리였다.

"로라?"

남자가 중얼거렸다.

"마곳?"

또 중얼거렸다. 그것은 남자가 처음 기른 버니즈 암컷의 이름이었다.

"워렌?"

둘째의 이름도 말해 보았다.

그것은 남자가 길렀던 대형견들이 뛰어다닐 때 내던 숨소리와 흡사했다. 남자의 귀에는 세 마리 개의 숨소리로 들렸던 것이다.

그럴 리가 없다. 그들이 숲속을 뛰어다닐 리 없다.

알고 있었지만 마음이 흔들렸다. 갈팡질팡한 마음이 어느새 그들의 모습을 그리고 있었다.

"거기 있는 거야? 있다면 모습을 보여 줘. 부탁해."

남자는 간청했다. 하지만 아무리 기다려도 누구도 모습을 드러내지 않았다. 다만 숲 어디선가 간간이 숨소리만 들려올 뿐이었다.

얼마나 지났을까. 남자는 지쳐 아름드리나무 밑동에 걸터앉았다. 눈앞으로 햇살이 나뭇잎 사이로 떨어지고 있었다.

"양지라……."

한여름 오후에도 숲은 시원하고 서늘했다. 햇살이 쏟아지는 곳만 여름빛으로 빛나며 열기를 내뿜고 있었다. 숲은 도시와 5도 정도는 기온차가 날 만큼 서늘했다. 나무들 사이를 지나가는 바람도 도시의 것과 달리 상쾌했다.

로라는 정말 이 숲을 좋아했다. 한여름에도 시원한 숲에는 야생동물 냄새가 곳곳에 배어 있었다. 로라는 동물 냄새를 맡고, 다른 냄새를 찾아 뛰어다니고, 또 다른 냄새를 맡았다. 같은 행동을 질리지도 않고 반복했다.

로라의 진지한 눈빛이 그립다. 부드러운 털이 그립다. 무엇보다 남자를 향해 보내던 환한 미소가 그립다.

멍멍이도 이렇게 웃네요. 로라의 미소를 본 사람들은 대부분 비슷한 소리를 했다.

정말로 기쁜 듯이, 행복한 듯이 로라는 웃었다.

"로라……."

남자는 쏟아지는 눈물을 참기 위해 눈을 감았다. 부드러운 바람이 뺨을 어루만진다. 가까이 있는 양지에서 온기가 전해진다. 갑자기 졸음이 쏟아진다.

로라의 소식을 들은 순간부터 한숨도 못 잤던 것을 남자는 기억해 냈다. 출장지 호텔에서 뜬눈으로 새벽을 맞고, 아침 첫 비행기에 올라 집으로 돌아와서는 로라의 시신 앞에서 하염없이 흐느꼈다.

"조금만 잘까. 어차피 집에서도 못 자는데……."

남자는 중얼거리며 잠에 몸을 맡겼다.

2

다시 숨소리가 느껴져 눈을 떴다. 눈을 뜨고, 깜짝 놀라 눈을 몇 번이고 깜빡였다. 눈앞의 양지바른 땅 위에 세 마리 개가 앉아 있었다.

"너, 너희들……."

남자는 얼어붙었다. 마곳, 워렌, 그리고 로라였다. 남자가 사랑하고 사랑받은 개들이 그곳에 있었다. 일어서려고 했지만, 몸이 움직이지 않았다. 손을 뻗으려 해도 마찬가지였다.

꿈이다. 이것은 꿈이다.

그러자 세 마리 개들을 만났다는 기쁨이 구멍 뚫린 풍선처럼 쪼그라들었다.

이런 꿈은 슬플 뿐이다.

남자는 눈을 감았다. 다시 한 번 깊은 잠 속으로 도망치려고 했다.

있잖아.

그때 목소리가 들려왔다. 부드러운 여자 목소리였다. 남자는 다시 눈을 떴다. 로라가 특유의 미소를 짓고 있었다.

나는 마곳과 워렌이 있어서 괜찮아. 조금도 외롭지 않아.

로라가 말했다.

그래, 로라 일은 우리한테 맡겨 두면 돼.

워렌이 말했다.

그만 울어. 네가 계속 슬퍼하면 로라도 힘들어.

마곳이 말했다. 마곳도 워렌도 젊은 모습이었다.

"너희들 말할 수 있는 거냐?"

남자는 꿈이라는 것도 잊고 입을 열었다.

아무것도 슬퍼할 것 없어.

남자의 물음을 무시하고 워렌이 말했다.

죽어서 헤어지는 것은 외롭지. 하지만 그 이상도 그 이하도 아니야.

마곳이 말했다.

왜냐하면, 우린 항상 네 곁에 있거든. 영혼이 연결되어 있으니까, 살아 있든 죽었든 상관없어.

워렌이 말했다.

"영혼이 이어져 있다……."

남자의 목소리가 잠겨 들었다.

맞아. 처음 만났을 때부터 우리는 소울 메이트였어. 몰랐어? 우린 알고 있었는데.

워렌이 어이없다는 듯이 말했다.

"소울 메이트…… 소… 울 메이트, 메이… 트. 소울 메이트."

남자는 고장 난 레코드판처럼 같은 말을 되풀이했다. 입 밖에 낼 때마다 그 말이 가슴 깊이 스며들었다.

우리의 영혼은 깊게 이어져 있어. 죽었다고 한들 그 연결고리는 끊어지지 않아.

마곳이 말했다. 로라는 말은 안 하지만 같이 미소 짓고 있었다.

로라, 이리 와. 같이 놀자.

워렌이 갑자기 뛰기 시작했다. 로라가 뒤따라 뛰기 시작했다. 여름 숲속에서 워렌과 로라의 술래잡기가 시작됐다.

"오, 오오, 오오."

남자는 탄성을 터뜨렸다. 아직 젊고 건강했던 워렌과 로라가 숲에서 술래잡기를 하며 뛰어다니고 있었다. 그때의 기억이 새록새록 떠올랐다.

워렌이 떠난 뒤에도 될 수만 있다면, 마곳과 워렌을 다시볼 수 있었으면 했다. 웃고 뛰어다니는 둘을 다시 볼 수 있다면, 무엇이든 내어 줄 수 있다고 진심 어린 마음으로 기도하곤 했었다.

그런데 워렌과 로라가 숲속을 달리고 있었다. 좀 전부터 들리던 숨소리는 바로 그들의 것이었다.

나도 워렌도 몰라보게 젊어졌지.

마곳이 워렌과 로라를 다정한 눈으로 바라보며 말했다.

늙고 병마에 걸린 육체로부터 해방되어 우리는 정말 자유로워. 봐봐, 워렌과 로라를. 행복해 보이지?

"죽는 게 행복하단 말이야?"

그게 아니야. 그쪽 세계에 있든, 이쪽 세계에 있든, 아무것도 변하지 않는다는 거야. 아니, 이쪽 세계가 어쩌면 우리에겐 더 좋을 수도 있겠네.

"그럼 왜 여기에 온 거야. 이쪽은 너희 개들에게 좋은 일만 있는 건 아니잖아. 사랑받지 못하는 개가 있어. 버려지는 개가 있어. 죽임을 당하는 개가 있어. 그런데 왜 너희는 태어나는 거야?"

정해져 있었잖아.

마곳의 눈이 남자를 똑바로 보았다.

나와 워렌과 로라는 너를 만나기 위해 그곳에 살았던 거야.

"나와 만나기 위해서?"

그래. 너와 소울 메이트가 되기 위해. 너를 사랑하고, 네게 사랑받기 위해. 우리는 누군가를 사랑하지 않으면, 누군가에게 사랑받지 않으면, 행복하지 않아. 그러니까 누구에게도 사랑받지 못한 개들은 이쪽에 와서도, 그렇게 기뻐하지 않아.

"나와 만나기 위해…… 나와 소울 메이트가 되기 위해?"

남자는 워렌과 로라에게 시선을 돌렸다. 둘은 여전히 즐겁게 뛰어다니고 있었다. 하지만 발소리는 들리지 않고, 둘이 힘껏 딛고 있는 대지의 풀잎조차 흔들림이 없었다.

널 만나서 우린 정말 행복했어. 알잖아.

남자는 고개를 끄덕였다. 마곳과 워렌, 그리고 로라가 행복했다는 걸 그 역시 잘 알고 있었다. 그래서 헤어짐이 더 쓸쓸했다. 무엇보다 숨을 거두는 그 순간, 로라 곁에 있어 주지 못한 것이 너무나 후회스러웠다.

슬퍼할 것도 뉘우칠 것도 없어. 영혼은 이어져 있으니까. 뿔뿔이 흩어진 게 아니라고. 볼 수는 없어도, 마음을 맑게 하면 느낄 거야. 우리의 존재감을, 우리의 숨소리를 아까 들었잖아.

"맞아. 너희들의 숨소리가 들렸어."

다만 그것이 너희들의 것이라는 사실을 깨닫지 못했을 뿐이다.

저기.

로라가 어느새 눈앞에 있었다. 남자는 워렌 쪽을 바라보았다. 어느새 워렌의 술래잡기 상대가 마곳으로 바뀌어 있었다.

부탁이 있어.

로라가 미소를 지었다. 살아 있을 때와 다름없이 로라는 남자에게 특별한 미소를 지어 보였다.

"뭔데?"

새 친구를 맞이해 주고. 우리에게 해 준 것처럼 그 친구를 사랑하고 아껴 줘. 그러면 우리도 좋으니까. 왜냐하면 그 친구도 언젠가 우리 무리의 일원이 되거든. 소울 메이트 중의 하나가 되는 거야.

"언제까지나 슬퍼하면 안 되는구나. 그러면 너도 힘들어지는구나."

로라가 고개를 끄덕였다.

"알았어. 새 아이를 맞이할게. 그 아이를 사랑하고 아낄게."

그 친구도 당신이 사랑하고 아껴 주는 거야. 왜냐하면 그 친구는…….

"영혼의 반려자니까. 그렇지?"

로라의 얼굴에 미소가 번졌다.

많이 좋아해.

로라가 말했다.

"나도 너희를 무척 좋아했어. 아니, 지금도 너무 좋아."

또 봐.

로라의 모습이 희미해졌다. 워렌과 마곳의 모습도 더 이상 보이지 않았다.

외로움에 가슴이 찢어질 듯했지만 남자는 버텼다. 영혼으로 연결된 것이다. 그러니 더 이상 슬퍼할 필요는 없었다. 한탄할 것도 없었다.

"또 보자."

남자는 사라져 가는 로라에게 이별을 고했다.

3

남자는 눈을 떴다.

꿈을 꾼 듯했지만, 내용은 전혀 생각나지 않았다. 하지만 잠들기 전보다 마음이 든든해진 것이 느껴졌다.

남자는 휴대폰을 꺼내 아내에게 전화를 걸었다. 내일 친분이 있는 브리더를 만나러 가자고 했다. 새 아이를 맞이하자고.

아내는 놀랐지만 별다른 이의를 제기하지 않았다. 개를 잃고 풀이 죽은 남자를 구할 수 있는 건 다른 개뿐이라는 것을 알고 있기 때문이다.

숲속을 헤치고 들어가 계류를 만나자 남자는 골호의 뚜껑을 열었다. 맑은 물살 속에 로라의 유골을 뿌렸다. 마곳의 뼈도, 워렌의 뼈도 여기에 뿌렸었다.

안녕, 로라. 그렇게 말하려던 남자는 멈췄다. 대신 뜻밖의 말이 불쑥 튀어나왔다.

"소울 메이트."

왜 그런 말을 떠올렸는지 고개를 갸우뚱하며 남자는 귀로에 올랐다. 숲속에서 숨소리가 들려왔다.

남자는 자신도 모르게 미소를 짓고 있었다.

개는 훌륭하다

초판 1쇄 인쇄 2022년 10월 11일
초판 1쇄 발행 2022년 10월 17일

지은이 | 하세 세이슈
옮긴이 | 윤성규
펴낸이 | 안숙녀
편집 | 신현대
디자인 | 김윤남

펴낸곳 | 창심소
등록번호 | 제2017-000039호
주소 | 영등포구 영등포로 106, 대우메종 101동 1301호
전화 | 02-2636-1777
팩스 | 02-2636-2777
메일 | changsimso@naver.com
블로그 | https://blog.naver.com/changsimso19

ISBN 979-11-91746-07-5 03830